致青春 080

可愛多少錢一斤

（上）

棲見　著

高寶書版集團

目錄
CONTENTS

第一章　香草霜淇淋

初梔被樓上的裝潢聲吵到睡不著。

從清晨天剛亮開始，滋滋啦啦的聲音就此起彼伏又連綿不斷的響，好不容易安靜一段時間讓人放鬆下來，剛昏昏入睡，又毫無預兆的再次響起，嚇得人在夢裡一哆嗦。

就這麼弄了不知道多久，初梔終於忍無可忍地悶悶地叫了一聲，抓著棉被邊緣把嚴嚴實實扯過頭頂的被子拉下來，撲騰著坐起來。

黑眼圈深深，長髮散亂，一臉昏昏欲睡。

她直勾勾地盯著四柱床床尾發了一陣子呆，想著要不要去樓上敲門提醒一下。

想想還是算了，裝潢工人好辛苦，那麼早就要起來幹活。

初梔煩躁的抓了抓頭髮，勾過枕邊的髮圈，隨便綁了個馬尾，又小動物似的不情不願哼哼唧唧兩聲，一頭重新栽倒進枕頭裡。

敲釘子的聲音再次哐哐哐的從她頭頂正上方傳來。

「……」

她認命地爬下床去。

A大新生報到日分好幾天，初梔一直在家裡睡懶覺拖延到了最後一天才去。因為家在本地，她的東西帶得不多，一個行李箱和一個背包就裝好了全部需要的家當。

到學校的時候接近正午，太陽最大的時候，初梔在學校門口下了計程車，拖著行李箱走到校園方位示意圖前停住，慢吞吞將行李箱立在身旁，空出一隻手來拉了拉滑下肩頭的背包肩帶，才抬起頭，仔細地辨認報到處和女生宿舍的大致位置。

旁邊一個女生跟在家長後面和她擦肩而過，停了幾秒，語氣驚奇：「媽，妳看，還有那麼小一隻的新生啊，像個高中生一樣的。」

「……」怎麼就小隻了，四捨五入也有個一百六十公分的好不好！

初梔不服地抬起頭來。

那女生和她父母已經走遠了，瘦瘦的一條，長髮又黑又直披散著，背影看起來高到可以做模特兒，至少有個一百七十，往上多少無法斷定。

對於她來說，那個高度的領域神祕莫測，連空氣品質都是陌生的。

「……」好吧。

初梔頓時安靜如雞，那點不服氣全吞回肚子裡，繼續研究面前的校園平面示意圖。

她的方向感一直不太好，前一天晚上，鄧女士的跨國電話打了三個小時，鉅細靡遺一樣一樣的囑咐，最後還是不放心，扯著嗓子讓老初幫她訂回國的機票。

老初也是女兒奴，本就覺得女兒上大學是人生大事，正想著辦法的往回竄，一接到命令立馬準備開電腦，最後還是被初梔以「就算現在訂機票也來不及了」為理由拒絕，並且再三保證強調自己一個人也沒問題。

雖然她現在開始覺得，小問題還是有一點的。

肩膀一塌，初梔皺皺鼻子，轉過身來，四處張望了一圈。

對面樹蔭下臨時搭了個小棚子，三、兩個穿著橘黃色志願者T恤的學長、學姐們正站在下面，不斷的有新生過去問路。

最外面小板凳上坐著一個學長，他看上去最閒，比起其他志願者更像是來湊熱鬧的，正在跟旁邊的人說話。

那人一副完全沒在聽的樣子，懶洋洋地靠在臨時搬出來的木桌桌沿喝可樂。

黑T恤，深色牛仔褲，他沒穿志願者的衣服，看起來也不太像新生，臉被一罐可樂遮住了大半，只留一雙眼睛，剛好視線也停在她身上。

四目相對，也只是一瞬間的事。

下一秒，一個高挑漂亮的女孩子走到他旁邊，有點害羞的遞出自己的手機，說了些什麼。

他的視線移開了，垂下眼去，安靜聽著面前女孩子說話，而後笑了。

可樂被放到了旁邊的桌子上，初梔也終於看到了他的臉。

會被漂亮女生要手機號碼，也不是沒有原因的。

他隨手接過女孩遞過來的手機，垂頭輸入，人依然靠在桌沿，一副漫不經心的樣子。

女生又小心地湊近一點，跟他說了些什麼，他也沒說話，只是把手機遞還回去，好看的桃花眼微揚，薄薄的唇勾出一個輕佻又寡淡的笑，散漫且毫不在意。

初梔第一次見到一個人能笑得這麼負心漢，還能負出一股撩撥的味道來。

她眨眨眼，還沒反應過來，剛剛一直在跟他說話的那個學長已經朝這邊走過來了，穿著橘黃色的志願者T恤，像一顆移動的胡蘿蔔，走到她面前。

初梔視線轉回來，仰頭，微微側著頭看他。

胡蘿蔔咧嘴一笑，陽光又帥氣：「學妹需要幫助嗎？」

胡蘿蔔是那種情商很高的學長。

尤其是在見到漂亮學妹的時候，他會格外的風趣幽默紳士健談，言行舉止恰到好處不逾越，讓人有種如沐春風般的舒適感。

他陪著初梔找到報到處和宿舍，一上午的時間，兩個人已經交換了姓名、學院、科系、班級，順便留了個電話號碼。

報到日最後一天，新生多，初梔領了軍訓服裝到宿舍已經下午一點，她的寢室被分配在二樓轉角的位置，四人一間，有獨立的衛浴和小陽臺。

寢室裡面其他三個人已經到了，她是最後一個，好巧不巧，上午在學校門口碰到的那個黑長直剛好是她的室友。

初梔當時沒看見她的正臉，還是對方先認出她來。

黑長直的臉和她的背影一樣美，一臉驚喜地看著她做自我介紹：「妳好，我叫林瞳，沒想到妳竟然是我的室友耶，真的好有緣啊，我上午不是說妳矮啊，我的意思是想說妳這個身高好可愛啊哈哈哈。」

「……」妳還是別解釋了吧。

初栀說了名字，又忍不住補充道：「我有一百六的，」她頓了頓，聲音放低，有點底氣不足，「穿鞋……」

這下子不僅是林瞳，剩下的兩個人也笑了。

初栀鬱悶地吹了口氣。

矮子捍衛一下尊嚴不行嗎！矮子的內心可是很脆弱的！

林瞳是成都人，性格爽朗討喜，很有新意的送了她們每人一堆火鍋底料當見面禮，麻辣的底料封在透明的塑膠袋子裡面，色澤鮮亮讓人看得食欲暴漲，於是四個女生大腿一拍，決定下午班會結束一起去吃火鍋，順便拉近一下彼此之間的距離。

第二天就要開始軍訓，都要早起，大家也沒跑遠，在學校附近找了家火鍋店。

兩層樓的店面裝潢的古色古香，木制桌椅雕花隔斷，空氣中彌漫著濃郁的火鍋味，辛辣鮮香。

蘸料是自助式自取的，中間的一個長方形檯子，上面一層一層玻璃大碗盛著各種調料，下面是架子，放滿空碟子，旁邊還有水果和蔬菜沙拉。

點完了鍋底和食物，初栀坐在位子上顧東西，等著室友幾個人盛完蘸料回來，才站起來去挑蘸料。

在吃火鍋這件事情上，尤其是蘸料，南北方差異還是挺大的，初栀是南北混血，小學是在南方讀的，所以她吃火鍋，會準備兩碗蘸料。

北方火鍋蘸料有經典「老三樣」，芝麻醬、韭菜花和豆腐乳汁一碟。油碟清透，加點蠔油、蒜末，撒上蔥花、香菜，亮晶晶的像琉璃水晶。

初桅弄好蘸料，一手端著一個小碗準備回去，結果不知道什麼時候，她身邊多了個人。

那人蹲在她腳邊，正在拿下面的空碟子。

無聲無息，不知道什麼時候出現的，初桅根本沒看見他，一轉身，剛好絆了一下。

她低低驚呼出聲，整個人一個趔趄，身子完全無法保持平衡，大腦也根本跟不上思考，手下意識就想去抓旁邊的東西穩住身形。

左手的醬料碟直接啪嘰一下，掉下去，右手的芝麻醬也撒了大半。

初桅低下頭去，人僵住了。

蹲在她腳邊的那男人似乎也沒反應過來，長臂還伸在架子裡，手裡拿著個空碟子，初桅的醬料碟此時倒扣在他的腦袋上。

而在這生死攸關的一瞬間，初桅的意識竟然還有點放空，她愣愣地看著他，不知道怎麼的突然就想起新疆羊肉串的燒烤店，烤羊肉串的廚師就會戴這種白色的，小小的帽子，站在路邊邊烤邊吆喝。

直到碟子滑落，掉在地磚上響聲清脆，才拉著她意識回籠。

帽子掉了的烤羊肉串的抬起頭來，沒什麼表情的看著她。

頭髮上油光鋥亮的，髮絲間還摻雜著蔥花、蒜末、香菜根，看起來五顏六色很是斑斕。

鼻樑很高，薄唇，桃花眼。

初栀認出他來，呆呆的「啊」了一聲。

今天上午喝可樂的時候被漂亮女生要了聯絡方式的那個人。

只不過他此時完全沒了上午被妹子撩時的樣子，黑髮被打濕，軟趴趴垂著，黑睫毛上還掛著油珠，看起來狼狽不堪。

滿滿的一碗全數灑在他腦袋上的清油此時已經順著髮絲滲下來了，滑過眉骨，沿著眼角往下淌，彙聚在下顎，啪嗒啪嗒，一滴一滴的滴落下來。

透亮亮的細細幾條，像是兩行清淚，源源不斷地，緩緩滑過他面無表情的臉。

火鍋店人聲鼎沸。

洗手間洗手檯傳來持續不斷的流水聲，蒜香油碟彎著腰，腦袋塞在水龍頭下面洗頭。

從裡面洗手間進進出出的人無一不覺得怪異，抬眼瞥上兩眼，又很快移開視線走開。

初栀小臉煞白，不安的站在旁邊看著面前的人。

原本五分鐘前，她甚至以為自己大限將至小命今天可能就要擱在火鍋店了，結果沒想到這個男人的脾氣比她想像中要好得多，即使她把滿滿一碟醬料全都扣到他腦袋上了。

初栀以為他也會按著她的腦袋塞進旁邊的芝麻醬裡，她甚至連憋氣的準備都做好了。

可是對方越是這樣毫無作為，她就越覺得不安，愧疚感愈發強烈。

嘩啦啦的水流聲迴盪，初栀站在男人身後，看著他低低壓出弧度的寬闊背脊，聲音弱弱地提醒：「左邊頭髮那裡還有根香菜。」

「……」對方沉默了幾秒，側了側腦袋，讓水流沖刷著左邊鬢角，「謝謝妳。」

初梔肩膀一縮，覺得這聲謝謝妳絕對沒有感激的意思。

洗手檯的高度對於男人來說實在是略低了點，他窩在那裡怎麼看怎麼不舒服，初梔手足無措地看了一陣子，猶豫著要不要幫他洗，再次開口：「那個……」

他聽見了，動作頓了一下，單手撐著檯面抬起頭來。

頭髮濕濕的向下滴著水，臉上和脖頸上全是水珠，黑色T恤的領口也濕得徹底。

長眼黑沉沉的，薄唇微微抿著，沒有回頭，透過面前巨大的鏡子面無表情看著她，等著下文。

男人那副表情實在算不上友好親切，氣場極足，像是強忍著才沒發脾氣，彷彿用眼神就能把她脫一層皮，被盯的人緊張到頭皮發麻。

初梔咽了咽口水，視線落到大理石檯面放著的洗手乳上。

「我覺得這樣沖不乾淨的，你要不要擠點洗手乳呀？」初梔試探性開口。

男人看起來像是被氣笑了：「要不然妳去廚房幫我要一瓶洗碗精？」

初梔驚訝地看著他：「要嗎？」她直起了身子，一副馬上就要去幫他拿的樣子。

「……」

他不理她了，重新打開水龍頭垂下頭去。

兩個人一個在火鍋店洗手間裡洗頭，一個看著對方洗頭，來來回回收穫了無數注目禮。

沒人說話，安靜到有點尷尬。

初梔突然想起之前看過的一部日劇，男主角是個和尚，和女主角第一次見面的時候，女主角把骨灰扣在了正在做法事的男主角頭頂。結果男主角非但沒弄死她，甚至還就這麼看上她了，像個小狼狗一樣每天跟在女主角後面歡樂的跑。

不知道後來女主角是怎麼道歉的，有沒有在靈堂幫男主角洗頭。初梔漫不經心地想。

她靠在牆邊天馬行空的走神，再回過神來發現男人已經抬起頭來，從鏡子裡看著她。

他大概覺得腦袋上的蒜末、蔥花什麼的都沖乾淨了，也沒抱什麼希望能洗掉油，抬手關掉了水龍頭，突然開口：「妳想要什麼？」

初梔站在他身後，靠在牆邊看著他。

男人身上那件黑色T恤也已經髒了，上面的油漬看上去比周圍深了一圈，有OFF-WHITE的LOGO。

也不知道他身上這款現在還買不買得到了。

她的注意力沒放在他到底說了些什麼上，恍惚應聲：「唔？」

男人邁開長腿，走近了兩步，垂頭，斂睫看著她挑眼勾唇：「妳想要什麼，可以直接說出來，不用這麼麻煩。」

即使是現在這種狼狽的樣子，他的顏值都沒有被拉低，火鍋店裡暖色的光線下皮膚依然是無法被浸染似的冷感的白，眼型狹長，內勾外翹，雙眼皮很深，眼角微揚。

有點像桃花眼，又有點像丹鳳眼。

人明明是笑了，卻完全讓人沒有認真的感覺，寡冷輕佻，帶著點漫不經心的痞氣。

不知道是不是心理作用，初梔覺得他一靠近，空氣中隱隱飄著一股蒜香味。

這家火鍋店的蘸料味道還挺香。

她抿唇想了想，掏出手機來，軟聲問：「能把你的聯絡方式給我嗎？」

他翹著唇邊，氣音悠長緩慢地「呵」了一聲，報了一串電話號碼。

初梔認認真真地一個數字一個數字按下來，撥過去。

男人褲子口袋裡有鈴聲響起。

她掛斷，揚起腦袋來，剛要說話，手裡的手機又響了，是林瞳打過來的，問她跑到哪裡去了。

一時間說不清楚，初梔一邊簡單解釋了兩句，一邊看著男人垂眼看著自己的衣服，眉頭皺起。

罪惡感一蹦一跳的竄到臨界值，初梔掛了電話，哭喪著臉看著他一塊一塊油漬的黑T恤，咬了咬嘴唇，仰起腦袋，表情突然嚴肅，開始自報家門：「我是A大大一廣告二班初梔。」

小女孩看著他，鄭重又認真地說，「今天做了對不起你的事真的很抱歉，你不用擔心，我會負責的。」

「……」

初梔的想法挺簡單的，人家開開心心來吃個火鍋，本來都好好的呢，突然腦袋上就被扣了一碟醬料，又想起白天那個跟他聊天的的漂亮女生，萬一人家是來約會的呢？頂著一腦袋蒜末回去，太丟臉了。

飛來橫禍全是她的責任，初梔覺得自己怎麼樣也要賠件新衣服給人家。

也為了讓對方放心自己絕對不會賴帳，乾脆電話、名字什麼的全告訴他了。

不過第二天新生就開始軍訓，為期半個月，初梔暫時沒時間想這個，每天從早到晚累得手指都不想抬一下，早上七點就開始站在太陽下像鹹魚乾一樣曬，曬完正面曬反面。

而一個星期以後，陸嘉珩也差不多把這事情忘得差不多了，直到某天一群人通宵回來，剛好路過操場看見新生軍訓。

「軍訓的時候最能看出這屆選手整體水準差異，尤其是一個禮拜以後，妖魔鬼怪該現原形的耶都現了原形了，仙女們依舊是仙女，」程軼說到一半，咦了一聲，抬手，指著操場上站軍姿的隊伍前頭一軍訓服穿的前凸後翹風情萬種的女生，回頭看向陸嘉珩，「這是開學跟你要電話的那個？」

陸嘉珩昨天一個晚上沒睡，此時睏得眼睛發澀，抬眼敷衍地瞥了一眼：「好像是吧。」

旁邊林柏楊順著程軼指的方向看過去，一臉不忍：「陸嘉珩你他媽暴殄天物啊。」

程軼一臉悵然：「我想用我對床十年狗命換阿珩認真的撩一次妹。」

林柏楊：「我靠，程軼。」

程軼還在說著，陸嘉珩左耳進右耳出，不經意間掃過眼前一排排清一色的綠，視線定住了。

穿著軍訓制服的少女站在隊伍的最末尾，上午陽光焦灼，一片雲過去，從她往前的所有人都被籠罩在陰影下，只有她站著的角落，一個人孤零零地沐浴在陽光裡。

陸嘉珩眼一瞇，腳步停住了。

一個禮拜了她竟然奇異的沒被曬黑黑，寬大的軍訓服裝顯得整個人又小又單薄，唇抿著，潔白圓潤的耳廓露在帽子外面，被曬得紅紅的。

手露在外面，纖細手指軟軟地搭在褲管側面縫線上，被教官看見，啪的一巴掌拍上去：「夾緊了！沒吃飯啊？」

教官下手沒輕沒重，小女孩白嫩嫩的手背上頓時泛起了淺淺一點紅印子。

陸嘉珩皺了皺眉。

突然想起來，這女孩在火鍋店那天以後根本沒傳任何標點符號給他。

費盡力氣要到了他的聯絡方式，怎麼就沉寂了？這跟說好的不一樣啊。

他側著頭，出了樹蔭走過去，站在操場鐵網入口門邊，不遠不近地看著她。

操場上全是穿著軍訓制服的新生和軍官，偶爾有老師，陸嘉珩往門口一站異常顯眼，旁邊幾排隊伍全部朝他看過去。

他像沒感覺一樣，視線落在站在陽光下的少女身上，微微傾著身，手撐住膝蓋，高度壓低，想要看清她藏在帽檐下的眼睛。

她大概又在發呆，過了好一陣子才終於有所察覺似的看過來。

視線對上，她愣了愣，眨眨眼，長長的睫毛在帽檐的陰影裡忽閃忽閃的，看得人心癢癢。

陸嘉珩唇角勾起，等著她的反應。

一秒、兩秒、三秒。

少女皺了皺鼻子，目光移開了，就像沒看見他一樣。

陸嘉珩：？

他挑了挑眉，不急不緩站起來了，重新靠回鐵網上，唇邊懶洋洋彎著。

就好像看她一動也不動的站軍姿也是一件特別有意思的事情。

九月初日頭正盛，露在外面的髮絲和衣服全都滾燙著，初梔被曬得迷迷糊糊的，沒有精力去注意是不是有人持續不懈地看著自己。

又過了一陣子，教官終於喊了兩聲，把隊伍拉到樹蔭下休息。

初梔抬頭朝操場門口的方向看。

蒜香醬料碟還靠在那裡，陽光下的黑髮像是被過濾了顏色，淺了一層。

初梔現在其實完全不想動，只想坐下來喝水休息，但是她還欠著人家一件四位數的衣服。

她垂著腦袋慢吞吞地朝他走過去，像一棵被太陽曬得水分流失乾巴巴的小植物般挪動到他的面前。

小植物的高度才到他的胸口，仰起腦袋看了他一陣子。

她還不知道他叫什麼名字，停頓了一下，乖乖叫了聲，「學長好。」

嗓子有點啞，唇瓣也乾乾的，睫毛又長又密，一雙鹿眼黑白分明，明潤乾淨。

白皙的耳廓被烈日曬得通紅，細細的皮膚下彷彿能看到透著的血絲。

像是被下了個蠱似的，陸嘉珩毫無預兆突然抬手，修長手指伸到她的耳畔，輕輕觸碰她通紅的耳廓，薄薄的，軟軟的觸感，帶著熱度熨燙著冰涼指尖。

女孩耳廓的溫度很高，和他冰涼的指尖對比鮮明，被曬得紅紅的，輕輕碰了碰，她就下意識縮起脖子，低低「唔」了一聲。

陸嘉珩收回手來，身子向後傾了傾。

女孩圓滾滾的大眼睛看著他，似乎在問他在做什麼。

單純好奇的樣子，好像完全沒介意剛剛一個一共也只跟她見了第三次面的異性碰了她的耳朵，還不躲不閃，很是坦然放鬆的站在他面前。

沒有一點防狼意識。

陸嘉珩彎腰，把視線和她放在同一個高度上，平視著她，無比真誠的對剛剛的逾越行為作出解釋：「曬傷了，有個水泡。」

他簡明扼要道，因為通宵，聲音有點沙啞。

初梔原本只覺得耳朵被曬得熱熱的，還有點癢，聽他這麼一說才了然，抬手想去摸，又因為看不到不太敢，生怕把水泡弄破會疼。

於是纖細的手指捏住白嫩嫩的耳垂往下拽了拽，也不敢往上摸，就那麼皺著眉有點苦惱的看著他，軟綿綿地「啊」了一聲。

陸嘉珩眼皮一跳。

這他媽也太可愛了吧。

舔了舔唇，他直起身來。

兩人的身高差距大，他站直的時候，初梔有種被男人居高臨下的俯視著的感覺。

她清了清嗓子，捏著耳垂的手鬆了鬆，仰著小腦袋看他：「你怎麼在這啊？」

問完，她又「啊」了一聲。

八成是因為自己一個禮拜音訊全無，蒜香醬料碟覺得自己準備跑單了。

她剛想解釋一下最近因為軍訓實在沒什麼空，等軍訓一結束就把衣服賠給他，結果來沒來得及，男人先開口了。

答案挺簡單的——「曬太陽。」

初梔點點頭：「所以你長得高。」

他壞心眼地：「我本來就長得高。」

初梔眼裡那點僅剩的小希望破滅了。

看來身高真的是天生的，強扭的瓜不甜，不是自己的怎麼也強求不來。

她憂鬱地嘆了口氣，摘下帽子，小心翼翼地把耳朵上方的髮絲拉鬆了一點，微微垂下來，蓋住耳朵，防止被太陽直射到。

被打濕的額髮彎彎曲曲地黏在額頭上，少女一邊拽頭髮，一邊抬眼問他：「你曬了這麼久太陽不口渴嗎？」

陸嘉珩盯著她額頭上細細的汗珠看了一下子，緩慢道：「渴啊。」

初梔把耳朵蓋好，扭過頭去，視線掃了一圈，沒看見教官的影子。

她的手伸進口袋裡，摸出幾張零錢，回過頭來：「那我去買瓶水給你吧，你想喝什麼？」

對嘛，這才是正常的展開模式。不是挺熱情挺上道的嗎？

陸嘉珩笑了，故意把聲音壓低了點，「妳的。」

操場上有的班級還沒有休息，踢正步的聲音整齊厚重，口號聲響亮。

初梔沒聽清楚，走近了兩步，靠近他：「什麼？」

悶燥的空氣流動，帶起女生身上淡淡的香味。

像香草口味的奶昔。

陸嘉珩垂眼：「妳帶水了嗎？」

初梔一愣，老實地點點頭。

她當然帶了水了，只不過一上午的軍訓，休息的幾次已經喝掉了不少，現在應該還剩下不到三分之一。

醬料碟懶洋洋勾唇，笑容看起來有點惡劣：「我要喝妳的。」

初梔反應了幾秒，眨眨眼：「可是——」

「我曬了好久的太陽了，口渴。」

「但是——」

「妳不想給我嗎？」

「不是，但是——」

你怎麼能用我的水壺呢，我喝過了呀。

初梔覺得這個要求簡直讓人太為難了。

她抓抓下巴，又皺了皺鼻子，站在原地艱難的抉擇了一陣子，才嘆了口氣，一副特別煩惱的樣子，「那你等一下。」

最終，她無奈妥協了，轉身小跑到樹蔭下，去找自己的水壺。

樹蔭下休息的同學早就圍觀了一陣子了，只不過因為距離有點遠，聽不見他們在說什麼，此時看見女主角回來了，開始眉飛色舞地起鬨。

有個男生吹了聲響亮的口哨：「怎麼回事啊，老三的小美人看起來這麼了得啊。」

他旁邊另一個男生長臂一伸，一巴掌拍到他的腦袋上了。

初梔心裡正忙著和她即將逝去的最後一點水分別，也不怎麼關心這群人亂哄哄的在說些什麼，林瞳看著她翻出水壺來，擠眉弄眼的：「妳這個情況完全突如其來毫無預兆的啊，那個帥哥是誰啊？」

初梔憂鬱地看著她：「醬料碟。」

林瞳：「啊？」

「債主。」

「？」

「四位數。」

「？？？」

初梔再嘆，沒再說話，拿著自己藕粉色的小水壺走過去了。

四位數還站在那裡，臉帥到沒什麼瑕疵，身形頎長，一雙大長腿跟模特兒似的，比例看起來無限接近零點六一八。

她慢吞吞地走過去，藕粉色的水壺遞給他。

她的瓶子是透明的，裡面還剩不到三分之一的水，四位數接過來擰開杯蓋，在小女孩提心吊膽的灼熱注視下倒是也沒真的直接喝，仰著頭，杯沿懸空沒和嘴唇有接觸。

瓶中的透明液體緩緩倒入口中，脖頸拉的柔韌修長，喉結隨著滾動。

初梔身後廣告二班發出一陣地動山搖的起鬨聲。

初梔沒理，他沒直接喝，她只覺得鬆了口氣。

鬆完又覺得哪裡不對。

她的水都被喝光了，那等一下自己喝什麼？

初梔看著她寶貴的水資源全部進了男人的肚子，舔了舔乾乾的嘴唇，欲哭無淚的樣子。

陸嘉珩喝完水，一低頭，就看見少女一臉委屈地看著他。

瓶子裡還有點水，他沒喝完。

陸嘉珩不緊不慢在她的注視下擰上瓶蓋，因為是用倒的，唇邊掛著點水珠，他舌尖伸出來一點，舔掉了。

這個動作被他做得還挺色氣挺有誘惑力的，但是初梔現在注意力全都放在自己的水壺上。

男人骨節分明的大手拿著她藕粉色的瓶子，只剩下淺淺一層水隨著他的動作晃啊晃，晃啊晃。

食指勾著她瓶蓋上的粉色帶子，四位數把水壺捏在手裡把玩，漫不經心道：「瓶子挺好看。」

審美得到了肯定，初梔挺開心。

「可以送給我嗎？」

「……」初梔大驚失色。

你連我最後一點水都不放過嗎！

「或者我買下來也可以。」男人捲著帶子玩，看著她的表情又補充道。

「不用不用，」初梔連忙擺手，苦哈哈地看著自己的瓶子，以及那最後一點水，閉了閉眼，大義凜然視死如歸，「送給你了！」

他垂著眼，看了看她，唇角翹起：「那就謝謝妳了。」

「不用謝……」初梔有氣無力地晃著腦袋，看著四位數心滿意足地拿著自己的水壺走了，她開始懷疑他是故意的了。

她摸了摸口袋裡的零錢，正準備去自動販賣機買瓶礦泉水，身後教官的集合口哨聲清脆響起。

「……」

太殘忍了吧。

初梔認命地小跑過去歸隊。

一個水杯而已，一點水而已。

馬上就午休了。

我不渴，我一點也不渴。

我不渴！

教官安排大家走正步，雖然很熱，但是能動起來總是要好過站軍姿的，初梔不斷的幫自己洗腦，努力忽略掉火燒火燎般的喉嚨。

正步一排一排的分解走，初梔是最後一排，第一排合格，站到了她們的後面。

班裡最高的男生全都站在第一排，初梔口中正念念有詞的小聲嘀咕著般若我不渴心經，感覺到身後陰影籠罩。

她下意識回過頭去，廣告二班身高擔當的男同學們站成一排，小山一樣佇立在她身後。

教官的注意力全都放在前面了，後面的人就可以偷偷摸摸開小差，剛剛吹口哨的那個男生笑瞇瞇地看著她：「初梔同學，剛剛那個是妳的男朋友？」

初梔記得他叫周明，搖搖頭，「不是。」

「熟人？」

初梔頓了頓，又搖頭：「不熟的。」

周明「哦」了一聲，不懷好意笑起來：「那初梔同學有沒有男朋友啊？」

「沒有呀。」

無論問什麼初梔都認認真真的禮貌回答，聲音也軟綿綿的，像是包了紅豆沙餡的糯米糰子。

周明繼續嘿嘿嘿，拽了拽身邊的男生：「那妳看蕭翊怎麼樣？這身材、這臉、這成熟穩重的氣質，三觀端正作息時間規律無不良嗜好，聽說高中還跟妳同校，又是學霸，以後有什麼不會的問題都可以問他。」

他熱情洋溢不遺餘力地推銷著成熟穩重的蕭翊同學，突然被拉入話題裡，成熟穩重的蕭翊同學成熟穩重的紅了耳根：「我沒什麼能教她的，初梔升學考成績是我們學校文組第一名。」蕭翊低聲說。

「……」周明恨鐵不成鋼地狠狠瞪了他一眼，又扭頭看向初梔，表情凝重滄桑的像個老父親，語重心長提議道：「那要不然這樣，妳來教他吧，蕭翊這個成績真的是太讓我操心了，讀書怎麼能爛成這樣？我真的懷疑他升學考的成績不是買來的就是抄來的，到底怎麼進這個學校的？」

蕭翊：「……」

初梔：「……」

晚上，軍訓結束，幾個人回到寢室。

初梔摘了帽子脫掉迷彩外套，突然想起之前四位數跟她說耳朵曬傷了的事情，連忙把林瞳叫過來：「瞳瞳，妳幫我看看耳朵。」

林瞳撩起少女的長髮別在耳後，看著她白白嫩嫩微微泛了點紅的小耳朵：「嗯，被曬得稍微有點紅，等一下拿冰毛巾敷一敷？」

「那水泡破了沒？」初梔緊張地問。

林瞳左左右右前前後後地仔細端詳了五分鐘，指尖抵著耳廓翻來覆去的看，茫然了：「什麼水泡？」

「就，耳朵上曬傷的水泡。」

「哪來的水泡？」

初梔：「沒有嗎？」

林瞳：「沒有啊。」

「……」

初梔也茫然了。

九月初正是最熱的時候，北方的太陽又毒又辣，軍訓如火如荼進行著。

十天過去，男生還都稍微好一點，一個個細皮嫩肉的女孩子們簡直苦不堪言，防曬乳塞在軍訓外套口袋裡，見縫插針的塗。

自從那次周明和初梔搭上話，並且有意無意的幫她和成熟穩重的蕭翊同學牽線搭橋以後，初梔就跟他們慢慢熟悉了起來。

初梔對於和蕭翊高中同校這件事毫不知情，對他沒什麼太大的印象，但是這並不妨礙初梔覺得他是個好人。

蕭翊是那種比較典型的乖寶寶型小學霸，人帥話不多，卻很溫柔脾氣好，一身軍訓服穿得整整齊齊，又站在第一排，軍姿、正步、方陣都是打頭陣的一個，軍訓這段時間下來隔壁班已經有女孩子過來搭訕了。

他的回答非常統一，一律都是對不起。

這個時候，周明和林瞳就會站在旁邊咿咿噓噓的起鬨，不知道在興奮什麼。

不知道怎麼的，初梔突然就想起第一次見到四位數的時候，男人被搭訕，給聯絡方式的時候那副漫不經心的樣子。

再看看蕭翊同學十分抱歉的鄭重跟被拒絕的女孩子道歉。

初栀眨眨眼，覺得人和人之間的差距怎麼這麼大。

四位數自從那天突然出現曬太陽，並且順手順走一個水壺以後就再次消失，一連好幾天沒再出現過。

初栀心裡悄悄地鬆了口氣，希望這少爺就保持著這樣等著她還債就好，不要再出現了。要求稀奇古怪的，真的有點麻煩，她又不太好拒絕。

軍訓後半段，每天晚上結束之前，學校裡都會有社團過來宣傳。

夕陽西下，一排排綠油油的小油菜席地而坐，大家三兩閒聊，其實也沒有分多少注意力給社團，除非是自己特別感興趣的。

林瞳個子高，原本站在女生最前面一排，此時偷偷摸摸地換了位子，蹭到她們旁邊聊天。

女孩子的友誼說簡單也簡單，一個多禮拜的魔鬼軍訓下來，幾個女孩子已經很熟了，聊得正開心，突然有人叫初栀的名字。

她一抬頭，高大的少年逆光站在她面前，微微一笑，有點驚喜：「真的是妳啊。」

初栀也並不是沒被男生追過。

她長了一張好看的臉，一眼看上去讓人完全討厭不起來，性子軟綿綿的呆萌好說話，家境殷實，教養良好，還是個小學霸，男女生緣都極好。

從小到大，明裡暗裡喜歡、追求過她的男孩子不知道要排到哪條街去了。

可惜初栀沒什麼戀愛腦。

國中的時候玩得好好的男孩子突然有一天跟她表白，她笑嘻嘻地回應人家說「謝謝我也喜歡你呀」男生以為小美人同意了，欣喜若狂送她回家，被初父看見了，在二樓陽臺窗戶直接飛了一個掃帚到男孩頭上，夾雜著破口大罵。

中二時期的小男生膽子大，狂到不行，一臉不服氣說我送我女朋友回家怎麼了！

初梔揹著小書包眨眨眼，一臉茫然：「我又不是你的女朋友。」

初父以為女兒被騷擾了，舉著拖把追到社區門口，把男生追得哇哇叫著跑。

那時候她上國中，青春期的小果實開得晚。

後來高中課業壓力大，她的心思也沒往那邊歪，整個人無懈可擊到讓人無從下手，男孩們一個個敗下陣來。

但是好歹是十七歲的少女，也不是真的什麼都不懂的。

升學考結束的那個漫長的暑假，班草開始找她出去玩。

班草長得白皙清雋，一百八十公分的個頭，陽光帥氣熱愛鍛煉，身材在同齡人當中也是挺拔得十分出類拔萃。

遊樂園摩天輪上，班草跟初梔告白了。

夏夜天黑的晚，淺紫色的天空綴著星月，遊樂園彩燈星星點點，像是藏在灌木叢裡的小精靈悄悄露出了頭。

摩天輪升到最高點，初梔感覺自己的少女心被那簡單的「我喜歡妳」四個字打動了。

初梔接受了班草的告白，兩人迅速墜入愛河飛速發展，並且很新鮮的熱情高漲在三天內籌備了第一個五年計劃。

直到一個星期以後，初栀不小心撞見班草和校花站在酒吧門口，兩個人糾纏在一起相互啃著對方。

初栀淡定的蹲在不遠處，掰著手指頭幫他們數著秒數。

竟然有五十多秒，厲害啊！

一分鐘過去了，班草和校花終於發現了蹲在旁邊撐著腦袋瓜一臉敬佩的少女。

戀情告終，初栀傷心了三秒鐘，當場和班草分手。

少女一段連手都沒來得及牽的初戀維持了不到兩個禮拜，初栀覺得從那以後自己也是個有故事的人了。

結果沒想到，他竟然也報考了A大，還真的考上了。

初栀這時坐在地上，男孩站著，依然是她仰著腦袋看他，和兩人最後一次見面她蹲在酒吧門口看著他的場景出奇相似。

他逆著光，初栀被刺得微微瞇了瞇眼，認出他來，「啊」了一聲。

尹明碩倒是笑得英俊瀟灑坦蕩蕩，沒有一點見到前女友，還是被自己劈腿了的前女友的心虛模樣，他上下左右的把女孩看了一遍，覺得有點可惜。

其實尹明碩覺得自己挺委屈的，之前他和小女生告白，是真的覺得她很可愛。

小小一隻，軟綿綿的女朋友，想想都覺得可愛。

校花那件事，完全是個意外。

升學考結束大家終於解放了，他和幾個朋友去酒吧玩，他是叫了初梔的，她當時說太晚了，所以沒來。

事前他不知道，校花也跟著來了。

校花家裡有錢，但是成績不太好，青春期精力全都耗在別的地方，學籍是放在其他學校的，讀的是「借讀班」。

尹明碩和校花之前也是有過一段不得不說的故事的，那天大家都喝了不少酒，有點醉了，再加上前男女朋友這種曖昧的關係，燈光晦暗，很容易和前女友發生無法控制的意外。

尹明碩覺得自己有點倒楣，怎麼好巧不巧被初梔看見了。

他嘆了口氣，看著面前穿著軍訓服綠油油的小女孩，蹲下來，聲音也十分溫柔：「好久不見了，妳還好嗎？」

初梔歪了歪腦袋：「我好呀。」

「……」尹明碩恍若未聞：「我知道妳也過得不好，我也是，這兩個月都渾渾噩噩的，每天都在想妳。」

感情史這種東西是女生寢室夜聊必備話題，林瞳早有耳聞，聽到這話沒忍住在旁邊抖了抖肩膀，一臉受不了的翻了個白眼。

尹明碩假裝沒注意到，也不在意，笑了笑，對初梔道：「我有點話想跟妳說。」

初梔點點頭，很認真的看著他：「你說吧。」

他低低咳了兩聲：「一起去買個水？」

初栀想說我有水，下午剛買的，還沒喝完呢。

她猶豫了一下，還是點點頭，手掌撐著地面站起來了，往前走了兩步離人群遠了一點，拍了拍褲子上沾著的灰塵。

傍晚霞光紅豔，少年和少女並肩走出操場，少年時不時垂下頭去溫柔的注視著身邊的女孩子說些什麼，場面美得像幅畫。

尹明碩挺會討女孩子歡心的，尤其是他跟初栀同班三年，雖然只交往了不到兩個禮拜，但是好歹也出來約過兩次會，對於她的喜好十分瞭解。

他沒去自動販賣機，而是轉去福利社，買了一個香草口味的冰淇淋甜筒給少女。

初栀皺了皺眉，覺得兩個人已經分手了，就要給他錢。

尹明碩執意不收，初栀乾脆地用手機轉帳給他了。

他有話想說，有意領著她往多媒體大樓那邊走，無奈地說：「妳就當高中同學請妳吃個冰淇淋不行嗎？」

初栀眨眨眼，一本正經地看著他：「你如果只是高中同學不是前男友的話就行。」

「……」

尹明碩有的時候覺得這女孩是真的天然呆，有的時候又覺得她其實什麼事情都明白的很，只是在裝傻。

初栀不知道他在想些什麼，她只是很單純的這麼想的，所以就這麼說了，說完沒再看他，開開心心地撕了冰淇淋的包裝紙，垂著眼，舌尖伸出來，慢吞吞地舔在奶白色的冰淇淋上。

尹明碩看著她的動作，咽了咽唾沫。

心裡想，這個好我和定了！

兩個人已經走到多媒體大樓那邊的空地，旁邊是個露天網球場，裡面有幾個人在打球。

他直勾勾地看著她，決定打直球。

尹明碩清了清嗓子，開口解釋：「上次酒吧門口的那件事情是個意外。」

初梔舌尖舔掉一層霜淇淋捲進嘴裡，沒頭沒尾說：「我覺得你挺厲害的。」

尹明碩一愣：「什麼？」

「我都幫你計時了，你們親了五十八秒呢，」初梔神情真摯，「你憋氣真厲害。」

「……」

尹明碩往前走了兩步，兩人距離倏然拉近，初梔還沒反應過來，旁邊傳來兩聲笑。

周圍實在太安靜了，就連遠處網球場傳過來的嬉笑聲都顯得空茫茫的，像是隔了雲端，這笑聲格外突兀又清晰。

兩個人一起轉過頭去，多媒體大樓門口自動販賣機旁邊站著一個人，吊兒郎當地斜斜靠在機器上，懶洋洋勾著笑看著他們，也不知道是什麼時候站在那的。

尹明碩皺了皺眉，對於自己的談話被不速之客打斷有點不滿。

不速之客直接無視掉他，慢吞吞地直起身，走過來站在兩人旁邊。

初梔看到男人走到她面前，往後小小蹭了兩步拉開了一點距離，想到了男人之前拿走自己水瓶的殘酷行為，幾乎是下意識的，小手一背，直接把手裡舔了一半的冰淇淋藏到身後。

果然，面前的男人愣了一下。

下一秒，初栀反應過來，覺得自己這個行為實在是好摳門、好沒禮貌、好沒家教。

她羞愧地漲紅了臉，手伸回來，垂下頭去：「對不起，我不是這個意思……」

他沒反應。

初栀咬咬唇抬起頭來，試探性地彌補：「你想吃嗎？這個我吃過了，我可以再買一個給你。」

他垂眼看著她，還是沒說話。

就在初栀以為他被惹生氣了，有點不知所措的時候，他突然低聲呵笑了一聲。

男人掃了她手裡的「可愛多（Cornetto）」冰淇淋甜筒一眼，漆黑的桃花眼微挑，緩慢地舔了下唇角：「妳是吃這個長大的？」

不速之客顯然和初栀是認識的，尹明碩不太想在其他人在的時候和初栀討論某些話題，他臉色不悅地沉了沉，側頭，敵意滿滿地看了旁邊的男人一眼。

陸嘉珩沒什麼心思理他，他此時此刻的注意力全都在眼前的這隻小可愛身上了，眼皮都沒掀一下。

尹明碩深吸口氣，調整了一下面部表情，重新轉頭看向初栀：「那我先走了，過兩天等我電話，好嗎？」

初栀的注意力也不在他身上，沒注意他說了些什麼，擺了擺手，跟他說再見。

這手不擺還好，一擺，啪嘰一聲，她剛舔沒兩口的香草霜淇淋直接脫離蛋捲，圓圓一坨掉在了地上。

「……」TAT……

初梔欲哭無淚。

「你喜歡香草口味嗎？」

「我覺得櫻桃口味也好吃的。」

「這家還有芒果優酪乳。」

「還是巧克力？」

福利社裡，穿著軍訓服的少女趴在冰櫃前，看著裡面各種口味的冰淇淋甜筒，完全拿不定主意。她的身後，高大的男人就站在那，也不說話，看著她糾結。

少女軍訓的帽子已經摘了，頭髮被壓了一整天有點亂，綁頭髮的髮圈也鬆鬆垮垮的，小小一束馬尾軟趴趴地癟下去，鬢角的碎髮全都跑出來了，像個小瘋子。

小瘋子糾結了五分鐘，終於不滿地轉過頭來問他：「你到底要哪個口味呀？」

「都行啊，」陸嘉珩唇角一勾，手插著口袋斜斜往旁邊貨架輕輕一靠，打算耍個帥，結果貨架擺太滿，上面堆著的幾袋軟糖全掉到地上。

陸嘉珩：「……」

他剛要蹲下，初梔操心地嘆了口氣，走過去幫他全都撿起來。

小油菜蹲在他面前捲成一團撿軟糖，變成了一顆捲心高麗菜。

全都撿起來，高麗菜站起來，一袋一袋重新塞回貨架上。

他側著身，她就站在他面前，還不到他的肩膀，小胳膊舉起來都沒有他高。

一邊放好了糖，一邊仰著腦袋側頭看他：「那買櫻桃口味給你啦？」

陸嘉珩的心思有點飄，心不在焉點點頭，淡淡地「嗯」了一聲。

初梔去付錢，福利社的老闆娘笑瞇瞇的看著她，悄悄湊過去小聲說：「妳男朋友這種，現在叫什麼？傲嬌？」

初梔愣了愣，脖子也伸過去和老闆娘咬耳朵：「阿姨，他不是我男朋友，而且這個不叫傲嬌。」

老闆娘顯然是誤會了，依然笑瞇瞇：「那妳要加把勁啊，喜歡就再主動點。」

初梔趕緊搖頭：「不是的，我對他也沒有那個意思。」

阿姨顯然不相信，一臉小女孩就是臉皮薄怎麼還不好意思上了呢的表情，把霜淇淋遞給她。

初梔拿了甜筒走到門口，舉到他面前。

陸嘉珩沒接，垂著眼看。

初梔小手抖了抖，催他：「快吃呀，等一下融化了。」

男人慢悠悠「哦」了一聲，伸手接過來，唇一彎，緩聲開口：「剛才想了想，還是想吃香草口味的。」

初梔：「……」

初梔回過身進去又買了個香草口味的，出來以後，站在門口的人手裡那個櫻桃口味的已經剝開了，粉紅色的蛋捲包裝紙被撕掉三分之一，露出裡面的霜淇淋。

見到她出來，男人接過她手裡香草口味的那個，順手把櫻桃口味的遞過去了：「剛剛那個不是掉了。」

說到這個，初梔還是有點不好意思，垂著腦袋：「我剛剛真的不是那個意思，主要是——」

「主要是？」

初梔猶豫了下，聲音壓得低低的：「你之前太嚇人了……」

陸嘉珩一邊撕開藍色的包裝紙，沒忍住笑了一聲。

是欺負得太狠了？

他反思了一秒鐘，又覺得並沒有啊。

兩個人一人拿著一支冰淇淋甜筒不緊不慢地沿著網球場鐵網走，路過之前的多媒體大樓，陸嘉珩才開口：「剛剛那個是妳男朋友？」

初梔舔著櫻桃口味霜淇淋：「前男友。」

他舔著唇垂眼笑：「看來我打擾他自證清白了。」

初梔搖搖頭，咬了一口蛋捲，喀嚓一聲清脆的響：「我又不是傻子。」

陸嘉珩挑眉，沒說話。

「事情不是妳想的那樣，妳聽我解釋，我最愛的還是妳——」初梔的語氣沒什麼起伏，慢吞吞地嘟囔，「這種八點檔肥皂劇臺詞好老土。」

陸嘉珩不知道為什麼心情挺好，很贊同地點點頭：「是老土。」

「不過他和他前女友竟然能啃那麼久，」初梔喀嚓喀嚓咬著蛋捲感嘆，「真是厲害。」

身邊的小女孩蹦蹦跳跳地跟他吐槽，沒心沒肺的樣子讓人忍不住開始同情她那個前男友了。

怕她跟不上，他特地把腳步放得很慢，每一步都像是慢動作，沒有絲毫的不耐煩。

陸嘉珩覺得自己的耐心前所未有的好，可能是因為今天晚上溫度適宜。

霜淇淋涼涼的停在舌尖，甜香味滲入味蕾，給人一種空氣中都飄著淡淡的香草味的錯覺。

操場上軍訓的新生早就散了，只有零零星星的人在跑步聊天，走到一半，陸嘉珩的電話響起，他接起來。

那邊的聲音有點大，初梔甚至能隱隱約約聽到聲音，果然，男人嫌棄地皺了一下眉，手機拿了老遠，等了一陣子，才重新放回耳邊，十分敷衍道：「聽見了。」

初梔：「……」

學長，您聽見什麼了？

「嗯，我等等多帶一個人。」

「……」嗯？

他掛了電話，低下頭，初梔嘴巴裡還叼著蛋捲，注意到他看過來的視線，也仰起頭來看他。

陸嘉珩把手機捏在手裡把玩：「吃飯了嗎？」

初梔搖搖頭：「回寢室換個衣服就去。」

他點點頭，無比自然的開口：「跟我一起嗎？」他頓了頓，補充道，「有個朋友生日。」

其實這問題也只是走個過場，陸嘉珩想。

畢竟她應該也不太可能會拒絕。

初梔「啊」了一聲，有點為難：「可是，我跟室友說好了要一起吃的。」

「……」

腦子裡瞬間蹦出來一個小人，「啪」一聲給了他一巴掌。

「嗯，行，那妳去吧。」陸少爺沒什麼表情的點點頭。

初栀還有點無措：「那，祝你朋友生日快樂。」

剛被打臉還沒來得及表示沮喪的陸少爺聞言頓了一秒，突然傾了傾身。

兩人距離倏地拉近，他的桃花眼黑漆漆，眼角習慣性地挑著，盯著她笑：「怎麼祝？」

初栀想不到他會問這個問題，有點沒反應過來，呆呆的「啊」了一聲。

他也不急，語速放得很慢地重複，體貼的給她消化和思考的時間：「妳準備怎麼祝我朋友生日快樂？」

然後，他看著她露出了一個苦惱的表情。

這實在是有點為難人。

雖然初栀覺得今天遇見他兩人已經熟悉了很多了，但是還劃不進「熟人」的範疇。

他的朋友過生日，跟她的關係好像更不大了。

初栀鼓了一下腮幫子，先是翻了一下軍訓服外套的口袋，裡面只有一點零錢、手機，還有一管防曬乳。

她垂著肩膀，在男人玩味的注視下皺著眉想。

過了好一陣子，她突然指了指他手裡的手機：「能把手機借我用一下嗎？」

他眉梢一挑，也沒說什麼，把手機遞給她。

男人的手機沒有設置密碼鎖，初梔接過來，直接滑開，慢吞吞地找了一下，然後點開了語音備忘錄。

陸嘉珩垂著眼，就看她打開語音備忘錄以後，白嫩纖細的指尖點了一下紅色的錄音鍵，然後手機微微拿近了一點——開始唱歌。

陸嘉珩完全愣住了。

他當然知道自己這個要求有多難為人，她根本沒有辦法。

他只是想欺負她一下，看看她不知所措的樣子，逗逗她，然後再順理成章地摸摸那顆小腦袋，撩一撩，安慰安慰。

晚上六點半，太陽一寸寸藏入地平線，天還沒完全黑下去，校園裡的路燈已經亮起來了。

小女孩站在他面前，手裡拿著他的手機，認認真真地清唱了一首生日快樂歌。

聲音軟軟的，眼睫低垂，又長又密的睫毛覆蓋下來，像兩把毛絨絨的小刷子。

她唱得很慢，每一個音都像是顆軟軟的椰子口味牛奶糖，在巧克力醬裡滾了一圈，再撒上白色的糖霜，遞到了他面前。

陸嘉珩目不轉睛地盯著她，嗓子突然開始發癢，喉結不自覺地滾了滾。

初梔完整地唱完了一首生日快樂歌，暫停，輸入了生日快樂歌五個字，存儲成了新的語音備忘錄。

做完這些以後，她把手機重新遞還給他，似乎是覺得這樣太敷衍了，還有點不好意思。

他沒說話，盯著手機裡那段不到半分鐘的錄音看了好一陣子。

初栀歪著腦袋，由下至上看著他，鹿眼乾淨清澈：「學長，那我先回去了。」

學長抬起眼來看著她，眼神有點深。

小女孩沒看出來，晃著手臂笑嘻嘻地和他道別，轉身一蹦一跳的走了。

陸嘉珩看著她的背影消失，把手機捏在手裡，站在原地沒動。

就這麼站了三分鐘，他的肩膀突然微塌，笑了一聲。

聲音低低啞啞的，有點困惑，有點挫敗，「不對勁啊……」

說是朋友過生日，其實這個「朋友」也只是跟著程軼過來，見過兩次面而已。

陸嘉珩到的時候氣氛已經炒起來了，他一進來，上一秒手還搭在一個女生肩膀上拿著麥克風，手牽手肩並肩高聲嚎叫著的程軼直接從沙發上翻下來，眼睛直勾勾地往他身後瞧。

空無一人。

程軼不死心，伸長了脖子往外瞅。

確實沒有。

這他媽真是宇宙級奇聞啊簡直太新鮮了，陸少爺警告似的提醒他們說要帶個人來，程軼覺得這分明就是個暗示，於是無比健康的直接揮退一群大白腿，大家健康無害的唱唱歌喝喝酒，結果這傢伙一個人來的。

程軼又去看他的表情。

沒有想像中的那種被拒絕了的表情，反而十分微妙。

呢？」

至於有多微妙。

程軼眼睛一瞇，湊到他面前去，嘶了一聲，有點不解：「我怎麼覺得你的表情娘們兮兮的呢？」

「……」

「不知道為什麼，就是有種微妙的娘感。」

「……」

程軼摸了摸下巴：「你上次拿一個粉紅水壺回來我就覺得不對勁了，你不是真的要認真撩妹吧，別了，林柏楊十年狗命都在你手裡。」

林柏楊遠離人群坐在門邊小沙發裡安靜無害吃著不知道是誰的生日蛋糕，剛好能聽見他們的對話，翹著小拇指，塑膠叉子往蛋糕上一插：「程軼我草擬大爺。」

程軼迷茫了：「你他媽怎麼也娘們兮兮的呢？」

陸嘉珩顯然不太在狀態，理都懶得理他，直接進了包廂，走到林柏楊座的那塊小沙發區。

林柏楊和他們大學才認識，關係雖然不錯，但是人家的品行是那種帶都帶不歪的良好，是個出口成髒的暴躁純情男，平時出去玩從來都是待在一旁安安靜靜吃吃東西玩玩手機。

今天，陸嘉珩也加入了他。

包廂最裡面兩排半圓沙發區氣氛高漲，滿地骰子和撒了的酒，有人看見他過來喊他，他也不怎麼理，像是個開門的，遺世而獨立的和林柏楊並排坐在門口角落，長腿前伸交疊，掏出手機來。

程軼覺得有點不能接受。

他目瞪口呆的看著陸少爺跟旁邊林少爺要了個耳機，插上手機戴上，翹著二郎腿懶洋洋地癱進小沙發裡，安靜了差不多半分鐘，然後——露出迷之微笑。

程軼簡直要懷疑他是不是大庭廣眾之下在聽什麼骯髒齷齪的東西。

他從後面繞過去，腦袋伸到陸嘉珩頸邊，往他手機螢幕上瞧：「好東西要share啊珩哥。」

男人的反應極快，啪的一下把手機扣上了，頭一偏，伸出手抵著他的腦門推開：「離我遠一點。」

程軼掙扎：「怎麼了？」

「你是從女人堆裡爬出來的？一身香水味熏得我想吐。」

程軼：「……」

初梔人一回寢室就遭受到了嚴刑拷打。

幾個女孩朝夕相處十多天，比較淺層次的感情史早就被沒有任何距離的夜聊聊出來了，林瞳表示恨鐵不成鋼：「妳怎麼就答應跟他走了呢？那就是個渣男！有什麼好聊的？？」

寢室老二顧涵痛心疾首：「妳這孩子傻傻的，他說兩句甜言蜜語，再改過自新表示表示，送兩天早餐給妳，妳就又栽在他手裡。」

老三最後淡定做出總結：「初梔同志，我們對妳很失望。」

「……」初栀掙扎著解釋：「我們才談了不到十天，沒什麼感覺的，也沒什麼嫌好避，而且畢竟是三年同學。」

顧涵瞪大了眼睛，完全不放心：「萬一他把妳拉到人少的地方強取豪奪呢！」

初栀：「沒事呀，我學過三年的空手道。」

顧涵的表情有意想不到的敬佩：「看不出來啊，小阿栀。」

初栀咧嘴笑，露出整齊的小白牙：「還是白帶。」

顧涵：「……」

顧涵是個東北姑娘，平時喜歡研究些塔羅牌、星座、五行八卦之類的東西，有的時候會突然興起，拉著妳神神祕祕念上一段。

林瞳不相信這些東西，寢室老三薛念南是個標準學霸，每天晚上軍訓結束別人玩手機她背英文檢定單字那種，顧涵的唯一忠實粉絲只剩下了初栀。

晚上十一點半黑燈瞎火眾人爬上床玩手機閒聊，顧涵開了手機手電筒盤腿坐在床上，隔著朦朧朧的白紗蚊帳看著對面的初栀說：「想知道妳和他的緣分嗎，說出妳和他的名字如郭靖、黃蓉，馬上瞭解你們之間的緣分有多少。」

初栀緊張極了：「我和吳彥祖。」

「……」

顧涵：「好的，妳和尹明碩的緣分指數是零，不過照他的面相來看這個人是個煩人精，纏人纏得厲害，接下來他要對妳出招了，從送早餐開始，到吃夜宵結束。」

初梔：「……」

初梔覺得顧涵確實是有兩把刷子的，因為第二天一大早，尹明碩真的出現了。

她當時還沒睡醒，身上的軍訓服外套沒拉，敞著懷一邊綁頭髮，一邊跟著室友出了宿舍，買了個早餐邊往操場走邊吃。

一個豆沙包吃完剛好走到操場，初梔擰開豆漿咬進嘴巴裡，一抬頭，就在操場鐵網門口看見尹明碩站在那裡，手裡拎著一個袋子。

他不是一個人來的，旁邊還跟著兩個男生，應該是他的室友，看見初梔她們過來，笑得讓人渾身不舒服。

初梔還沒來得及反應，尹明碩已經跑過來了，朝她笑：「早。」

初梔嘴巴裡還叼著豆漿，含含糊糊地：「唔，棗……」

「已經吃過了？早上只喝豆漿哪能飽，要曬一個上午的太陽呢，我買了雪菜雞絲粥給妳，離集合還有一陣子時間，妳先吃一點？」

顧涵看了林瞳一眼，那眼神就像是在說「看我說什麼？」

林瞳的性格像個炸藥包，還是自燃的那種，不用點就能著，二話不說一把把初梔拉到自己身後，眼一瞇，御姐氣勢十足：「我說，既然已經分手了，你就別纏著人家了好嗎？要不要臉。」

尹明碩的笑容沒了，神情微變，卻還是好脾氣地：「這是我和初梔之間的事情，妳可能不瞭解，她對我有點誤會。」

「你真的是想太多了，」林瞳輕蔑哼了一聲，「你去廁所對著馬桶水照照就明白了，跟你分手還需要什麼狗屁誤會嗎？」

尹明碩還沒說話，他身後兩個男生先不樂意了，其中一個看起來很壯實的直接爆了一句粗口，往前走了兩步：「說話客氣點，你以為老子不打女人？」

上一秒還在和初梔掐指一算的顧涵聞言也不繼續跟她開玩笑了，壓下唇角走過去，警惕地看著他們。

尹明碩看起來有點尷尬，他的手搭在旁邊男生的肩膀上，安撫似的拍了拍。

清晨的操場門口穿著軍訓服的男生女生陸陸續續進來，看到這一幕都不由得側目多看上兩眼。

三個高大的男生對上幾個女孩子，女生無論怎麼樣看起來都占不到便宜，前面兩位戰鬥系室友小辣椒似的，薛念南從英語單詞的世界裡短暫地回過神來，開始迅速分析現在的情形怎麼處理最好。

不過她也沒多害怕，因為覺得男生真的會打女生的可能性還是太小了。

所以當她看見那個高大的男生直接一把掃開尹明碩的手過來挑釁似的推了林瞳一把的時候，她完完全全呆住了。

男生對女孩子動手，對於她來說這是完全是無法想像的事情。

顧涵站在旁邊直接怒了，一聲三字經咆哮而出，一把抓住他的手臂張嘴一口狠狠咬了下去，一直站在旁邊沒什麼反應的初梔嘴巴裡咬著的豆漿已經捏在手裡，吸吸果凍似的豆漿袋子，小女孩手臂高高舉起，攥著一捏，乳白色的豆漿像一道水柱，咻的一下全都噴到男生臉上。

男生下意識閉上眼睛，一邊胡亂推了兩把一邊往後退，再睜開眼已經完全怒了，滿臉豆漿滴答滴答滲進衣服裡，眼睛直噴火，憤恨的緊緊盯著她們。

剛氣勢洶洶往前衝了兩步，又被人一拳錘上後腦勺。

周明不知道什麼時候跑到後面，錘完，嗷嗷叫了兩聲，手背通紅，疼的嘶嘶哈哈的，還不忘耍帥：「欺負我們班的女生，你問過我們班男生了嗎？」

戰場氣氛焦灼，劍拔弩張還沒相觸就爆發了。

周明他們寢室四個人，雖然一個比一個苗條看上去都沒有對方壯，但是勝在人多，還有女生幫忙，雖然掛了彩，但是也並不占下風。

所謂法不責眾，打架就要打群架，寢室規模的架還是差了點。

教官和輔導老師過來的時候，初梔正把尹明碩買給她的雪菜雞絲粥往對方臉上倒，男生被林瞳和顧涵一起按著被燙得嗷嗷叫，熬得又黏又糯的粥順著往下淌。

幾個教官咆哮著跑過來把人分開，男生基本都掛了彩，最開始動手的那個人最慘，臉上頭髮上衣服上又粥又是豆漿的。女孩子看上去倒是都沒什麼事情，除了衣服頭髮稍微有點亂。

老師看上去快要氣瘋了，看著他們唾沫橫飛：「等一下系主任就過來！你們等著吧，我們班還沒開學就出名了！」

初梔老實地站在最末尾，一抬眼，就看見系主任已經遠遠走過來了。

後面還跟了一個人。

四位數今天穿了件奶白色的T恤，牛仔褲，一雙微微上挑著的桃花眼一排掃過去，停在她面前，似笑非笑。

那眼神就像在說：厲害啊。

初梔一愣，可憐兮兮地眨眨眼。

男人唇角一勾，跟在系主任後面走過來，看著輔導員和系主任在不遠處說話，不動聲色站到了初梔旁邊。

「哪些是妳的手筆？」他聲音壓低，語氣玩味，視線沒看她，漫不經心地掃過前面幾個掛彩的男生。

「粥，」初梔猶豫了一下，小聲補充，「還有豆漿……」

她說完，他就笑了。

喉間溢出兩聲輕笑，他垂眼，看著她小腦袋低低垂著，看似老實，乖得不行的樣子，低聲調侃她：「粥多無趣，妳的口袋裡怎麼不準備兩個醬料碟呢？」

第二章　椰子牛奶糖

初梔他們的系主任姓賀，可能是因為平時操碎了心，長相看起來至少比他的真實年齡老了十歲，一笑起來眼睛彎彎，慈眉善目的，是個比較典型的笑面虎。

尹明碩是經管系的，系主任是個面癱，頭髮梳得一絲不苟，一副精英教育者的模樣，看起來也不像是個好說話的。

果然，兩位一碰面，眼神在空中交匯，劈哩啪啦火花四射。

面癱戰鬥前，看了一眼自己幾個被粥和豆漿混合物糊了一臉的學生，有點不忍直視，朝陸嘉珩擺了擺手：「先帶他們回去把身上弄乾淨了再過來。」

陸嘉珩站在初梔旁邊，手插著口袋懶洋洋掀了掀眼皮子：「聽見了？聽見了自己去吧，還要學長教你們怎麼穿衣服嗎？」

他的語氣懶散，唇邊掛笑，一副「我就是來看熱鬧的」肆無忌憚樣子，系主任交代下來的話全部都當耳邊風，任何尊重感都沒有。

面癱咳了兩聲，竟然沒說什麼。

林瞳扭頭，偷偷地看了男人的側臉一眼，用手肘捅了捅旁邊的初梔，聲音壓低：「這不是妳那個——」

顧涵：「這不是妳那個——」

我那個債主，初梔心道。

薛念南面無表情：「妳那個粉色水壺，搶妳的水，還搶妳的水壺，他還有什麼不能搶的。」

初梔：「……」

好像哪裡不太對。

粉色水壺離得挺近的，也不知道是不是聽見了她們說的話，視線轉回來，似笑非笑地瞥她。

初梔還保持著乖巧等著挨罵的表情，微微側頭看了跟面癱說話的笑面虎一眼，朝旁邊側了側腦袋靠近了一點，低聲問他：「你今天也來曬太陽的嗎？」

小女孩的頭髮有點亂，幾縷從髮圈裡散出來的頭髮隨著她的動作垂下來，細小的絨毛晃來晃去。

陸嘉珩手指發癢，指尖藏在口袋裡微微抬了抬，盯著她耳朵後那塊細細軟軟的頭髮有點出神，淡淡地「嗯」了一聲。

初梔眨眨眼，抬起頭來看看天，又看看他：「可是今天是陰天。」

陸嘉珩：「……天氣預報說今天晴天。」

初梔「啊」了一聲，了悟地點點頭，剛想說什麼，老師已經嚴峻地走過來，她趕緊閉嘴，一臉乖巧的垂下頭。

不知道為什麼，陸嘉珩莫名的有種鬆了口氣的感覺。

打架這事說大不大，說小不小，大家都是血氣方剛的年紀，按照初梔她們系主任的話來說，年輕人嘛，一時熱血很正常，千萬不要扼殺了他們的激情。

初梔琢磨著系主任應該是中文系的才對。

如果是學院或者系內都還好說，不同學院的兩撥人，處理起來還是挺麻煩的，就像小孩子淘氣，關起門來家長可以隨便教訓，但是如果自家孩子在外面被別人欺負了，那家長肯定是第一個不樂意。

笑面虎和面癱你不讓我我不讓你，轟轟烈烈的舌戰了一番也沒什麼結果，最後大家協調一下各退一步，互相道個歉，給個警告處分，再每人寫一份檢討書，這事情就算過了。

輪到初梔的時候，小女孩規規矩矩對著尹明碩鞠了個躬：「對不起，我不該往你們身上潑粥，」她的語氣飽含歉意，無比的真誠誠懇，「雖然那是你買給我的。」

尹明碩：「……」

不知道為什麼，聽起來有種「你活該」的感覺呢？

打架事件就這麼告一段落，軍訓的最後幾天，別的同學練習踢正步，初梔她們罰站。

第一天，大家排排站，趁著沒人看著的時候嘻嘻哈哈的聊聊天，罰站罰得開心得不得了，覺得這懲罰太好了，剛好可以逃過軍訓。

很快，教官就發現了這個現象，直接把幾個人全都分開，隔著偌大的操場遙遙相望。

九月正是換季的時候，月初還天天驕陽似火烈日當空，等到了月中軍訓接近尾聲，天氣已經涼下來了。

初梔被發配到了邊疆，連續幾天從早上站到下午從下午站到晚上，站到膝蓋發疼還不能動，每次想偷偷靠著身後鐵網休息一下子的時候，就能看見少爺似的懶洋洋閒晃的四位數。

少爺最近天天曬太陽，有太陽要曬，沒有太陽也要曬。

初梔心想他真是愛鍛煉啊。

兩個人隔著一個四百公尺跑道人海茫茫中對視了一眼，初梔遠遠地看著他好像模糊地笑了一下，然後走了過來。

他走到她面前，手臂抬起，修長好看的手捏著瓶寶礦力垂在她面前。

初梔一愣，沒有接。

他微微向前傾了傾身，語氣玩味：「拿著，之前不是搶了妳的水嗎？」

初梔：「……」他之前果然聽到了……

初梔覺得挺不好意思，有種背後說人壞話還被抓包了的心虛感，也沒接：「沒事呀，反正就那麼一點水。」

他也沒再說什麼，直接俯身，彎腰，垂頭，長臂伸下去，把水放在她的腳邊。

初梔垂頭，看著半透明的瓶子，小聲道謝：「謝謝。」

他就站在她旁邊，少女一垂頭，軍訓的外套領子後面露出一小片白嫩嫩的後頸，藏在髮絲後面，白到晃眼。

陸嘉珩盯了一下子，沒說話。

少女抬起頭來。

他的視線移開，表情沒什麼變化，喉嚨又開始發癢。

初梔沒注意，俯身把水瓶撿起來抱在懷裡，想起那天他和兩個系主任一起過來，好像還和經管系那個面癱挺熟的樣子，抬眼問他：「學長，你是經管系的嗎？」

陸嘉珩側身靠在鐵網上：「嗯，金融。」

「哇。」初梔十分捧場地說。

「哇什麼？」

「沒什麼，我就哇一下。」

他笑了一聲，「妳學新聞？」

「廣告啊，」初梔眨眨眼，「我之前就告訴過你了。」

聞言，男人沉默了一下。

他的大腦飛速過濾仔細回憶了一下她是什麼時候告訴過自己的，結果沒什麼收穫。

早就忘了。

「名字也告訴過你了。」初梔說。

陸嘉珩：「……」

「還有電話號碼。」

陸嘉珩想起來了。

可是當時她的語速太快，他心裡又覺得有點煩，只覺得自己滿腦袋韭菜味，根本沒怎麼太注意聽，也不太關心她說了些什麼。

陸嘉珩久違的生出了點懊惱的情緒。

果然，小女孩看著他的表情微微瞪大了眼睛：「你不記得了嗎？」

那黑漆漆的眼明亮乾淨，此時寫滿了難以置信，還有點責備的意思。

他剛想道歉，就聽她繼續道：「你怎麼不記著呢，萬一我是個壞人就這麼跑了不賠你衣服怎麼辦？」

「……」原來在意的是這種事情？

陸嘉珩舌尖舔了下唇珠，低笑了一聲，氣音短促：「不用妳賠，」他頓了頓，嗓音微壓，磁性低沉，黑眼盯著她，「壞人也沒事，妳別跑就行。」

初梔根本沒在聽，此時正忙著從軍訓外套口袋裡把手機掏出來，她解了鎖，一隻手遞給他：「我只存了你的號碼，你打一下名字。」

她說著，另一隻手在他面前攤開，掌心朝上。

小小的一隻手，白皙纖細，掌心的紋路乾淨細膩。

他垂眸片刻，接過她的手機，把自己的也遞給她。

初梔之前用過一次他的手機，通訊錄什麼的找得也快，她輸入了自己的號碼查找了一下，果然沒存。

初梔用手臂夾著寶礦力，快速把自己的手機號碼和名字存上去，遞回去。

男人接過來，單手拿著她的手機打字。

初栀一邊擰著寶礦力的瓶蓋一邊感嘆著手指長就是好，她一隻手拇指根本碰不著，人家還能遊刃有餘的打字。

結果擰了半天，手心都疼了，也沒擰開。

她手往裡縮了縮，又甩了甩袖管，用袖口的布料包住了擰。

還是沒開。

初栀小臉沮喪，不太開心。

剛好男人那邊字打完，畫面退出去，鎖了螢幕遞過去。

初栀沒手去接，她還在和手裡的水瓶奮戰，整個人忘我的投入其中擰得前仰後合的，長長的馬尾辮垂到前面來。小臉都憋紅了，袖口的布料被她墊在掌心和瓶口之間，攥的皺巴巴的。

陸少爺垂著眼，看她那副費盡力氣的可愛樣子勾了勾唇角，夾著手機輕飄飄塞到她面前，好看的手指扣住硬塑膠瓶瓶口，輕輕從她手裡抽出來。

初栀順從地鬆手了，接過手機放進口袋，人往前了兩步，小腦袋湊過去等著，崇拜的表情都已經擺好了。

陸嘉珩的表情挺從容的，渾身都透著一股漫不經心的慵懶，手指也是懶洋洋地搭在瓶蓋上，整個人的姿態就像是在說擰個瓶子就跟吹口氣一樣輕鬆。

兩人之間短暫的安靜了一瞬間。

一秒、兩秒、三秒。

陸嘉珩面上一僵。

他也沒擰開。

他若無其事的抬了一下眼，小女孩正仰著腦袋看著他，滿臉期待。

陸嘉珩：「……」

這什麼破水？以後再也不買了。

初梔的那瓶水無疑是特例，雖然蓋子最終還是被他擰開了。

但是小女孩第一時間那一臉了然的樣子讓陸嘉珩覺得，自己男人的尊嚴簡直被踩在地上碾得稀碎稀碎。

有那麼一瞬間，他對自己產生了一點懷疑，他覺得自己這麼多年的運動都白做了，肌肉全是奶油填充的。

雖然也僅僅只有那麼一秒鐘而已。

少爺從未受到過如此奇恥大辱，他決定找回場子。

於是當天下午，程軼和女生視訊聊天聊一半，就聽見有人在外面踹門。

兩人都盤腿坐在沙發上隔著螢幕看對方嗑瓜子，邊嗑邊聊天，還聊得挺嗨，滿口油腔滑調的段子伴隨著一聲比一聲重的踹門聲。

程軼嘆了口氣，把手裡的瓜子袋子放在茶几上，朝鏡頭裡的姑娘拋了個飛吻：「可能是阿珩忘了帶鑰匙，我去開個門。」

他穿上拖鞋走到門口壓開門，就看見陸嘉珩手裡抱著兩個疊在一起的大箱子，面無表情的站在門口。

程軼眉一挑：「沒帶鑰匙？」

「帶了。」

「那你敲個屁門啊。」

「沒手。」陸嘉珩瞥他一眼，那眼神就好像在說「你瞎嗎」。

程軼跟著他走進去，才把注意力放在他手裡那兩個箱子上。

寶礦力水得，運動飲料。

那個廣告怎麼說的？點點電解質，滴滴入身透？

程軼抬了抬眉，看著男人捧著兩箱水回來，往旁邊地上一放，一屁股坐進懶人沙發裡，拆開一箱，捏著一瓶抽出來，打開了。

程軼剛想繼續和美人聊天，就看見陸嘉珩打開了那瓶水以後，放到了桌子上，然後又俯下身去，從箱子裡抽了一瓶，又擰開了。

程軼以為這是開給他的。

他簡直受寵若驚到毛骨悚然，以為這少爺上午出門被開光了，無比狗腿地湊過去。

然後，他就看著第二瓶也被放在桌子上。

緊接著，他又抽出第三瓶。

就跟開啤酒似的，兩秒一瓶，他就那麼坐在那開了大半箱，也不喝，在桌子上擺成一排。

程軼一臉茫然：「老哥，你幹什麼呢？」

陸嘉珩沒看他，唇角動了動，微微向下垂著，露出了一個不太愉悅的表情，冷冷笑了一聲：「報仇。」

程軼：「……」

男人有些時候就是會有某些那種既幼稚又神奇的點，讓人無法理解，其實原本沒什麼的事情，他們會無比在意，並且在意好久，好久好久。

直到新生軍訓結束，初梔都沒再見過某人曬太陽。

期間發生了一件事，隔壁新聞系有個女生塞了小紙條給教官，結果被發現了，第二天她們班就換了個教官，女學生被通報批評，還沒開學就紅了，那個被塞了紙條的教官也會被部隊懲罰。

據說女生被抓包以後哭著跟營長求情，說都是她的錯，那個教官完全不知道。

初梔完全震驚了，不知道才半個月，怎麼就喜歡上了。

林瞳倒是完全理解的樣子，抱著一包浪味仙唠嚓唠嚓往嘴裡塞：「妳看看現在那些個男生，一個個不是歪瓜裂棗就是奶油小生，要麼瘦的跟竹竿似的，要麼二十出頭啤酒肚還禿頭，弓背貓腰跟做賊似的，瓶蓋都擰不開。平時也就算了，畢竟都同一個德行，一軍訓，和兵哥哥們筆直的身板胸肌、腹肌、背肌、二頭肌一對比，愛情的荷爾蒙分分鐘就被激發出來了啊。」

初梔吃著橘子點點頭，覺得她說得有道理，又覺得哪裡不對。

學長也差點沒擰開瓶蓋，但是她清楚的記得，那人奶白色的T恤袖口卷到手肘，露在外面的小臂上有線條流暢好看的肌肉。

軍訓最後一天上午有個彙報表演，下午大家一起送教官離校。

初梔他們班的教官是個很年輕清爽的小夥子，看上去也沒比他們大幾歲，訓練的時候板著臉一絲不苟，但是其實性子很活潑，休息的時候經常會跟大家玩在一起，聊聊天，感情非常好。

朝夕相處了半個月，臨走那天大家都有點傷感，有幾個女生還小聲地哭了。

初梔被那氣氛搞得也有點小傷感，軍訓的時候大家每天都在哭天搶地的盼著這段恐怖日子趕緊過去，等到真的結束了，又開始覺得捨不得。

半個多月的摧殘折磨過去，大家基本上都黑了一圈，林瞳她們拖著初梔捏著她那張白嫩的小臉各種不解她為什麼好像沒被曬黑，初梔眨眨眼，二話不說擼起袖子露出一截白得跟豆腐似的小手臂，放在臉旁邊做對比：「沒啊，我也曬黑了。」

顧涵瞬間面無表情了：「明白了，人家曬黑了以後的色調和我塗完粉底液同個顏色。」

週末，初父和初母幾天前歐洲遊了一圈終於回來了，一大早就來接她。

在校門口，她又碰見陸嘉珩。

她出來的早，初父的車還沒到，她拖著小行李箱走到路邊，坐在箱子上等，一抬眼，就看見他站在對面。

初梔「啊」了一聲，想跟他打招呼，手臂都抬起來了，突然想起，認識半個月了，她還不知道他的名字。

天光被梧桐樹遮住了大半，分割成小小的色塊細細碎碎灑在他身上，他好像沒看見她，背靠在樹幹上懶洋洋站著，頭微垂，眼神有點散，像是在發呆。

初梔舉了一半的手停在半空中。

他看起來好像不太開心。

初梔皺了皺眉，正猶豫著，一輛黑色的車子緩緩開進來，在路邊停住了。

他抬起頭來，臉上沒有表情地走到車邊。

後座車門被打開的一瞬間，他抬眼，看見了路邊的少女。

初梔和他對視，眨眼笑了一下，朝他擺擺手。

他的桃花眼漆黑，臉上也沒什麼表情，看見她微微抿了抿唇，視線稍作停頓，眼神很淡。像風無聲從她面前一掃而過。

初梔愣了下，看著他鑽進車子裡。

黑色的轎車絕塵而去，初梔側著頭，回憶了一下他剛剛的眼神和表情。

他確實不太開心。

原本週末初梔是準備宅在家裡睡上一天回回血，結果不知道怎麼著，到家卻無比精神，毫無睏意。

初母一看見她眼淚都快下來了，拉著她左瞧瞧右瞧瞧：「我家寶貝是不是瘦了啊，還黑了。」

初父相對來講就比較淡定，笑呵呵地翹著二郎腿看報紙：「現在的小女孩都流行減肥，一個個的腿還沒有手臂粗呢，減什麼肥啊。」

初梔想了想那畫面，誠懇道：「爸，腿沒有手臂粗還挺嚇人的。」

「哦，我是說沒我的手臂粗。」

初母拉著初梔的手不放，眼神有點鄙夷的看著他：「比你的手臂粗太難了，人家的腰都沒你的手臂粗。」

初父也不氣惱，依然悠哉悠哉的樣子，眼睛彎彎，笑得像個傻白甜：「妳連腰都沒有。」

鄧女士冷笑了一聲：「你渾身上下全是腰。」

「妳脖子比腰粗。」

「初雲飛你就是想氣死我找小老婆是吧！」

「我想找小老婆還用得著氣死妳嗎？」

兩個人乒乒乓乓又是一陣唇槍舌劍，初梔習以為常，淡定的鬆開了母親的手，轉進廚房去倒了杯牛奶，加了兩勺糖，放微波爐轉了兩圈，又翻了麥片出來倒進碗裡。

等她一碗麥片吃得差不多，客廳裡的人已經重新進入了如膠似漆狀態，鄧女士抱著初先生的手臂，兩個人依偎在沙發裡，像連體嬰一樣黏在一起看旅行雜誌，研究著要去哪玩。

初梔想著自己欠著的那件天價衣服，嘆了口氣，走過去，乖巧的坐在母親大人旁邊。

「媽媽，」她清了清嗓子，抬手指指窗外，「妳看天上飄著的雲，像不像妳幫我加的五千塊錢零用錢。」

鄧女士：「……」

鄧女士有點詫異，自家女兒一直是個乖寶寶，以前的生活費或者零用錢都是隨便給的，也從來沒見她主動要過。

「是要買衣服嗎？」

初梔猶豫了一下，想想好像沒錯，覺得也沒有必要把這種小事告訴他們，就點點頭。

「行，辛辛苦苦養大的小白菜終於長大了會花錢了，」鄧女士十分感動，直接掏出副卡塞給她，「隨便刷，多買點，挑貴的，別像妳那個死老爸一樣，自己買回家的衣服都像破麻袋似的，還美滋滋的覺得自己的眼光特別好。」

手臂還被老婆抱著的初父：？

初梔一件衣服欠了人家半個月，內心的愧疚值已經達到了巔峰，於是一得到了資金援助，下午沒什麼事情就直接去買衣服給債主了。

結果找了半天，沒找到債主那款。

週末下午商場人很多，初梔拿著一杯飲料站在店門口，掏出手機來準備打個電話給債主。

那天她讓他存了名字，初梔通訊錄裡沒什麼人，她不怎麼愛存電話，父母、大學室友還有幾個閨密加起來也只有十幾個號碼，男人的手機號碼挺好找。

最後，初梔在通訊錄中間段找到了那個號碼。

+86183xxxxxxxx

姓名備註——陸哥哥。

初梔：「……」

陸嘉珩到家的時候是上午十點，陸家宅子裡一片沉寂。

空曠的客廳空無一人，水晶吊燈開了一盞，影影幢幢晃在光可鑑人的大理石地面上，冷冰冰的毫無人氣。

樓梯上坐著一個小男孩，聽見開門聲抬起頭，一看見他進來丟下手裡的小汽車唰地躥了起來，興高采烈地跑過來，「哥哥！」

男孩四、五歲的樣子，小胖腿蹬蹬蹬跑到他面前，仰著胖乎乎的小臉看著他，表情又開心又害怕：「哥哥。」

陸嘉珩「嗯」了一聲，環視一圈：「爸呢？」

「爸爸賺錢給懿懿和哥哥。」小朋友奶聲奶氣地說。

陸嘉珩按著脖頸點點頭，走進去。

「下午回來。」小朋友繼續道。

陸嘉珩步子一頓，按在後脖頸的手也停了停，微微僵了一瞬間，就繼續往前走。

男孩想叫他，又不敢，猶豫地跟在他後面上了兩階樓梯，終於抬起手來，扯了扯他的褲子。

陸嘉珩停下腳步，回過頭來，站在比他高一階的臺階上，居高臨下的看著他。

小男孩的表情依然怯怯的，被他看得縮了縮脖子，還是認真道：「哥哥別和爸爸吵架，爸爸喜歡哥哥，」他小手扯著他的褲子，聲音軟綿綿的，小小的，又低又弱，「懿懿也喜歡哥哥。」

陸嘉珩有點僵硬。

他短暫的笑了一聲，嘴角勾起嘲諷的弧度：「他只喜歡你。」

男孩不自覺的想要靠近他一點，身子往前傾了傾，又很快縮回去，有點手足無措地看著他。

小朋友年紀小，還沒長開，一雙眼水汪汪地，黑漆漆的瞳仁很大，明亮透徹，臉頰帶著嬰兒肥，委屈無措的樣子盯著他。

陸嘉珩突然就泄了氣，有點無奈抬手，敷衍地揉了揉他的頭頂，沒再說什麼，轉身上樓了。

當天下午，陸泓聲果然回來了。

陸嘉珩的房門虛掩，聽著下面的說話聲權當放屁被風吹散了，嘴裡叼著根棒棒糖盤腿坐在長絨地毯上打遊戲，飛速敲擊著機械鍵盤的手頓了頓，從旁邊一把撈過耳麥來扣上了。

果然，又過了一下子，他房間的門被陸泓聲一腳踹開了。

陸嘉珩眼睫毛都沒眨一下，就好像沒感覺到也沒看到他一樣，手指敲著鍵盤打遊戲一邊拖腔拖調道：「沒技能，先撤吧。」

陸泓聲直接走過來，一腳踹翻了他放在地毯上的小桌子。

陸嘉珩是個很會享受的人，房間的裝潢風格和他這個人一模一樣，到處都是軟綿綿的毯子和墊子，讓人覺得這個房間裡任何地方都可以躺著睡一覺。

桌子上的東西應聲全數掉在了長絨地毯上，幾乎沒發出任何響聲，上面一杯滾燙的咖啡也跟著灑下去，不偏不倚，全數灑在了陸嘉珩的手上。

白皙修長的手背頓時紅了一片，上面滾滿了咖啡的棕褐色液體，從手背一路流淌下去，順著指尖滴答滴答滴落進地毯。

陸泓聲一時氣昏了頭，也沒看到他桌子上還放著咖啡，看見也是微微愣了一下。

也只是愣了一下而已。

翻倒在一邊的筆電電源線被大力一扯掉了，電源被切斷，電腦畫面瞬間一片漆黑。

手背通紅，倒是也沒有什麼無法忍耐的痛感，只是有種火燒火燎的熱，耳機也連著扯下去，因為扣得太緊，被力道拉下去的時候勾著耳朵，扯得耳骨生疼。

陸嘉珩眼依舊微微垂著，眼珠動都沒動。

半晌，他毫不在意的從旁邊抽了張紙巾出來，擦掉手背上的咖啡，雙手撐著地毯，身子向後仰了仰，懶洋洋抬起頭來。

陸泓聲居高臨下地看著他，抿了抿唇，因為剛剛一點小意外而稍微有些克制的怒意又被他漫不經心的表情和行為重新點燃了。

陸嘉珩就跟沒看見似的，挑眉揚眼，依然一副吊兒郎當的樣子：「老闆，還有什麼吩咐？」

陸泓聲氣得臉色漲紅，抬手指著他鼻子：「什麼叫什麼吩咐？說的是什麼話！我怎麼生了你這麼個兒子！你看看你像什麼樣子！」

陸嘉珩挑著眼梢嘲諷勾唇，微微歪了歪頭，似乎有些不解他為什麼會問出這種問題：「一個有娘生沒娘養的紈絝，你想讓我像什麼樣子。」

這下子，陸泓聲那張微紅的臉像是被顏料掃過，血色一寸一寸褪得乾乾淨淨，臉色煞白，氣得半天說不出話來。

陸嘉珩依然懶散地坐在地毯上，嘴巴裡的棒棒糖被他咬碎了，跟跳跳糖似的劈哩啪啦響。

兩人就這麼無聲對視了良久，陸泓聲指著他的手顫抖著放下，認輸似的深深看著他，最終沒說什麼，轉身走了。

房間門被啰嗒一聲關上，陸嘉珩嘴角的弧度保持了太久，已經有些僵硬。

他緩慢地垂眼，視線很散，空茫茫的看著深灰色的地毯。

手邊手機鈴聲恰好響起。

陸嘉珩好半天才抬手，從地上摸索出手機，抓過來接起。

他的一聲「喂」還沒來得及出口，那邊小女孩的聲音就軟綿綿地順著電流爬過來了：『你怎麼電話號都不好好存呀，你叫哥哥嗎？』

陸嘉珩愣了愣。

他垂眼，看著左手通紅的手背，突然笑了，低低啞啞「啊」了一聲：「是啊，姓陸名哥哥。」

少女大概是沒想到他會乾脆坦然的這樣說，也可能被他的臉皮和流氓程度驚到了，沉默了一下，才又繼續道：『我剛剛在看衣服，但是沒找到你的那件啊，我挑一件同等價位的別的款式給你行不行啊，』她和他商量著，似乎是還怕他不放心，趕緊補充道，『我的眼光還可以的，你如果不放心我買之前拍給你看看？』

陸嘉珩停頓了一秒，然後撐著床邊直接站了起來：「妳在哪裡？」

他的語速有點快，小女孩愣了一下：『唔？』

陸嘉珩已經用逃似的飛速走進了洗手間，抬手掰開水龍頭，通紅的手背放在冰涼水流下沖刷。水聲迴盪在洗手間，他垂著眼，緩慢重複：「妳在哪裡？我去找妳。」

初梔捧著一杯飲料坐在商場二樓休息區的長木椅上，身子微傾，手機墊在飲料杯杯底，手肘支在大腿上撐著下巴等人。

半個小時前，某神祕不知名陸姓男子在電話裡跟她說：『待在那別走，我現在過去。』然後她就等了半個小時。

初梔咬著吸管左看看右看看，尋找著對方的身影。

週末的商場裡到處是人，一對對小情侶、小姐妹嬉嬉笑笑的走過來走過去，直到一杯飲料喝到見底，才看到熟悉的人。

他從一頭的扶梯上來，剛好抬起眼來，看向對面。

兩人隔著商場巨大的天井對視，初梔朝他擺了擺手。

距離離得稍微有點遠，只能模糊看到他五官的輪廓，男人沿著天井邊緣朝她走過來。

初梔也站起來，拿著已經空了的飲料杯子走過去迎。

之前在學校見到他的時候，他都是穿T恤的，各種顏色各種牌子的天價T恤，今天倒是難得穿了件襯衫。

北方九月下旬天氣轉冷，晝夜溫差也大，到了晚上溫度會驟降，他外面還加了一件薄薄的風衣外套，襯得肩寬腿長，個子極高，幾乎是一出現在二樓就引著人們的視線往他身上吸。

因為鄧女士的工作原因，初栀從小到大認識或者見過的帥哥實在不算少，即使如此，這人在裡面也能拿個前三甲。

一身散漫輕佻的少爺氣質，再加上那張可以輕輕鬆鬆靠顏值吃飯的臉。

第一次見到他的時候就是在被搭訕還是有原因的。

初栀一邊朝他走過去一邊晃著空空的飲料杯子裡僅剩的兩顆珍珠漫不經心地想著。

兩個人繞著商場圓形天井走向對方，距離拉近，隔著差不多十來步的距離，初栀旁邊突然快步走過去一個女孩子。

女孩子身上有淡淡的香水味道，很好聞，捏著手機，走到男人面前，羞澀開口：「你好，請問能給我你的聯絡方式嗎？」

她說著，把手機遞了過去。

事情就發生在她眼前，近在咫尺，初栀覺得這麼盯著人家有些不禮貌。

她眨眨眼，扭頭背過身去。

旁邊就是洗手間，初栀一杯飲料下肚，剛好去個廁所，於是也沒多想，一頭鑽了進去。

等她洗完手從洗手間裡出來，少爺不知道什麼時候已經結束了戰鬥，正倚靠在女廁所門口的牆壁上等著她。

初梔不愛用烘乾機，手上還掛著水珠，邊甩邊朝他走過去：「我來了我來了。」

少爺手揣著風衣口袋，垂眼瞧著她笑：「跑什麼？」

初梔眨眨眼，表情無辜又茫然：「上廁所呀。」

他又笑了一聲，直起身來往外走：「走吧。」

初梔乖乖甩著手在後面跟著他。

兩人不緊不慢繞著二樓走了一圈，初梔是有任務在身的，每走過一家看起來還可以的店就把人拉過去，認認真真地挑了衣服按到他身上來比對。

小女孩個頭小，手臂抓著衣架，衣領的位置要高高舉到他的脖頸，每次她人一靠過來，他就低下頭去看她。

初梔全部的注意力都放在了衣服上，每一件都挑得認真又仔細，不想讓對方質疑自己的審美水準。

她高舉著衣服比在他身上，仰著腦袋，由下而上看著他問：「這件呢？」

陸嘉珩垂眼。

兩個人之間的距離極近，是一個和異性之間絕對不太對勁的距離，他甚至能夠看清楚她挺翹小鼻尖上細細軟軟的絨毛。

她卻依然沒察覺到任何不對勁，清澈的鹿眼認認真真地看著他。

這女孩被家裡養得實在太好了，好到彷彿對人一點防備之心都沒有，像是山澗泠泠的泉，水皆縹碧，一眼看下去水底游魚細石一覽無餘，毫無雜質的人生和品性。

她對誰都是這樣嗎？

陸嘉珩突然無端生出一種微妙的不爽來。

他沒說話，直接抬手抓過少女手裡的衣服掛在架子上，轉身往外走。

初梔有點莫名其妙，本來還看得好好的，怎麼轉身就走了呀。

三樓差不多的店基本上都被他們逛遍了，結果這位少爺好像心思根本就不在這個上面，人家一件都看不上。

這樣下去要買到什麼時候呀，初梔哭喪著臉，垂著腦袋跟在後面。

結果走在前面的男人突然停了腳。

初梔垂著頭，也來不及反應，輕輕撞了他的背一下。

力道不大，只覺得額頭觸到的地方硬邦邦的，初梔抬起頭來，小聲說了句對不起。

她說著，男人已經轉過身來了。

薄薄的嘴唇微微抿著，桃花眼一瞇，突然開口問她：「妳到底是怎麼長這麼大的？」

初梔覺得他這個問題有點沒頭沒尾，怎麼衣服買著買著就變成了她的成長史了？

她茫然的「唔？」了一聲。

陸嘉珩看著她那迷迷糊糊的樣子正要發作，告訴她防人之心不可無，幫她好好上上課，以後別隨便就把衣服直接往異性身上撲，還盯著別人的眼睛看，突然就跟男人靠那麼近的時候，小女孩倒是歪著腦袋看著他：「這件事情說來話長，一時講不清楚的。」

陸嘉珩：「……」

陸嘉珩長這麼大，從沒見過這種腦迴路的人。

初梔在家裡待了兩天，週末晚上回到學校。

其他三個室友兩個是外地的週末也不離校，薛念南是本地人，下午就已經回來了，還帶了一袋麻將。

初梔進門的時候三個人正盤腿坐在巧拚上打三人麻將。

一看見她，林瞳開始啪啪拍小方桌：「我梔快來！就等妳了！」

初梔提著從家裡帶來的咖哩雞垂到 IKEA 買回來的小方桌上方，靜止了一下，三個人敷一聲，痛痛快快地把麻將推下去給至高無上的咖哩雞挪位置。

天大地大，吃的最大，尤其還是肉。

鄧女士一手咖哩雞做的驚天地泣鬼神，雞肉燉的軟爛，一口咬下去，湯汁順著流，咖哩的醬汁金黃濃稠。

四個姑娘最後吃到打嗝，垃圾桶裡一堆雞骨頭堆著，直接癱在巧拚上聊天。

薛念南先「啊」了一聲，想起什麼來，說：「對了，初梔，妳那個粉色水壺——」

初梔靠著椅子腿玩手機，「唔？」了一聲，沒抬頭。

薛念南抓著桌子腿坐起身：「我今天去學生會送資料的時候在體育館那邊碰見他了。」

初梔頓了頓，還沒來得及說話，林瞳撲騰著坐起來了，一臉興奮雀躍迫不及待：「他讓妳帶情書給阿梔了？」

薛念南搖搖頭說：「他沒看見我，在跟人吵架，吵得挺凶的，好像是他爸，說昨天晚上他們家有什麼事情，然後他沒去。」

初梔一愣，手機裡的小人死了，她抬起腦袋來：「昨天晚上？」

薛念南點點頭。

初梔皺了皺鼻子。

昨天晚上他和她在一起啊。

好不容易買了衣服，因為那件衣服和他那件天價T恤價格還有點差，初梔又請他吃了飯，他也完全沒說自己晚上家裡有事情。

是忘記了吧。

她退出了遊戲，打開通訊錄，看著裡面那個叫「陸哥哥」的備註，有點猶豫。

想想還是算了，這種事情去問人家好像有點尷尬。

初梔站起身來，把桌上裝咖哩雞的飯盒洗乾淨了裝好，然後去洗澡。

吹頭髮的時候林瞳拿手機過來給她，說她有電話。

初梔接過，關掉了吹風機接起來，「喂」了一聲。

洗手間的門又被關上了，聲音一出，有點空蕩蕩的感覺。

電話那頭，某陸姓不知名神祕男子道：『想不想吃霜淇淋？』

初梔：「……」

初梔手機拿下來，看了一眼時間，七點半。

重新扣回到耳邊：「現在嗎？」

『嗯，』他懶洋洋道，『我買了兩個，吃不完？』

初梔穿著睡衣，頭髮還滴答滴答滴著水，她一邊單手把頭髮撩到一側用毛巾攥著髮梢邊說：「那你給你室友吃吧，我就不下去了，我剛洗——」

她說到一半，那邊直接打斷她：『快點，等一下就融化了，妳的寢室在幾號樓？』

初梔：「……」

『嗯？』

「……三號。」

『好，我五分鐘到。』

初梔：？？？

她掛了電話，還有點傻眼的看著手機螢幕，又看看鏡子裡披頭散髮穿著件白裙子像個女瘋子的自己。

這人怎麼回事啊！開始自說自話了啊！

初梔也顧不得仔仔細細吹頭髮了，她隨手抓起吹風機開到熱風對著頭髮一頓狂轟亂炸，出來拉了件長毛衣外套披上，腳上踩著熊貓拖鞋準備下樓。

顧涵看見她，抬眼隨口問：「小寶貝，妳要去做什麼啊？」

初梔拽了拽半濕的瀏海：「陸學長叫我下去拿霜淇淋。」

「陸學長是誰？妳什麼時候又認識了陸學長？抗拒從嚴坦白也不從寬。」

「粉色水壺。」初梔言簡意賅說。

林瞳露出了一個恍然大悟的表情。

顧涵卻驚恐了：「妳就這樣下去見帥哥嗎？」

初梔垂眼，看著自己身上隨便披著的深紅格子毛衣和拖鞋，覺得好像確實不太妥當。

林瞳摸了摸下巴，嘿嘿笑了兩聲：「這樣其實也挺好的，我們阿梔怎麼樣都好看，外套釦子扣好就行了，別這麼快就便宜了他。」

「……」

初梔乾脆地扭頭回去，走到自己櫃子前打開櫃門，換了毛衣和牛仔褲下去了。

她沒耽誤幾分鐘，下樓的時候陸嘉珩已經在下面等著了，七點半寢室樓下還很熱鬧，因為這邊是女生寢室區，男生高高一條站在那裡顯得格外顯眼。

不過他在哪裡都顯眼，逛個街都有女孩子過來要聯繫方式，像一隻鮮豔的大撲棱蛾子，完全不知道低調該怎麼寫。

初梔一邊腦內想了想一隻長著男人臉的飛蛾流連在花叢裡，左飛飛右飛飛，把整個花叢裡的蜜蜂都搧跑了的獵奇畫面，一邊走過去，老實道：「陸學長。」

陸學長垂下眼來：「叫我名字就行。」

初梔：「……」

什麼名字，陸哥哥嗎？

她悄悄地，偷偷摸摸地，不動聲色地翻了個小白眼，以為對方沒看見的時候，卻聽到他突然笑了。

初梔又抬起頭。

男人揚眉看她，語氣懶散：「嫌我名字難聽？」

初梔趕緊搖頭：「沒有沒有。」

我都不知道你的名字到底是什麼。

「那叫我名字。」

初梔：「……」

「叫啊。」

「……」

他舔著唇笑，突然彎下腰來。

兩個人的距離一瞬間拉近，寢室樓下昏黃黯淡的燈光為他略微有點寡淡冷情的五官染了上一層溫柔的顏色，睫毛也泛著柔軟的棕色。

他俯身盯著她，壓住了嗓子，聲線被刻意壓得又低又磁性，尾音帶著柔軟的氣音：「小梔子，妳叫一聲給哥哥聽聽，哥哥請妳吃霜淇淋。」

初梔愣愣地看著他近在咫尺的臉，眼睛微微瞪大了一點。

陸嘉珩也不動，甚至身體還又往前傾了傾，鼻音含糊：「嗯？叫啊。」

距離太近，初梔能夠感覺得到他淺淺淡淡的鼻息，還有他身上好聞的味道。

這麼直白赤裸，極其具有攻擊性的靠近。

她終於緩慢的反應過來，三秒鐘後，一張白嫩的臉全紅了。

陸嘉珩從始至終都盯著她，突然開始笑。笑聲低沉緩慢，桃花眼彎起，和他以往那種寡冷又漫不經心的假笑不太一樣，這次帶上了真切的愉悅。

小女孩覺得自己被取笑了，這下子連脖子都紅了。

她往後小小退了一步，和他稍微拉開了點距離，通紅的小臉皺在一起，明亮的鹿眼瞪著他。

男人還在笑，手撐著腿微微低下頭，額髮垂下來，長長的睫毛跟著一顫一顫的。

初梔惱羞成怒，抬手用力推他，又推不動。

她氣得直接啪嘰一巴掌拍在他腦門上：「你怎麼這樣呀！」

初梔的力氣不大，本意只是想推開他，結果拍的那一聲還挺清脆。

初梔把它歸結為他皮膚好。

她「哎呀」了一聲，那點小脾氣來得快去得也快，趕緊收了手，又抬眼去看他額頭。沒紅，看起來沒什麼事。

初梔鬆了口氣。

她剛才胡亂招呼了一下，也拿不准自己用了多大的力氣，萬一不小心弄疼他了，就太慘了，白天剛被他爸罵，晚上又被人拍腦門……

初梔想著，小心翼翼地去看他的表情。

因為正彎著腰看她，男人此時的高度和她是平的，倒是沒有生氣的樣子，反而好像微微有點發愣。

他沒有站直的意思，初梔就自動自覺地往後退，邊退邊跟他道歉。

陸嘉珩回神，終於緩慢的直起身來。

初梔看著他終於站直了，想著彎了那麼長時間的身子，腰都不痠嗎。

想著想著，她就問出來了：「你的腰疼不疼？」

陸嘉珩：「……」

陸嘉珩似笑非笑：「不疼。」

初梔點點頭，想要岔開話題，儘量不讓人想起那一巴掌的事情，於是由衷的讚嘆道：「你的腰真好，我有的時候在家裡洗碗彎的時間長了都會有點痠。」

陸嘉珩上下掃了她一眼，看起來好像有點詫異：「妳洗碗還要彎腰？」

「……」

初梔又開始瞪他，表情看起來像隻被踩了尾巴對著人呲牙的小奶狗，一臉「我超凶」。

陸嘉珩低低笑了兩聲，不逗她了，把手裡的袋子遞過去。

半透明的塑膠袋子裡面裝著一支冰淇淋甜筒，藍色的，香草口味。

初梔抿了抿唇，沒有馬上接。

陸嘉珩的手抖了抖：「快點，等一下就融化了。」

她接過來，臉上的紅還沒褪乾淨，小聲道謝。

人家請她吃霜淇淋，特地送到宿舍樓下了，還不介意她拍了自己巴掌。

再加上之前她扣了他一頭醬料他也沒氣惱沒發火，欠了半個多月的衣服也沒催，後來還說讓她不用在意。

雖然也多多少少做了一點奇奇怪怪的事情，比如莫名其妙就拿了她的水壺什麼的，倒也都沒有什麼。

初梔最終在心裡給他下了定義——一個雖然很能招蜂引蝶但是脾氣好心地善良的好人。

她一邊撕開外面的包裝紙一邊想來想去，她很容易神遊，經常不知道哪個點戳到她就陷入自己的腦內小劇場裡面去了，亂七八糟想一大堆，有的時候還會自己把自己逗笑。

陸嘉珩也沒說話，站在小女孩面前，垂著頭看著她不急不緩的撕開包裝。

晚上雖然溫度不高，但是兩人也在外面站了一陣子了，再加上他走過來的時間，裡面的霜淇淋也確實有點融化了，初梔撕了一半，香草冰淇淋微微流了下來。

她怕淌下來，趕緊湊過去把那道融化的霜淇淋舔掉。

陸嘉珩突然別開了眼，往旁邊靠了兩步，斜著身子倚在旁邊牆上，單手扣住了右眼。

初梔抬頭：「你怎麼啦？」

「沒事，」他揉了揉眉骨，沒看她，聲音低低的，「上去吃吧，晚上冷。」

剛剛還沒什麼，吃著霜淇淋確實有點冷，初梔縮了縮脖子，點點頭：「那我上去了，學長晚安。」

她轉身往宿舍走，陸嘉珩抬眼，透過指尖縫隙看著小小隻的女孩吃著霜淇淋進了宿舍大樓。

剛剛有那麼一瞬間，他腦海裡幾乎不受控制地閃過了某些不堪的畫面。

他放下手，嘆了口氣，表情有點狼狽。

陸嘉珩，你做個人啊。

大一的課業量相對來講還不算太重，各種活動也多。

正式開始上課，薛念南從軍訓期間的臨時班長升官上任，男生裡的班長沒什麼懸念是蕭翊。

這兩個人班長這職位從幼稚園開始幹到現在了，業務熟練度非常高，品學兼優性格也十分可靠，人生中唯一的污點大概就是軍訓的那次打架事件了。

其實初梔覺得薛念南班長還挺委屈的，因為那次她根本就沒怎麼動手，好像也只是幾發撩陰腳吧。

薛念南和林瞳都去了學生會，顧涵本來也準備去，在寢室裡洋洋灑灑發表了三千字以《等我成為學生會長》為主題的演講，結果一聽還要寫書面資料，直接沒有任何鬥志的爬上床睡午覺去了。

初梔對這些沒什麼興趣，她的性格特別不適合管事，屬於當個小老師作業都收不上來幾本的那種，面試那天，她和林瞳、薛念南一起出門，去了旁邊的圖書館等她們。

A大最不缺的就是學霸，圖書館自習室亮到後半夜是常有的事情，位子也全靠戰鬥和運氣，初梔運氣挺好，一進來剛好靠窗邊的一個男生走了。

她抱著書走過去，安靜無聲拉開椅子坐下，一抬頭，微微愣了一下。

她對面坐著一個娃娃臉的少年，唇紅齒白，完全不像是大學生的年紀，看起來最多也就十六、七歲的樣子，正在對著她微笑，一顆虎牙露出小尖尖。

初梔想著可能是誰的弟弟跟著哥哥來學校了，眨眨眼，也朝他笑了。

男孩沒說什麼，重新埋下頭去寫東西。

初梔也低頭，翻開書本看了一陣子，面前突然多出一張紙來。

虎牙少年推著紙到她面前，字跡稚嫩清秀：『姐姐是新生嗎？』

初梔接過來，也寫道：『是呀。』

『姐姐學什麼的呀？』

『廣告。』

少年看見，抬起頭來瞧著她笑，討喜的小虎牙露在外面，笑得好看狡黠。

他垂下頭，繼續寫，很快，紙又推到她面前：『姐姐參加什麼社團了嗎？有沒有興趣跟我去話劇社看看？』

初梔驚奇了，最近社團都在招募新生，恨不得把宣傳單塞到新生被窩裡，這小弟弟應該也是哥哥、姐姐在話劇社。

他還挺費心思的呢。

初梔側頭想了想，反正不是社團就是學生會，怎麼也要進一個，乾脆寫道：『好呀。』

少年好像很開心，好看的大眼睛瞧著她笑，睫毛比女孩子的還要長，忽閃忽閃的。

他把那張紙條夾進書裡，收拾了東西當即站起來，初梔椅子還沒坐熱就跟著站起來。

兩人出了圖書館自習室的門少年才開口：「我本來還擔心妳會不理我，果然漂亮的姐姐脾氣也很好。」

他的聲音朗潤舒服，帶著一股少年氣，太陽下髮色偏黃，不老實地翹在頭頂，整個人給人一種暖洋洋的感覺，像是帶著一團陽光在身上。

少年看上去好像經常來A大玩，初梔開學半個月也只記住了日常要去的地方怎麼走，他路認得比初梔熟悉多了，步伐輕快，又照顧著她的速度不急不緩。

初梔亦步亦趨跟著他走，兩個人邊走邊聊，一路走到社團活動室，少年推開門，走進去。

外面的陽光很足，活動室裡相比稍微暗了一些，初梔只掃了裡面大致的物品擺設一眼，還沒來得及看清楚，忽然一道黑影以極快的速度撲了過來。

初梔嚇得差點喊出聲來，以為是什麼潛伏在學校裡的綁架團夥，就聽見一道淒厲的尖叫聲，「社長！」

初梔定睛一看，一個高大的男生掛在了走在她前面的虎牙少年身上，手臂死死地環住他，整個人八爪章魚似的黏在上面不放手：「社長你走得好早啊！」

初梔：「……」

初梔：？？？

虎牙少年被他勒到臉色發白，看起來都快翻白眼了，單手扯他又扯不開的時候，八爪章魚終於看到了站在後面的初梔，又是一聲淒厲的尖叫，猛然放了手，雙腳落地，蹬蹬蹬跑出去老遠。

初梔被他嚇得又是一個激靈，幾乎是下意識往面前的虎牙少年身後藏了藏，只留了半顆腦袋露在外面看著他。

八爪章魚突然抬起手臂，食指指著她，不停地顫啊顫，一臉崩潰，額角都快爆出青筋了。

他指指初梔，又指了指虎牙少年：「社長，你竟然有女朋友！」

初梔：「欸……」

不是這樣的。

虎牙少年露出一口燦爛的大白牙，高興地說：「是啊！漂亮吧！」

初梔：「……那個……」

你們理我啊。

八爪章魚聽到他竟然承認了，瞬間臉色灰白，痛不欲生捧心，一把鼻涕一把淚的：「辭郎！我等了你這麼久！你當初明明說好跟我一生一世一起單的！而現在！你竟然背著我找了女朋友！我明明這麼愛你！有我難道還不夠嗎？」

「辭郎」咧嘴一笑：「不夠啊！」

八爪魚：「……」

初梔：「……」

初梔覺得現在終於可以確定，自己確實是在話劇社了。

八爪章魚在對他們社長一頓痛苦沉痛的質問過後，終於西子捧心狀堪堪冷靜下來。

他的「辭郎」無情極了，無論他問什麼樣的問題都毫不猶豫地嗆他，臉上笑得像太陽花，清新陽光又可愛，說出來的話可以說是毫不留情。

八爪章魚像是個深陷熱戀卻被負心漢劈腿了的少女，掩面做哭泣狀，想想可能覺得還沒玩夠，又準備繼續嚎叫。

辭郎笑瞇瞇：「行了啊。」

八爪章魚的表情瞬間沒了，就跟換了個人一樣，整個人被關了電源一般唰地安靜下來了，肩膀一塌，平靜道：「哦。」

「……」

初梔跟看戲似的，差點忍不住為他鼓掌了。

初梔覺得事情和自己想像中的不太一樣。

這個看起來只有十五、六歲，她原本以為可能是來找哥哥、姐姐玩的少年，怎麼還是話劇社社長啊。

初梔瞪大了眼睛，從他身後走出來，扭頭：「你是話劇社社長呀？」

少年哈哈一笑，又露出一顆討喜的小虎牙：「對啊！」

初梔眨眨眼，表情驚異：「那你是大一嗎？」

大一是不可能當社團社長的，但是初梔又實在不覺得這個少年會比她還要大，至少完全看不出來，雖然她自己長得也像個高中生。

虎牙少年眼睛一彎：「我大三啊！」

見初梔沒說話，他的腦袋往前湊了湊，眼神期待的看著她：「那姐姐，來話劇社嗎？」

初梔：「……」

初梔：「……」

初梔抓著手指頭「欸」了一聲，心情十分複雜：「學長，你還是別叫我姐姐了吧……」

少年還沒說話，旁邊八爪章魚嘿嘿笑著湊過來：「小妹妹是大一新生？」

初梔點點頭。

八爪魚也點頭，抬手指了指她旁邊的少年：「那叫姐姐其實也沒錯了，妳旁邊這個怪物他的大三和我們不太一樣，他十五歲就上大學了。」

「……」

初梔從小到大成績一直挺好，雖然老師都說她很認真，但是其實她自己心裡知道，她也只不過是該聽的課都認真聽了，並沒有太刻苦。

她的高中閨密還幫她取了個外號叫小天才梔子點讀機，哪裡不會點哪裡。

勉強算是個小學霸的初梔此時覺得自己彷彿是站在如來佛祖面前的孫悟空，十分渺小。

十五歲讀大學，今年大三，那不是才十七歲嗎？

叫姐姐好像確實也沒錯，可是人家大她兩屆……

初梔想起自己一路上一直叫人家小弟弟，問了他讀高中開心嗎，還語重心長的告訴人家高中時期是最開心的時候了，一定要好好讀書好好珍惜什麼的。

她後知後覺的，長長嘆了一口氣。

此時她已經簽了名長期賣身在話劇社，也見到了其他社員，正坐在之前八爪章魚坐的那張桌子旁邊發呆。

話劇社二十多個人，活動室很大，一排排架子上堆滿了各種箱子和瓶瓶罐罐的道具，裡面兩排長長的掛滿了各種服裝，看起來有點像秀場後臺。

如來佛祖小虎牙姓原，單名一個字辭，初梔又想起之前八爪章魚喊出來的那兩聲撕心裂肺的辭郎，忍不住打了個哆嗦。

此時在的人沒有幾個，初梔打了一圈招呼，原辭就蹬蹬蹬地跑過來，一臉很感興趣的樣子：「姐姐，妳是學廣告的嗎？」

初梔現在聽著他那一聲姐姐還是有點無措，她長這麼大，實在是沒有體驗過當「姐姐」是什麼滋味。

猶豫了幾秒鐘，她皺了皺眉，表情有點糾結：「學長，妳還是叫我名字吧。」

原辭露著小虎牙笑，表情很無辜，還有點疑惑：「可是妳確實是姐姐啊。」

八爪章魚在旁邊聽著兩個人一個人學長一個人姐姐的有點無語，湊過頭去幽怨道：「社長啊，我還比你大好幾歲呢，你怎麼不叫我哥哥呢？」

原辭拍著他湊過來的臉往旁邊推了推：「哎呀娘子你這是在說什麼大逆不道的話呢？」

八爪章魚：「……」

原辭是個很隨性又好說話的社長，並且絲毫沒有社長架子，話劇社一般情況下也挺閒的，自己玩自己的，一個月來個幾次，有活動的時候參加一下就行了，沒有什麼強制性的要求。

比起每天在學生會累死累活的林瞳和薛念南，初梔還挺滿意的，就這麼又上了一個禮拜的課，直到黃金週長假，她才再次看見陸嘉珩。

初梔覺得這位陸學長挺神奇的，有些時候他經常會連續幾天出現在她的面前在偌大的A大校園裡不斷的偶遇，簡直巧到不行，然後又突然無聲無息消失好幾天，連一根頭髮絲都瞅不著。

黃金週放假前一天的下午基本上沒什麼課了，校園裡到處都是拖著行李箱往校外走準備回家的人，顧涵早早的就飛奔去機場，林瞳則沒回去。

初父和初母去埃及玩了，說是要過再兩天才回來，初梔想了想，一個人回家還不如在寢室裡和林瞳做個伴。

長假有七天，也不能天天在寢室裡蹲著種蘑菇，林瞳又是第一次到離家這麼遠的地方，兩個小女孩計畫著一起出去玩。

糾結著選了半天，林瞳決定去個山清水秀的地方洗滌一下被學生會那些狗腿學長玷汙的心靈，最後選了蒼岩山。

林瞳是風風火火說辦就辦的性格，兩個人當即花了一個下午的時間訂了火車票，又看了不少行程攻略，直接決定第二天出發。

初梔是第一次和朋友一起出去旅行，整個人有點亢奮，等看了好多攻略和介紹以後，又拉著林瞳一起去超市買要帶的零食。

兩人從學校大門出來，初梔一邊拉著林瞳一邊掰著手指頭算：「我要買果凍。」

林瞳表示不屑：「妳多大了還吃果凍？」

初梔眼睛睜大了一點：「多大了和吃果凍有關係嗎？」

她正說著，旁邊搖搖晃晃走過來一個小朋友。

他低低垂著頭，沒看見她們，慢吞吞地走了兩步，又抬起頭，烏溜溜的大眼睛茫然的瞧了四周一圈，剛好對上初梔的視線。

小朋友眨眨眼，看著她。

初梔也眨眨眼，看著他，心裡覺得有點新奇。

她好久沒見到小孩子了，所以也好久沒有低頭看人的經歷了。

小男孩和她對視了一陣子，突然歪了一下腦袋，奶聲奶氣地：「果凍好吃的。」

初梔被贊同了，一臉「妳看吧」的驕傲表情看了旁邊的林瞳一眼，也不知道在驕傲什麼。

校園裡此時滿是離校的學生，小男孩孤零零地站在那裡，像是在等人。

初梔走到他面前，蹲下去，忍不住拉了拉他的小胖手：「你在等人嗎？」

小朋友點點頭。

初梔還是有點不放心，又問他：「你知道家長的電話號碼嗎？要不要打個電話？」

小朋友搖頭：「不要，哥哥馬上就來找我了，」他又頓了頓，眼睫垂了下去，委屈地說，「哥哥不喜歡跟懿懿打電話。」

他這句話的聲音實在太小了，初梔沒聽清楚，只聽見了不喜歡什麼的。

她捏了捏那只肉呼呼的小手：「那你小心一點呀。」

小朋友又點點頭，不說話了，乖到不行的模樣。

A大地理位置極好，後街是小吃街和夜市，正門出去商圈，旁邊就是超市。

此時差不多到了下班時間，車流量很大，兩個人也就沒有叫計程車車，一路悠悠閒閒走過去，等走到也差不多用了小半個小時。

林瞳推車，初梔走在旁邊，一邊掃著貨架一邊找果凍。

她們的購物車裡面已經放了優酪乳、巧克力、洋芋片什麼的，從買巧克力的那排貨架繞過去兩排貨架，初梔還沒找到果凍。

她鼓了一下腮幫子，抬手從前面拉著車，一邊往後面的貨架走，叫林瞳：「我編了一首果凍之歌，妳想聽嗎！」

林瞳的表情冷漠：「不想聽。」

初梔沒回頭，眨眨眼歡樂地說：「妳想聽呀，那我唱了啊。」

林瞳「欸」了一聲。

初梔就當這是個開始的訊號了，剛要開口，手指突然被人抓住了，觸感軟軟的、溫溫熱熱的。

初梔也「欸」了一聲，垂頭。

之前那個在校門口遇見的小朋友也不知道是從哪裡鑽出來的，此時正站在她的腳邊，仰著腦袋瞅著她，大眼睛黑葡萄似的，踮了踮腳，小手臂往上抬，手裡拿著個圓形的，晶瑩剔透的東西，一直往她懷裡塞：「果凍。」

初栀愣了愣，下意識接過來。

小朋友滿意了，好像很高興的樣子，奶聲奶氣道：「哥哥買給姐姐。」

淡綠色的透明果凍裡包著幾顆水晶葡萄，手指碰一碰塑膠封膜，裡面的果凍就跟著動一動。

小男孩直接乾脆地塞進她懷裡，初栀還沒反應，他已經蹬蹬蹬又跑不見了。

初栀手裡拿著個果凍，眨眨眼，又看看林瞳。

林瞳也一臉詫異：「這是剛剛站在學校門口的孩子吧？」

「是吧……」

林瞳不解：「他剛剛說什麼？他哥哥請妳吃的？」

初栀歪了歪頭：「可是我又不認識他哥哥。」

林瞳點點頭：「不管妳認不認識，如果真的是他哥讓他給妳的，那他哥不會是個傻子吧，哪有這麼泡妞的啊，這是在超市裡，最後結帳的時候還不是要妳自己掏錢？」

「啊，是這樣嗎？」初栀慢吞吞恍然大悟了一下，她把手裡的果凍丟進小推車裡，語氣歡樂地說，「那就行了，但是一個又不夠，而且我想吃桃子的。」

她說著，拉著推車前端繞過了一排架子，剛走到架子中間的位置，衣角又被人從後面拉住了。

初栀再次回過頭去，剛剛那個小男孩仰著小腦袋看著她，懷裡捧了一個果凍，是桃子的。

初栀：「……」

眼看著他又要塞給自己然後跑路，初栀叫了他一聲。

小男孩猶豫了一下，還是停住了。

初梔怕他又跑了，趕緊俯下身，去拉他的手：「你是跟哥哥一起來的呀？」

小朋友點點頭。

初梔溫聲說：「那你就乖乖的跟著哥哥，別自己一個人亂跑。」

小朋友有點無措的樣子，小腦袋垂下去了，兩隻肉肉的小手抓著一個果凍不安的搓啊搓啊，半晌抬頭，表情還頗有點魚死網破的樣子：「哥哥讓我給姐姐，要偷偷的，不能被發現，」他又垂下頭去，聲音悶悶的，「懿懿什麼事情都做不好。」

初梔：「……」

這要怎麼樣才能不被發現？

初梔茫然了，覺得這個哥哥怎麼為難小孩子呀，乾脆問道：「那你哥哥在哪呢？」

叫懿懿的小朋友皺了皺眉，最後下定了決心似的，扯著她的手回頭就走。

這小朋友小小一隻，力氣還不小，胖嘟嘟的小手攥著她兩根手指頭，兩個人邊走邊聊天，繞過兩排零食貨架，在一大堆散裝巧克力餅乾櫃子前停下了。

初梔抬手指了指，低聲問：「這個嗎？」

小朋友點點頭，美滋滋地說：「這個，最帥的。」

初梔心情複雜，又抬起頭來看過去。

某不知名神祕陸姓男子側對著他們站在不遠處，低垂著頭，旁邊是一排排的散裝軟糖架子，裝在透明的壓克力格子裡。

他手裡拿著一個袋子，另一隻手拿了個夾子，正挑挑撿撿的往袋子裡面夾軟糖。

各種造型的半透明橡膠糖果混合在一起，五彩斑斕看起來十分好看，像是一顆顆琉璃水晶，直到裝了差不多半個袋子，他才把夾子重新掛回去，去旁邊稱重量。

黑衣黑褲，站在一群阿姨們中間老老實實地排隊，前面的那個阿姨的大蔥太長，被她抱在懷裡，直接從耳畔過來，他腦袋一側，直接戳到鼻尖。

初梔遠遠站在那裡看著，沒忍住笑出聲來。

男人沒說話，只是微微皺了一下眉，往後稍微退了半步，結果又撞在身後阿姨捧著的兩顆大白菜上。

初梔牽著小朋友的手笑，笑夠了，對身旁的小人比了個「噓」的手勢。

小朋友非常上道的秒懂，另一隻小手啪地捂住了自己的嘴巴。

兩個人特地繞了一圈，從後面悄悄走過去，初梔站在他後面，抬手，戳了戳他的背。

男人沒反應。

初梔又抬手戳了兩下，沒等他反應，腦袋從側面伸過去：「陸學長，好久不見。」

這一聲突如其來，又近在咫尺，陸學長僵了一下，轉過頭來。

小朋友手裡還牽著個小朋友，動作十分統一的微微歪著腦袋，兩雙葡萄似的大眼睛水汪汪地看著他，連眼神都十分相似。

陸嘉珩看看大的，又看看小的。

小的立馬低下頭去，不敢看他了。

初梔倒是笑瞇瞇的：「這是你弟弟呀？」

陸嘉珩「嗯」了一聲，剛好前面抱著大蔥的阿姨終於稱完重量，輪到他。

他把手裡的軟糖遞過去，初梔站在他旁邊，邊等邊跟他說話：「我剛剛還看到他在學校門口，沒想到是在等你。」

陸嘉珩垂眼，看了一眼小腦袋埋得低低的孩子：「他自己偷跑過來的。」

小朋友突然有點緊張，抓著初梔的手緊了緊，「不是的，懿懿不是偷偷跑出來的。」

陸嘉珩淡淡撇開視線：「等一下送你回家。」

小朋友瞪大了眼睛，突然扭頭死死抱住初梔的腿，腦袋深深埋下去，聲音悶悶地：「不回家。」

他停了停，頭又偷偷抬起來一點，露出半隻眼睛，小心翼翼地看著旁邊的男人，「哥哥跟懿懿一起回家嗎？」

陸嘉珩接過軟糖袋子，沒看他：「不回。」

初梔圍觀了半天，終於意識到哪裡不對了。

這陸學長對他弟弟的態度，是不是有點冷淡。

應該說今天他整個人看起來都有點冷淡。

小朋友又很失落的緊緊抱著她腿，腦袋重新埋下去了，垂頭喪氣地蹭了蹭。

冷淡的陸學長手裡提著一袋水果軟糖走過來，居高臨下的看著不停蹭啊蹭啊的小男孩，突然開口：「陸嘉懿。」

他的聲音很淡，隱隱帶著一點不易察覺的不耐煩和警告，聽得初梔一愣。

她從來沒聽過他用這樣的語氣說話。

初梔明顯感覺到剛剛還黏糊糊縮在懷裡的孩子不動了，半晌，他的小手臂鬆開，慢吞吞地放開初梔往旁邊蹭了蹭。

陸少爺面無表情，陸寶寶委屈兮兮，氣氛十分不對勁，初梔站在兩個人之間，有點不知道該怎麼辦。

這種情況下是不是還是不說話比較好？

但是他的表情看起來真的好嚇人啊。

初梔抬手捏了捏耳朵，「欸」了一聲：「學長，你的名字是橫豎撇捺的橫嗎？」

陸嘉珩：「……」

剛剛走過來的路上小朋友不僅自我介紹了一番，還就差把他能記住的所有親戚名字都告訴初梔了，於是兩個人認識了一個月，初梔終於知道了陸學長的名字。

陸嘉珩還沒說話，陸嘉懿在一邊搖了搖頭，慢吞吞地用著小奶音，嚴肅又十分認真看著她：「哥哥是君子如珩，」他頓了頓，又指指自己，「懿懿是嘉言懿行的懿。」

他剛剛那點小委屈來得快去得也快，說完又高興了起來，好像自己的名字只是和哥哥的放在一起說就能讓他很開心。

他那麼鄭重的介紹，初梔當然也就十分認真地點點頭，指指自己，皺著眉費盡力氣地想了半天，實在想不到，乾巴巴地說：「梔子花的梔。」

陸嘉懿眼睛亮晶晶的，超級捧場道：「哇。」

陸嘉珩：「……」

他垂下眼去看著她，唇角無聲牽起。

剛剛的凝滯氣氛消失了不少，三個人一起往回走，林瞳已經找到了放果凍的貨架，一看見她過來低低吹了聲口哨，拍拍購物車：「老闆，果凍妥了，還有——」

她說到一半，看見後面跟著的陸嘉珩，挑了挑眉，意味深長的看著他：「你好你好，久仰大名，」林瞳笑瞇瞇走過來，「粉色水壺。」

陸嘉珩：「……」

林瞳語重心長繼續道：「粉色水壺，女生可不能這麼追啊，你讓你弟弟把果凍拿過來，不是還要我們花錢？」

陸嘉珩：「……」

陸嘉珩沒買什麼東西，陸嘉懿也是極乖的跟在哥哥旁邊走，不像同齡的小朋友一樣什麼東西都要，結帳出來以後，初梔給了他一個桃子果凍。

他不敢接，下意識仰頭看向自家哥哥。

初梔見狀，十分乾脆地擠到兩人之間，想把兩人隔開，不讓他看。

無奈她的高度實在不夠，於是陸小朋友就看著自家哥哥那張臉完整地從面前的小姐姐腦袋上露出來。

他縮著手，依然不敢接。

初梔一回頭，發現了問題所在，於是她突然轉過身來，和面前的男人面對面，奮力一躍，擋住了他。

滯空的那個瞬間，她和他高度相當，幾乎是眼睛對著眼睛，嘴巴對著嘴巴。

陸嘉珩一愣。

零點五秒後，初梔落地，皺著眉抬起頭來，不滿地看著他：「你別看了。」

他垂眼半晌，沒說話，還是緩慢地轉過身去了。

初梔滿意了，轉過身來重新把果凍塞給陸嘉懿。

小朋友還是有點猶豫，悄悄地看著她身後的人，聲音小小的：「姐姐，妳這樣是掩耳朵鈴。」

初梔沒聽懂：「唔？」

男孩子一本正經地重複了一遍：「掩耳朵鈴。」

初梔反應了一會兒：「掩耳盜鈴？」

他嚴肅點點頭：「掩耳朵鈴。」

初梔笑瞇瞇，小聲和他咬耳朵：「沒事，我施了個魔法，這個果凍現在已經隱身了，除了你別人都看不見。」

林瞳：「……」

四個人出了超市一起往回走，初梔被陸嘉懿一手拉著，另一隻手裡面捧著那顆果凍，果凍太大，他手小，一路上都小心翼翼地，像捧著個寶貝似的。

外面天已經黑了，路燈亮起，初梔領著陸嘉懿走在前面，一步一步踩著路燈的光線玩，兩個人都咯咯笑著。

就這麼走到學校門口，還沒等到進校門，突然有女人尖叫一聲。

初梔剛跳到最近的那個路燈下，整個人被嚇了一跳，本能地扯著手裡的小男孩往後退了兩步，還沒反應過來，已經有一個女人朝她衝了過來。

高跟鞋踩在柏油路上發出清晰的聲響，那女人一邊尖聲喊了些什麼，一邊衝過來一把抱住了初梔手上牽著的陸嘉懿。

孩子也被她嚇了一跳，手裡的果凍沒拿穩，掉在地上滾到女人腳邊，好半天才糯糯道：「媽媽……」

女人呢喃著他的名字，緊緊地把他抱在懷裡，半晌手臂才鬆了鬆，一垂眼，忽然把他推開，猛地站起來。

她側身，走到旁邊的陸嘉珩面前，人還沒站穩，揚手就是一巴掌。

清脆的「啪」地一聲，女人惡狠狠地，幾乎歇斯底里地尖叫：「陸嘉珩！你怎麼能這麼壞！他那麼喜歡你！你為什麼這麼惡毒啊！」

第三章　夜鶯與玫瑰

林曈原本還跟在後面一邊傳訊息一邊叼著根巧克力棒吃，聽到這一聲整個人都愣住了。

初梔也呆了。

她剛剛離得近，聽見了孩子的那聲媽媽，本來剛放下心來，結果女人站起來直接開始撒潑，簡直像瘋了一樣。

初梔家裡一直不贊同教育孩子就是要打這種觀念，從小到大初父、初母從來沒打過她，最凶也只是被氣到不行罵她一頓，罵完又心疼，對於這種二話不說就打人的家長，初梔覺得簡直不可理喻。

更何況陸嘉珩什麼都沒做，他甚至從頭到尾一句話都沒有說。

可是畢竟是人家的家事，她一個外人又能說什麼，初梔往前走了一步，然後硬生生止住了，站在原地心驚膽戰地看著男人緩緩轉過頭來。

他的表情太可怕了，陰鬱又暴戾，漆深的眼黑沉沉的，唇瓣抿成一條僵硬的線。

然而下一秒，他卻又毫無預兆地突然笑了。

初梔今天一見到他就覺得哪裡不對勁，此時那種不對勁終於消失。

緊繃的冷漠沒了蹤影，取而代之的是另一種情緒。

陸嘉珩舔了舔嘴唇，冰冷嘲諷的輕笑聲一層層盪開，刺得人渾身發抖。

「平時裝的不是挺好的嗎？」他漫不經心似的，「怎麼陸泓聲不在這就裝不下去了？」

「他在這裡我也會這樣。」女人咬牙切齒道。

她長得很美，而且十分年輕，只是看起來狀態確實不太對勁，頭髮有些淩亂，表情甚至有點歇斯底里了，眼睛發紅。

她的唇瓣顫抖發白，目光近乎怨毒地看著陸嘉珩，深吸了口氣，似乎是強行找回了理智，半晌才開口：「你恨我，針對我，不能接受我都可以，你有什麼事情都朝我來，嘉懿有什麼錯？他才四歲，他多喜歡你，每天都盼著能見到你，一聽說你要回來就那麼開心，」她聲音不受控制地漸漸拔高，「我知道你恨不得我死了，連帶著討厭他也就算了，你當他不存在不行嗎！為什麼還要故意把他帶走？為什麼給他吃這個！上次你給他吃桃子結果變成什麼樣了？你當時可以是因為不知道，這次呢？你還不知道嗎？你明明知道他過敏！是不是我們母子倆死了你就高興！」

陸嘉珩揚唇又笑，吊兒郎當斜眼睨她：「妳不是挺明白的嗎？」

他旁邊，陸嘉懿開始哭，他拉了拉女人的裙子，聲音壓得低低的小聲抽噎：「……媽媽、媽媽，不是哥哥，懿懿也不吃的，懿懿只是拿著，媽媽別凶。」

那麼一番話下來，初梔當然也明白過來陸嘉珩的家庭構造是怎麼一回事，這女人為什麼一上來就像瘋了一樣。她以為陸嘉珩明知道弟弟過敏還故意給他吃桃子，可能還覺得孩子是被他偷偷帶出來的，簡直太壞了。

可是那個桃子果凍，明明就是她給的。

從天而降一口鍋，他偏偏還完全沒有要解釋的意思，就準備這麼替她揹了。

也顧不上是別人家的家事，初梔連忙往前走了兩步，剛要開口，被陸嘉珩極快地一把拉住。

男人垂著眼看她，表情很淡，看不出什麼情緒。

抓著她手腕的力度很大，緊緊地箍著她，近乎粗暴地把她拉到自己身後。

初梔錯愕了一下，很快反應過來，急切道：「不是——」

陸嘉珩手上力度再次加大，她吃痛低呼，已經到嘴邊的話被打斷了。

他不想讓她說。

雖然不知道為什麼，初梔還是暫時閉嘴了，他依舊死死拉著她擋在前面，失控一般的力道，攥得她的手腕生疼。

她沒掙扎，皺眉抿了抿唇，另一隻手抬起來，安撫似的輕輕撫了撫他的背。

陸嘉珩身體僵了僵，半晌，拉著她手腕的那隻手才緩慢地放鬆了點。

初梔悄悄鬆了口氣，手下的動作沒停。

黑色的T恤的布料很好，是那種寫滿了「我摸起來就很貴」的觸感，面前的人溫熱體溫透過衣料滲透出來，沾上掌心。

陸嘉懿哭得一抽一抽的，邊哭邊拉著女人拚命往後扯：「懿懿再也不找哥哥了，媽媽、媽媽。」

女人心疼地把他抱起來，一邊哄著一邊抬起頭來，惡狠狠瞪了陸嘉珩一眼，抱著孩子走了。

車子絕塵而去，上一秒還無比熱鬧的校門口倏地寂靜了。

林瞳朝初梔擠了擠眼睛，指指自己，而後兩根手指伸出來，做了個走的動作。

初梔點點頭，林瞳手又舉到嘴邊，做了個拉拉鍊的動作，悄悄地繞路走了。

她很快轉過馬路，校門口只剩下初梔和陸嘉珩兩個人。

初梔被抓著的手腕悄悄動了動，從他身後探出腦袋來，仰起頭來看他。

男人垂著頭，似乎是在發呆，長睫烏壓壓地下壓，剛剛那點笑早就沒了蹤影，嘴角向下垂著。

初梔說不清楚他現在到底是一副什麼樣的表情。非要說的話，就彷彿渾身的力氣都被抽乾了一樣，像是放棄了掙扎的溺水者，空茫茫的無力感。

雖然也只有一瞬間而已。

初梔不知道自己現在是說話好還是保持安靜更好一點，就算說，對於這種完全沒遇到過的情況她也不知道要說些什麼，只是拍著他背的動作不敢停。

兩個人就這麼站著，少女安撫小動物似的一下一下，還沒拍兩下，陸嘉珩突然側過頭來，垂眼看她。

他斂著睫，桃花眼微揚，若無其事看著她：「送妳回宿舍？」

他這麼一副毫不在意的樣子，初梔突然替他覺得有點委屈。

完全不能理解。

男人抓著她手腕的手鬆了，初梔悄悄揉了揉手腕，抬眼小心翼翼地看他。

兩個人一路走著一路沉默，長假前夕的校園安靜得近乎無聲無息，走到一半，初梔終於還是忍不住。

她垂著眼看著地面往前走，一邊慢吞吞地開口：「學長，對不起，我不知道他對桃子過敏……」

陸嘉珩懶散「嗯？」了一聲：「沒事，那小子精明著，給他他也不會吃的，他很喜歡妳，想拿著玩玩而已。妳也沒有什麼好對不起的，和妳沒什麼關係，不用道歉。」

現在，他的語氣聽起來好像又不像是討厭那個小朋友了。

初梔腳尖踢著路上的小石子，依舊替他感到委屈：「你怎麼不讓我解釋呀，說清楚不就好了，」她皺了皺眉，「無論如何也不能這樣就打人啊，應該讓她道歉。」

小女孩的表情看起來有種別樣的正義感，還有點生氣的樣子，特別認真的在為他抱不平。

陸嘉珩腳步放緩，微微側了側頭看著她：「妳還挺生氣。」

初梔聞言，腮幫子一鼓，音量突然放高了一點：「如果不是你攔著我！我就——」

陸嘉珩眉一挑。

「我就要問問她怎麼問都不問清楚就突然這樣呢，太不講道理了……」她乾巴巴地撇撇嘴，聲音含糊，「你也是，被誤會了也不在意嗎？」

陸嘉珩鬆鬆散散地笑了：「嗯，好像不怎麼在意。」

「……」

怎麼可能，你是神啊。

兩個人已經快走到了寢室樓門口，剩下的小半段路初梔都在轉移話題，亂七八糟天花亂墜的聊，似乎是打定了主意想要讓他忘記之前的事情。直到看見三號宿舍，初梔才安靜了一下子。

走到門口，她又突然揚起腦袋，想了想，組織了一下語言，才緩慢問：「學長，你長假都待在學校嗎？」

陸嘉珩抬眼，還沒來得及回答，就聽她又趕緊繼續說：「我要去蒼岩山，你要不要一起去？」

「……」

陸嘉珩的眼神十分詭異地看著她：「和妳一起去？」

初梔渾然不覺，特別重地點了點頭，黑漆漆的鹿眼認真看著他：「我想讓你和我一起去。」

「……」

「真誠的邀請你。」

「……」

陸嘉珩捕捉到關鍵字，並且快速地在腦子裡捋了一遍。

孤男寡女，蒼岩山，旅行，想讓你一起去。

他其實十分想問，妳知不知道邀請一個非朋友的異性一起旅行是什麼意思？

想了想還是算了，突然覺得這一巴掌挨得好像也不賴。

相比而言，初梔的想法其實簡單多了，長假黃金週前夕和家裡人鬧成這樣，她覺得陸嘉珩是八成不會回家了。

桃子果凍是她給的，結果最後被打的是他，倒楣的是他。

太慘了。

初栀甚至已經想像出了陸嘉珩一個人在寢室裡面蜷縮七天，室友全部回家去，他孤獨地躺屍在床上默默發霉的畫面。

而且他們現在怎麼說應該也能算得上是朋友了。

初栀於心不忍。

她站在宿舍門口臺階上，和面前的人身高差距一下子縮小了不少，這個認知讓她突然莫名地開心了不少，見男人遲遲沒有回應，她的手插進衣服口袋，原地跳了兩下催他：「去不去呀？」

陸嘉珩意味深長地盯了她一會兒，半晌，低笑了聲。

他那雙眼睛很好看，比桃花眼略長，眼尾尖銳，不笑時寡冷，帶著冷淡的涼薄感，笑的時候又會稍稍彎起，桃花滿天飛，輕佻又多情。

即使看過這麼多次，初栀依然忍不住覺得，他笑起來真的太像個負心漢了。

而此時負心漢笑得很開心的樣子，於是負心指數直線飆升，他懶洋洋瞇眼：「去啊。」

多了一個同行旅友，初栀挺開心的，當即約定好時間，回去找林瞳報告。

林瞳沒什麼意見，雖然和這位粉色水壺沒說過幾句話，但是心裡對他的印象也還挺好的，而且旅行這種事，多個男孩子一起好像安全指數也一下子提高了不少。

只剩下票的問題，現在買票不知道還來不來得及。

初栀要了陸嘉珩的身分證字號，正想著要不要打個求助熱線給初先生，對方的訊息就傳過來了，說托了朋友去買，問她是哪班車。

陸嘉珩以前從來沒和女孩子單獨出去過，一般都是男男女女一大群，而且什麼蒼岩山這種聽起來山清水秀鳥語花香的地方，那群瘋子根本想都不會想到要去，他其實對於這種活動一直熱情度不高，不過這次還挺期待的。

一段時間相處下來，陸嘉珩終於意識到初梔這個小女孩確實沒有其他方面的意思，應該是說，她的腦子根本沒往這方面想，沒有這種東西。

但是旅行這種暗示，太赤裸、太清晰了，又讓人不由自主的會稍微有點想多。

是以，陸嘉珩覺得這旅行應該還是挺刺激的。

第二天一早，陸嘉珩簡單裝好東西，往校門口約好碰面的地方走。

他是真心想出來玩，也沒打算真的不當人，但是心情莫名的挺好，眼看著A大宏偉校門將近，小女孩手裡拿著個小行李箱，一個人遠遠地站在路邊等著他，陸嘉珩吹了聲口哨，手插在外套口袋裡走過去。

還沒等到他走近，小女孩手裡抓著的那個行李箱後面突然又蹦出了一個人，林瞳看見他，十分熱情的歡呼狀招手，聲嘶力竭喊他：「粉色水壺！」

陸嘉珩：「……」

這可真是太刺激了。

到蒼岩山要高鐵轉汽車，高鐵坐過去一個多小時的時間，初梔她們買票的時候因為已經晚了，只剩下商務艙，陸嘉珩的票好像是朋友幫忙買的，和她們的位子隔了幾排。

幾個人一起上了車，陸嘉珩順著號碼找過去，眼一抬，就看見座位旁邊已經坐了個人。

程軼翹著二郎腿坐在那裡，正歪著頭看著他上來。

「……」陸嘉珩人一頓，停住了。

程軼咧嘴朝他賤兮兮地笑，視線越過他看向走在後面的人。

此時初梔剛好也看過來，眨眨眼，又眨眨眼。

初梔：「啊。」

程軼：「啊。」

初梔本來就有點小興奮，一路上和林瞳嘴巴沒有停過，看見程軼反應了一下子，認出人來。

就是到校第一天那個帶她走了一個上午校園的志願者學長。

初梔對這個人印象很好，尤其對他胡蘿蔔一樣的橘黃色志願者T恤記憶猶新，印象深刻，也算是她步入大學校園以後認識的第一個人。

程軼對她的印象也挺好，他對所有漂亮妹子的印象都好，此時一看見人，臉上洋溢著燦爛的笑容。

「學長！」初梔驚奇道。

陸嘉珩下意識回過頭來看向她，還沒說話，程軼在那邊也驚奇道：「學妹！」

「……」

陸嘉珩磨了磨牙，唰地重新轉過頭來，垂眼看向坐著的程軼。

商務艙這邊沒什麼人，初梔隔著兩排位子繼續隔空喊話：「這麼巧，你也出去玩啊！」

程軼假裝沒看見旁邊某隻磨牙的人形生物，笑得跟朵太陽花似的：「是啊！巧吧！」那邊林疃似乎拉了拉她的手，讓她小點聲，初梔笑瞇瞇地：「那學長跟我們一起呀。」

「好啊！」

「……」陸嘉珩更不爽了，聲音輕飄飄的：「你們兩個對唱山歌呢。」

程軼倒是美滋滋地，剛剛伸了老長的脖子縮回來，靠在窗邊看著陸嘉珩在他旁邊坐下，露出了一個老父親一般慈愛的笑容。

陸嘉珩成功被他噁心到了，挑眉微微拉開了一點距離：「幹什麼？」

他的冷淡絲毫沒有影響到程軼的激情，反而越靠越近，整個人都快貼上去了，神祕兮兮道：「我原本是真的好奇，到底是什麼樣的力量讓你拒絕了我們賽馬、賽車一條龍活動熱情邀請，選擇去山裡看一堆破石頭。」

他頓了頓，又一臉了然：「結果現在才發現，原來你不是為了看石頭去的。」

陸嘉珩笑了聲：「不是，我就是為了看石頭。」

程軼毫不留情呸他：「你是為了看個屁的石頭。」

陸嘉珩吊兒郎當癱進座位裡，輕描淡寫推著他的腦門把人推開：「好好說話，別總把屎尿屁掛在嘴邊。」

程軼繼續呸：「真想讓學妹看看你現在這幅德行。」

陸嘉珩不理他，自顧自地閉上眼睛養神。

程軼安分了一下子，又閒不住，一起的兩個姑娘，他也摸不太準是哪一個。

別人就算了，至少還有個喜歡的類型之類的可以作為參考，但是陸少爺沒有。

程軼和他也算是竹馬了，中二時期不打不相識，兩個人一架打完在醫院隔壁病房當了一個禮拜鄰居，從此程軼一路Gay裡Gay氣的常伴太子左右，太子考來A大，他就花錢進。

程軼連他穿褲子習慣先穿哪條腿都知道，他對於妹子的審美自然也是清清楚楚的。

——好看就行。

「喜歡的類型」這種東西，這個人根本沒有。

昨晚陸嘉珩讓他幫忙搞張車票的時候，程軼費盡力氣想了好久也想不明白為什麼他這麼積極地要去看破石頭，當即一群狐朋狗友拉了個小討論群組，群組名就叫「陸少爺遇到愛不懂愛從以前到現在」，深刻地探討到凌晨兩點，最後確定了這裡面有問題。

於是一大早，程軼代表群組正式出動火速趕赴前線，發現陸嘉珩真的不是為了破石頭，他只是為了撩妹。

程軼覺得陸嘉珩會主動撩妹這他媽真是匪夷所思驚世駭俗天下奇聞啊，他捂嘴看著癱在旁邊閉目養神的陸少，斟酌片刻，低聲開口問道：「珩哥，你覺得貧乳好還是大波好？」

「……」

陸嘉珩唰地睜開了眼。

商務車廂座位之間間隙很大，他的長腿往前伸，懶洋洋交疊在一起，看了他幾秒，重新閉上眼睛，薄唇輕動：「離我遠點。」

「怎麼了，你告訴我怎麼了？」

「我們不是兄弟嗎？我的事情你都知道，你自己的就屁都不放一個，過分了啊陸嘉珩。」

「我關心關心你都不行嗎？我兄弟的終身大事呢，多麼重要啊。」

「欸，你理理我啊。」

「理理我啊。」

「珩啊，珩！」

直到高鐵到站，程軼還在他耳邊蜜蜂一樣不厭其煩的碎碎念，陸嘉珩完全不想理他，等車子停穩，人站起來整了整衣服，又是挺拔的人模狗樣，剛剛癱在椅子裡那副沒骨頭似的懶散睏倦樣子沒得乾乾淨淨。

車上旅客排著隊下車，初梔和林瞳不緊不慢地走在最後面，陸嘉珩和程軼兩個人先下車，站在門口等著。

程軼嘮嘮叨叨了一路沒有得到回應，仍然是不死心的樣子，回憶了一下一上車開始陸嘉珩的反應，不確定猜測道：「陸嘉珩，你喜歡平的？蘿莉？」

「……」

陸嘉珩忍無可忍地轉過身來。

他原本是站在高鐵旁邊等，此時被程軼鬧得煩了，人一轉，面向他，背對著車。

也就沒看見剛好從上面下來的初梔。

初梔跟在林瞳後頭，死死抓著把手，邁開小短腿一階一階下車，踩上了月臺地面才抬起頭來。

她的陸學長正好站在她面前，背對著她看不見臉，但整個人高大挺拔，寬肩窄腰長腿，背影帥極了。

聲音也好聽，低低呵笑了聲，不緊不慢道：「我喜歡女裝大佬，大屌萌妹。」

初梔：「……」

蒼岩山是國家級風景名勝區之一，有著名的十六景，景景入勝，並且山裡還有很多名寺古剎，也有不少影視作品都是在這裡取景拍攝的。

初梔知道這個地方，也是因為《臥虎藏龍》裡玉嬌龍的懸空寺縱身一躍。

下了火車換乘巴士，車票每個人三十塊錢。

剛好趕上黃金週，車站人多到像是下餃子，出來玩的人魚貫穿行熙熙攘攘，上了巴士才終於能喘口氣。

一行四人直到上了巴士，都保持著一種詭異的安靜。

初梔本來是話很多的那個，一路上和林瞳說個不停，包括剛剛在高鐵上也一直興致勃勃，此時卻小臉蒼白，耳朵倒是紅撲撲的，大眼睛東轉西轉看看這個，看看那個，不說話。

程軼嘮嘮叨叨了一路，此時也安靜如雞，默默地捂著自己的菊花坐在巴士上。

四個人兩兩一起坐，一上車，程軼死活不要跟陸嘉珩坐一起了，一陣鬼哭狼嚎浮誇又做作的要換位子。

初梔想了想，覺得胡蘿蔔學長這驚恐的反應也不是不可以理解，頗為善解人意地主動提出和他換座位。

於是初梔就坐在靠窗位置看看風景，又看看坐在自己身邊的人。

陸嘉珩的臉色不太好。

他的臉色簡直太差了。

有好幾次，她在偷偷看他的時候都被發現了，他一轉頭，四目相對，初梔趕緊以迅雷不急掩耳之勢瞬間扭頭，嘴巴微張，視線朝上，仰著腦袋假裝看向車頂或者望天。

也就錯過了陸嘉珩一臉欲言又止的表情。

然後過一陣子，她又偷偷看過去，又想到什麼似的，唰地捂住自己通紅的耳朵開始瘋狂甩頭。

陸嘉珩：「……」

大約三個小時巴士才停下，下車已經是下午，大家先找了風景區裡的賓館放行李。

房間開了兩間，東西暫時放到同一間房裡。

雖然她們要的是最好的房間，但是也沒抱多大期待，結果進去一看房間意外的還算可以，雕花四柱雙人木床，竟然還有種古色古香的感覺。

程軼依然捂著菊花，挑剔的視線來來回回掃，片刻，緩緩發言：「這房間，用我們太子殿下的話來說，那就是——」

陸嘉珩：「挺好。」

程軼：「……」

初栀原本在從包裡翻吃的，聽見這話，突然抬起頭來，看看那張雙人床，白淨的耳朵又紅了。她手裡拿著牛奶，看看陸嘉珩，又看看程軼猶豫道：「要麼再開一間房吧？」

「不用，」陸嘉珩嘴角勾出一個陰森森的笑容，看著程軼，聲音故意壓低了，「這樣就行。」

程軼：「……」

東西放好，初栀把包包裡的吃的分給大家，又揹回身上，自己叼了袋牛奶小跑出了房間。

林瞳他們一下去，就看見她趴在大堂和酒店的前檯擺了擺手，然後走了過來。

她走起路來有種神奇的跳躍感，尤其是走得快的時候，人一直往上一竄一竄，像隻蹦蹦跳跳的小兔子。

小兔子蹦蹦跳跳地走過來，興奮道：「剛才前檯的小姐說我們可以坐纜車上山！那上面拍照很好看！但是下來的時候可能就要走下來了，因為晚上不知道會不會停電，她說景區這邊經常會停電。」

初栀拉著林瞳搖頭晃腦率先出了賓館，看起來已經從之前「我好像知道了什麼不得了的大祕密」的衝擊裡回過神來了，叼著牛奶走在前面，程軼和陸嘉珩跟在後面。

路上人太多，程軼終於不捂屁股了，湊到陸嘉珩旁邊繼續賤笑：「太子爺，您這蘿莉看來誤會頗深，這怎麼辦呢？臣真是罪該萬死啊。」

陸嘉珩哼笑了聲，斜眼睨他：「那賜你個常伴先帝左右？」

程軼嘴一咧：「別啊，我幫你啊。」

他這一路上看著陸嘉珩想說點什麼又不知道怎麼開口的憋屈樣子快開心死了，也透過他的反應確定了，不是大波、不是御姐，還真的是這個蘿莉小學妹。

他立馬打開了「陸少爺遇到愛不懂愛從以前到現在」討論群組，大吼了一聲：『兄弟們！太子殿下喜歡平的！』

此時四個人來到蒼岩山纜車，明黃色的纜車被鋼索串著，像是小葫蘆一個個地成串掛在湛藍半空中。

纜車是全封閉的，四面玻璃，不大，相對著兩排位子，一面坐兩個人。

初栀和林瞳正要上去，程軼一看，反應奇快無比，當即收了手機一臉瑟瑟發抖，捂住了菊花表情十分沉痛地堅決道：「我死也不跟陸嘉珩坐！」

「……」陸嘉珩翻了個白眼。

林瞳其實早在軍訓的時候就看好初栀和這位粉色水壺了，立馬非常上道樂呵呵地朝他招了招手：「行啊，那你跟我一起。」

初栀依然表示理解，也完全沒什麼意見，看著林瞳和程軼上去，坐進了他們下面的一個。

陸嘉珩跟著上來，兩個人面對面坐好，纜車的門啪嗒被關上。

纜車本就偏小，她一個人上去覺得還挺寬敞，結果陸嘉珩一上來，再關上門，空間好像瞬間變得狹窄了點。

初栀垂頭，看著自己的膝蓋頂著男人的小腿，頭一次這麼真實的感受到了身高的差距。

她接受現實，伸出一隻手來，比劃了一下從他的膝蓋到自己膝蓋的長度，比著抬到眼前給他看，語氣輕快道：「學長，你看，你光是小腿就比我長了這——麼多。」

陸嘉珩也跟著她的視線垂下眼去，視線定在她的長襪上兩秒，移開，淡淡「嗯」了一聲。

陸嘉珩覺得，他要努力控制著點，不要讓自己看起來太像一個變態。

纜車緩慢前行，越升越高，懸空寺、公主祠等全景盡收眼底，古樹參天，葉岩山體在下午的陽光下泛出溫暖柔光。

初梔的注意力完全被吸引過去，額頭抵在玻璃上向外看，看了好一陣子，才想起來拍照，連忙翻手機。

初梔這邊手機還沒翻出來，一直雕像一樣坐在那裡的陸嘉珩突然動了。

他倏地伸出手來，一把抓住了她的手腕。

初梔錯愕抬頭，看著他眨眨眼：「怎麼了？」

陸嘉珩沒說話，只是皺著眉往外看。

初梔也跟著往外瞧。

剛剛纜車雖然一直行得極其緩慢，但是確實是在緩緩往斜上走的。

此時，卻好像不動了。

就這麼把他們吊在了半空中，突然停住了。

很快，反應過來的人不止他們。

兩排纜車一排上山，一排下山，開始傳來喧鬧聲。

有的人在尖叫，有些人在哭泣，還有的大聲謾罵，此起彼伏。

初梔剛剛才覺得纜車看起來像是一串葫蘆，然後現在，她真的就被串葫蘆似的掛在上面下不來了。

她再三確認了幾遍，確實沒再動。

竟然就這麼停電了。

雖然出來之前賓館的前檯確實跟她說過了蒼岩山景區經常會停電，但是初梔也沒想到真的會在他們人還在纜車上的時候就停。

這是有多倒楣啊。

四面玻璃的纜車吊在半空中，下面全是山岩峭壁古樹檀林，剛剛一眼看過去覺得美不勝收的景色此時在如此不確定因素的影響下卻顯得格外嚇人。

初梔透過玻璃往外看了幾眼，又匆匆收了腦袋回來，還沒意識到，腿已經開始有點發軟。

她老老實實縮回到位子中間一動也不敢動，抓著書包的手漸漸用力，纖細指節泛白。

剛開始，她沒說話，唇瓣微微抿著，漆黑的眼裡透著點不安，一眨也不眨直勾勾地看著坐在對面的陸嘉珩，四下瞄都不敢瞄一眼。

陸嘉珩就這麼任由她盯著。

聲音亂糟糟的，掛在上面的遊客隨著時間的推移變得越來越焦躁不安，初梔她們後面上去的是兩個女人，透過玻璃窗能夠看見，她們正抱在一起嚎啕大哭。

此時她們已經掛了半個多小時了，除了山山水水什麼都看不見，什麼消息都聽不到，除了空茫茫的等待以外什麼事情都做不了。

下面那個離最近的纜車裡兩個女人哭得肝腸寸斷，哭得慘絕人寰，一聲高過一聲聽得初梔的小心肝都跟著一顫一顫，本來還沒覺得有那麼誇張，在周圍環境氣氛的渲染下不由自主的讓人覺得越來越恐怖。

初梔拚命地克制著不讓自己多想，想說說話轉移一下注意力，看向坐在自己對面的人。

陸嘉珩看上去倒是依然懶洋洋的，只在最開始發現的時候皺了皺眉，之後彷彿沒受什麼太大的影響了，十分放鬆地坐在初梔對面。

察覺到她的視線，陸嘉珩微微側過頭來看著她，唇角微彎，安慰似的朝她笑了笑，剛要說話，初梔唰一下伸出手來，一把抓住陸嘉珩的手，她的手小，抓著他的手腕一圈都圈不住，指尖冰冰涼。

「陸學學學學長你你你別害怕，等一下就好了！」初梔哆哆嗦嗦口齒不清地說。

陸嘉珩：「……」

少女的手柔軟冰涼，像是剛剛從冰箱的保鮮層裡拿出來的布丁，軟綿綿地貼著他溫熱肌膚。手下力度不算小，緊緊抓著他，手心有薄汗。

陸嘉珩垂下眼去，視線落在她的手上，皮膚近乎蒼白的顏色，陽光下能夠看清手背上的血管紋路。

「那怎麼辦，」他低聲說，「我很害怕，等不了了。」

初梔抓著他的手緊了緊，人顫啊顫：「別怕！沒沒沒沒事的學長！」

陸嘉珩的唇色本身就淡，此時長眼一垂，銳意被柔和掉了不少，唇角微抿，看起來莫名有點蒼白的脆弱感。

蒼岩山的纜車很小，初栀在裡面根本站不起來，她看著他這副和往常有點不太一樣的模樣，又想起從上了這纜車開始，他就一直這樣很安靜的坐在對面，一動也不動，頓時有點擔憂：「學長，你是不是有點懼高呀？」

陸嘉珩微微愣了愣，緩慢眨眨眼。

他似乎是思考了幾秒鐘，然後一本正經地點點頭：「對，我有點懼高。」

初栀一臉果然如此的樣子，屁股小心翼翼地往前挪了挪，抓著他手腕的手鬆開了。

陸嘉珩稍微有些遺憾，乾巴巴地看了看自己上一秒還被抓著的手腕，結果還沒等反應過來，面前的小女孩突然身子前傾，兩隻小手臂直接環著他把他抱住了。

陸嘉珩一僵。

兩人之間還隔著腿，一大段的距離，她的手又短，其實只能扣在他的身體兩側，但是上半身確實實實在在地整個塌下來，直截了當壓在了他的大腿上。

腿上有軟綿綿的觸感緊緊貼合上來，帶著少女的體溫，還有淡淡的甜香味道。

像是香草奶昔，又像奶油蛋糕。

陸嘉珩的大腦瞬間一片空白，就跟被人格式化了一樣，茫然了三秒。

然後他回神，腦子裡第一個念頭就是去反駁程軼——誰說蘿莉都是平的了。

陸嘉珩僵著身子，一動也不敢動，手指蜷起，平生第一次體會到了什麼叫手足無措。

他想推開她，又不想推開她。

翠鳥啼鳴，雲高而淡，天空是飽和度很高的藍。

陸嘉珩喉結滾了滾，任由自己被女孩抱著，一動也不敢動。

停滯在幾百公尺的高空，也不及她一個擁抱來得更讓人覺得驚心動魄。

他緩慢地垂眼，看著面前的少女低垂著頭，長髮也跟著散下去，露出一段白皙的後頸。

她也不抬頭，明明自己怕得要死，像個鴕鳥一樣腦袋死死埋下去，卻偏偏做出了一副保護者的姿態，緊緊抓著他的手臂環上去不放，軟軟的一把嗓子輕聲安撫他：「學長，你別怕，別怕啊，沒事的，只是停一下電，馬上就好了。」

陸嘉珩沒說話。

初梔以為他只是因為懼高才不說話，一邊鬆了一隻手輕輕拍了拍他的手臂，一邊抬起頭來。

他目不轉睛地盯著她，漆黑的眼裡有幽暗的光。

初梔偷偷地往外瞥了一眼，剛要說話，手機響起。

林瞳在她們上面的那個纜車裡正往下瞧，他們在前面，高度比初梔他們還要高一些，不過此時也沒什麼區別。

初梔放開手直起身來，摸了半天才摸出手機，僵硬著手指接聽起來，林瞳聲音一傳過來，初梔小臉就哭喪了：「瞳瞳……」

她一邊跟她說話，一邊扭身跪在座位上，回頭抬眼往上瞧，這麼一動，不知道是不是錯覺，纜車輕微地動了一動。

初梔一僵，又不敢動了。

她跪坐在座位上，一邊跟林瞳講電話，蒼白著一張小臉勇敢道：「放心，我會保護好學長的。」

「……」陸嘉珩輕輕笑了一聲。

半空中手機訊號實在不算好，初梔又斷斷續續和林瞳說了一陣子話，才掛掉電話，重新小心地轉過身來坐正。

她電話一掛，陸嘉珩立馬就湊過來，自然地伸手，抓著她的一隻手過來，拉在手裡。

初梔眨眨眼。

陸嘉珩一隻手緊緊抓著她，手指修長好看，掌骨微微突起，血管淡青。

睫毛垂著，聲音低低的：「我害怕。」

初梔一聽，瞬間就堅強起來了，頓時覺得有山一般厚重的使命感壓上了她的肩膀，還帶著點神奇的母性。

她一個不懼高的被這麼掛著都怕死了，別說陸學長了。

可能他本來就不想坐這個，但是又不好意思讓她們因為自己費力爬上山。

她當即抽手，反手把他一隻手包進掌心，一隻手包不下，她用兩隻握住：「別怕！不要怕！我跟你講個故事吧，學長。」

陸嘉珩抬眼，抿著唇點點頭。

初梔身子微微前傾，雙手抓著他一隻大手，講了《夜鶯與玫瑰》。

她的聲線軟糯，卻又不顯得黏膩，清透又乾淨，說起話來有種沁人心脾的舒服。

初梔本來也害怕、也不安，心裡沒底得很，一旦陷入這種境地，她腦內活躍的小劇場就會尤為糟糕，比如她會開始想像纜車失控，刺啦刺啦向下滑，撞上山體撞個粉碎。或者掛著的鋼索斷了，纜車整個啪嘰一下掉下去之類的場景。

也是因為這個，所以她從來不坐遊樂園的雲霄飛車，她總覺得安全帶會鬆脫。

但是現在身邊有一個人更需要安慰，她強鼓起勇氣來，結果沒想到，故事講著講著，她自己也差不多把這事忘了，反而不怎麼害怕了。

《夜鶯與玫瑰》這故事可以說是家喻戶曉了，年輕的學生為了請心愛的女孩和自己跳舞需要找到一朵紅玫瑰，夜鶯聽見以後讓玫瑰樹的刺刺穿了心臟，與月光為伴吟唱，清晨，鮮血染紅了玫瑰，夜鶯悄無聲息的死了。

學生拿著玫瑰去找喜愛的女孩，女孩卻依然嫌棄他貧窮而拒絕了他，學生氣憤不已，將玫瑰丟在馬路上，被馬車的車輪碾壓而過。

講到最後，初梔的眼睛都紅了，一隻手放開陸嘉珩拚命揉了揉眼睛，一邊嘟囔：「夜鶯太傻了。」

陸嘉珩傾著身，一隻手前伸，任由她抓著自己的一根手指，另一隻手肘擱在腿上撐住下巴，微微挑了挑眉，對這個傻白甜會這麼說有點詫異：「怎麼傻了？」

「她怎麼能死呢，別人談不談戀愛關她什麼事啊，就這麼死了也太不值得了。」

陸嘉珩指尖敲了敲下顎，懶洋洋地：「『死亡的代價是巨大的，然而愛情比生命更珍貴。』」

初梔撇撇嘴，聲音很小：「放屁呢，也不是她自己的愛情……」

「……」陸嘉珩被她這一句放屁驚到了，而後失笑：「好，那再講一個高興一點的。」

初栀點點頭：「那《小王子》吧。」

《小王子》這故事也是眾所周知，少年青少年必讀物之一，初栀娓娓道來，最後講完皺著眉做出總結：「這個小王子是腦子有毛病吧，狐狸對他那麼溫柔，他怎麼還是喜歡那個玫瑰呀？被虐狂吧。」

陸嘉珩：「……」

接下來的兩個小時裡，初栀分別又跟他講了三個故事。

她是個非常適合講故事的人，語速不快不慢，娓娓道來，語音語調柔軟舒服，語言也很有她的個人特點。

除了故事結尾，都會總結一些很奇妙的毒雞湯。

幾個小時下來，陸嘉珩對她看問題的奇特角度有了新的瞭解。

剛開始，他還會說上一說，試圖掙扎一下，比如——

「不是的，小王子不是這樣的。」

或者——

「小栀子，灰姑娘不是傻子，後媽也不傻。」

以及——

「茱麗葉她家長也不是因為她只有十三歲才不讓她跟羅密歐談戀愛的，不是因為不讓她早戀。」

初栀一本正經道：「可是茱麗葉才十三歲，羅密歐放在現在是個喜歡蘿莉的變態，嚴重點是要判刑坐牢的。」

「……」

好像橫空一箭飛來，噗呲一聲，陸少爺下意識摸了摸自己的膝蓋。

他撐著下巴沉吟片刻，緩慢道：「他可能只是想先暫時柏拉圖一下，慢慢等茱麗葉長大。」

初梔皺眉：「那他也是個渣男，他一開始喜歡的是羅薩蘭，看見茱麗葉好看才想追她的。」

「……」陸嘉珩啞口無言：「……妳說的對。」

這種感覺很新奇，就好像是本來以為是一隻小白兔，結果突然有一天，發現這隻兔子還會變身，能變成超人。

到最後，初梔說話說到嗓子都啞了，從包裡又抽出兩袋牛奶來，兩個人一人一袋。

就這麼在空中吊了三個多小時後，終於恢復供電，救援消防和警察全部站在纜車的頭和尾，確認所有旅客全部都下來了。

纜車一停，車門打開，初梔首先跳下去，然後又去攙扶陸嘉珩，幫助他下來。

程軼在旁邊看著，覺得自己這頓驚嚇受得太他媽值了，太子殿下和他的小萌妹關係飛速發展突飛猛進。

他咧嘴一笑，還是忍不住屁話：「哎喲，我們小學妹這麼體貼啊。」

初梔扭過頭，表情認真：「學長懼高。」

程軼一愣：「啊？」

陸嘉珩牽著初梔伸過來的手無比坦然地彎腰出了纜車，像個下花轎的新娘子，他點點頭，一本正經道：「我懼高。」

程軼：「……」

你他媽懼個屁的高。

這一掛三個小時也沒人有心思玩了，北方十月白日短，天光濛濛黯淡，他們下了纜車還是山頂，要自己走下去。

初梔和陸嘉珩還好，初梔背包裡一大堆的吃的，在纜車裡面也吃了點，林瞳和程軼已經餓到意識模糊，一人抓著兩個蛋黃派一陣狼吞虎嚥。

一趟折騰下來程軼和林瞳也算混熟了，程軼一手拿著個蛋黃派一手拿著一袋牛奶，口齒不清道：「這絕對是我二十多年來最有意義的一次出遊，讓我充分體會到了生活的疾苦。」

蒼岩山景區不大，下山的路上剛好看見了懸空寺，夜幕即將降臨，橋樓殿立於拱橋之上，上是霧海雲天，下是峭壁斷崖。

兩層樓的古建築，翼角飛揚，此時殿內已經點上了暖黃色燈光，被窗櫺一格一格阻斷開來，影綽綽滲透出來，相較於白天又是另一種景色。

回到賓館時四個人已經是身心俱疲，初梔一頓晚飯是打著哈欠在吃的，吃了沒幾口，她跟林瞳要了房卡，上去也不想洗澡了，倒在床上就睡。

原本只是想著睡上一個小時，結果這一覺醒過來，已經是晚上將近九點。

她醒的時候房間只開了盞小燈，手胡亂往旁邊伸了伸，摸到一個溫熱的東西。

初栀打著哈欠睜開眼，瞇著眼看過去。

陸嘉珩正靠坐在床頭另一端，似笑非笑看著她。

他那邊的燈開著，不是很亮，被他身子遮了一半，剛好擋住初栀枕頭的這一塊。

「……」

初栀茫然地側過頭去。

林瞳手裡捏著一副牌坐在床尾，床上還鋪著一堆撲克牌，看見她醒了，林瞳甩出兩張牌：「醒了？K對。」

程軼拉了個椅子坐床邊：「哇靠大佬妳看看妳的下家！我們才是一夥的！對面那個才是對手！妳倒是放我兩張牌啊！A對。」

初栀打著哈欠撐住床面坐起來，伸頭去看旁邊陸少爺的牌。

陸嘉珩收回視線，捏著牌的手往旁邊側了側，方便她看。

初栀靠著床頭坐，抹了抹眼角，「哇」了一聲。

林瞳和程軼頓時眼神一緊，進入戒備狀態。

陸少爺修長手指慢悠悠地滑過一張張紙牌，甩出四張Q，輕飄飄道：「炸。」

「……」

「二對。」

「……」

此時陸嘉珩手裡還剩五張牌，程軼冷笑了聲：「你接著裝啊。」

陸嘉珩沒說話，突然安靜了，動作頓了頓，把拿著撲克牌的手往初梔那邊一斜。

初梔眨眨眼，意味不明地看著他。

陸嘉珩輕笑了聲，聲音低柔：「妳來。」

程軼翻了個白眼。

初梔聞言，乖乖伸出一隻手來，就著他手裡把著的那把牌，指尖捏上牌頭。

她靠坐在他身邊，手臂貼著他手臂伸過來，人剛睡醒，眼角還沾著水汽，耳垂壓得粉嘟嘟的，動作也有點慢吞吞，一張一張地往外抽。

陸嘉珩也不急，微微側著身子又靠過去一點，捏住牌的手舉在她面前，耐心地等著她抽完。

她抽出一張來丟在床上，他就念一張，不急不緩，像是在淩遲。

「七。」

「八。」

「九。」

「十。」

「J。」

剛好五張。

「……」

程軼絕望地把牌往床上一扔，半眼都不想再去看床上的那對狗男女：「關燈。」

程少爺嘴上說著不戰不戰，靠在椅子裡躺屍了一下子又撲騰起來了，最後卻是越敗越戰越戰越勇，拉著他們打牌打到半夜，直到被殺得片甲不留分文不剩，才被陸嘉珩拉著依依不捨地回房睡覺。

第二天一大早，幾個人睡足了覺，整理了東西再次出發。

前一天發生的事情實在太多，也沒什麼心思到處看，上午沒看過沒玩過的地方走了一遍，下午拖著行李退房出來，車已經停在路邊等了。

初栀原本已經準備好去坐巴士了，結果小女孩拖著小行李箱才往前走了兩步，被人拎小雞似的拽著衣領拉回來。

陸嘉珩挑眉：「去哪？」

初栀指了指已經快要坐滿了的巴士：「坐車呀。」

陸嘉珩微微俯身，從她手裡接過那個小小的行李箱，往對面一直安安靜靜停在那裡的那輛深灰色私家車方向揚揚下巴：「上這個。」

那輛車車窗上貼著反光膜，從外面看完全看不到裡面的樣子，而且看起來陰森森，死氣沉沉。

初栀瞧了一圈，扭過頭來，表情嚴肅：「不行的，學長，不能坐黑車。」

「……」陸嘉珩揚起唇角，拖著小箱子就往那邊走：「沒事，這黑車司機剛被我打了一頓，現在乖得很。」

他的話音剛落，駕駛座車窗緩緩降下來一半，林柏楊黑著一張帥臉毫無素質的爆粗口：「陸嘉珩老子他媽聽見了！」

初梔：「……」

程軼一臉賤笑一邊走過去假裝驚喜道：「哎呀！我的對床！你怎麼在這呢我的對床！」一邊拉開副駕駛的門一屁股坐上去。

陸嘉珩開了後行李箱，將初梔的行李箱和背包塞進去。

三個人後排陸嘉珩和林瞳一邊一個，初梔個子小，十分自覺地坐在中間。

其實初梔還挺喜歡坐中間的，她覺得中間的位子視野開闊，可以看見前面的路。

被初梔誤以為是黑車司機的這位男同學也是個話癆，只不過他話癆起來還伴著間接性的暴躁，經常說著說著一言不和就開始不耐煩，或者程軼賤兮兮地說不知道哪句話觸碰到了他的怒點。

總之一路上的中心思想大概就是——你們自己出去玩就算了我他媽還要來接你們然後再回去我是你們家司機？你們給我開多少錢？

初梔覺得挺不好意思的，畢竟這活動是她們安排的，這兩人也是她拉來的，連忙解釋道歉表達感謝。

林柏楊原本在罵程軼，也沒想到那麼多，聽女孩子一說，反而還有點不好意思。

小女生端端正正坐在中間，上身微微前傾，漆黑的眼從倒車鏡裡看著他，特別真誠的道謝。

林柏楊一向是極其不會和女孩子打交道的人，被這麼長久又熾熱的一盯，渾身上下哪裡都開始不對勁了起來，耳根迅速開始發燙變紅，並且還有往上蔓延的趨勢。

但是很顯然，他對初梔的印象還不錯，回覆她的語氣是難得的平和：「沒事，這兩個傢伙就是能折騰人，我已經習慣了。」

初梔剛要說話，忽然，左邊肩膀一沉。

她的話到嘴邊收了，側頭過去看。

陸嘉珩的下巴擱在她的肩頭，微微揚著眼睫看她，垂著眼角，抿著唇。

瞳仁漆黑，唇瓣色淡，聲音有氣無力的，漫不經心的十分做作：「沒事，有點暈車。」

程軼：「……」

林柏楊：「……」

你他媽在賽道上靈魂漂移的時候也沒看你暈車。

程軼圍觀了整個過程，此時一臉懵懂的乖乖舉手發言：「你們誰吃老壇酸菜牛肉麵了？我怎麼覺得這車裡有股酸味呢？」

初梔腦袋一轉，兩人直接來了個臉對臉，距離極近，她甚至能看清楚他漆黑的眼裡自己的影子。

小女孩愣了一下，眨眨眼，又眨眨眼，仔仔細細盯了他幾秒鐘，忽然開口：「學長，你的睫毛好長啊，你用什麼牌子的睫毛增長液？」

程軼這戲原本看得十分過癮，聽到這句，沒忍住噗嗤一聲就笑出來了。

他扭過頭來，看著陸少爺上半身都快疊在人家女生身上了，挑著眉道：「他不用那東西的，我們家少爺天生麗質難自棄，就差一朝選在君王側了。」

陸嘉珩的下巴還放在小女生肩膀上，他一側頭，就能看見少爺瞇著桃花眼，目光涼涼看著他：「要不然你下車？」

伸著腦袋，豆腐吃的好不愜意，得了便宜還要賣乖。

程軼又翻了個白眼，只覺得自己這兩天白眼翻太多了，現在眼眶生疼。

陸嘉珩下巴擱著，整個人也就這麼自然而然的從斜側後方貼上來，帶著一點點壓迫感和溫熱的體溫。

喉結凸起，隔著衣料貼在她的肩頭，說話的時候初梔能夠感受到喉結傳過絲絲縷縷的震顫，吐息間也有熱氣染上耳廓。

初梔耳朵發癢，下意識縮了縮脖子，卻沒推開他。

陸嘉珩抬了下眼，腦袋移開了，人重新坐回去，動作慢吞吞的。

他倚進座位裡，腦袋靠著頭枕，頭微微側著看她，目光沉沉：「所以你別跟他們說話，他們太吵了，我想吐。」

林柏楊：「……」

林柏楊也加入了程軼的翻白眼大軍，一個白眼橫空翻出去，上了高速公路，一腳油門，嗖——地竄出去了。

陸嘉珩吊兒郎當癱在椅子裡，懶洋洋道：「開慢點，有點暈。」

「……」

林柏楊的牙磨得嘎吱嘎吱響。

本來開車就要比坐高鐵的時間久，車上又有個病懨懨的少爺，全程都是一副「你開超過八十公里我就要死了」的樣子，等回去已經是晚上。

林曈一上車就睡，斷斷續續睡了好幾覺，初栃到後面也睡著了，她坐在中間，本來後面就是沒有頭枕的，人睡過去了，小腦袋直接仰過去，面朝著車棚頂後仰著頭，雪白的頸子繃成直線。

車內一片安靜，陸嘉珩抬臂過去，單手托著她後腦引到自己這邊來，放在肩頭，動作輕緩。

程軼看著，臉上的表情空白了起碼半分鐘。

陸嘉珩這個人，表面上不主動不拒絕，你搭訕我就給號碼，瀟灑散漫又溫柔的樣子，其實內心的真實想法非常殘忍刻薄，對於異性向來缺少尊重和耐心。

雖然他絕對不會讓你看出來就是了。

性子確實垃圾了點，但是凡事有因就有果，他那個家庭情況，能讓他只歪了這麼一點，程軼覺得已經很不容易了。

更何況，他們這一群人，除了林柏楊這傻白甜，誰的性格沒點缺陷，誰家沒點不堪入耳的辛辣祕史。

程軼本來還不是很明白為什麼他會突然對一女孩子有這麼大的熱情，大晚上找他讓他幫忙搞一張高鐵票。

一張高鐵票，聽到的時候程軼驚呆了。

這個傢伙還知道什麼是高鐵？

他確實好奇死了，於是冒死跟過來瞧瞧，發現這女孩確實不太一樣。

程軼從來都不相信這個世界上會有人沒有陰暗面，人性都是多面的，有光的地方就一定會有陰影。

但是初梔好像從來沒有，她看起來實在是太純粹，太開心了，渾身上下滿滿的全部都是正能量，好像只要聽著她說話，就也能讓人跟著開心起來。

他開始有點理解陸嘉珩為什麼對她感興趣。

他也一直覺得，只是感興趣而已了。

程軼雖然一直跟看戲似的，還幫他助攻，但是說歸說鬧歸鬧，心裡也沒怎麼認真考慮過這個狀況。

陸嘉珩會真的喜歡上誰這聽起來就和宇宙無敵超級直男林柏楊突然有一天變成了Gay一樣，基本上是並列位於三大不可能發生事件之首的。

此時兩個女生都睡著了，程軼看著這一連串動作，也終於沒了那一臉賤笑，撓了撓眉角，「嘶」了一聲：「阿珩，你到底是怎麼回事啊？」

感受了一下頸間暖烘烘的重量，陸嘉珩身子往下滑了滑，調整了一下高度，讓靠在他肩膀上的女孩能睡得舒服點。

他垂著眼沒看他，不怎麼在意的樣子，嗓子壓的很低：「什麼怎麼回事？」

程軼更呆了，木訥訥地：「我靠，林柏楊真的要折壽十年了啊？」

林柏楊瞥了他一眼，竟然罕見的沒有說話。

汽車過收費站，林柏楊打開車窗，有風灌進來，吹著初梔額前細絨絨的碎髮蹭到鼻尖上。

她覺得有點癢，在睡夢中微微皺了下眉，閉著眼抬手胡亂抓抓鼻子，腦袋貼著他肩膀上的衣料蹭了蹭，又往裡面拱了拱。

像某種毛絨絨，軟乎乎的小動物。

陸嘉珩勾起唇角，聲音又輕又淡，尾音飄散：「不知道啊。」

初梔覺得自己可能是被餓醒的。

車子進了市區沒多久，她就醒了。

她的腦袋靠在林瞳的肩膀上，腿占了陸嘉珩一半的位子，整個人幾乎是四十五度角傾斜睡了個天昏地暗，就差沒橫過來躺這兩人身上了。

初梔半闔著眼，哈欠打得眼睛裡直冒水花，她慢吞吞地坐直了身子，抬手揉了揉脖子。

她明明是靠在林瞳的肩膀上睡著的，卻不知道為什麼，總覺得脖子一往右偏就有點痠痠的。

坐在位子上緩了一下子，她按著脖子扭過頭去。

陸嘉珩好像還是她睡著之前的那個姿勢，看起來沒變過似的，手很隨意地搭在腿上，腦袋懶洋洋地靠著車窗窗框，眼睛看著外面。

晚上七點多，夜幕低垂，窗外車水馬龍，車輛高速行駛，車頭的探照燈和路邊的霓虹，昏黃路燈一齊拉出一道道光帶。

光線明明滅滅，水流般一段一段將他安靜的側臉刷上色彩，看起來有點像某種文藝電影裡的畫面。

初梔抬手揉了揉眼角，嗓子發乾，聲音微沙：「學長，你還暈車嗎？」

陸嘉珩轉過頭來，還沒說話，前面程軼快速接道：「你學長暈，你學長要吃一碗老壇酸菜牛肉麵才能好，」程軼語氣十分真誠，「酸的東西最管用了，他以前一暈車就吃這個。」

林柏楊難得搭他的腔：「那要兩碗。」

「真的嗎？」初梔扭過頭來，認真地看著陸嘉珩，「學長，你要吃嗎？」

陸嘉珩：「……」

初梔沒回學校，準備直接回家去。

出去一趟幾天下來，沒回來的時候還沒有覺得什麼，現在看見車窗外熟悉的景色疲憊感陡升，只想回家痛痛快快地洗個澡然後躺在自己的大床上翻滾。

從這邊過去剛好順路，初梔報了地址，程軼「咦」了一聲。

陸嘉珩也側過頭來：「妳家住這？」

初梔點點頭。

陸嘉珩高深莫測地盯了她好一陣子，揚起唇角，懶洋洋拖著聲：「哦。」

他這副樣子很是意味深長，讓人有點困惑：「怎麼了嗎？」

「沒事，」陸嘉珩輕飄飄移開視線，「挺巧的。」

路過學校把林瞳放下以後，車子往初梔家開去。

車停在社區正門口，初梔下車，陸嘉珩也跟著下來了。

他的步伐不大，走的也慢，又是後下來的，初梔幾乎是一路小跑到後行李箱準備拿自己的行李出來，結果陸嘉珩三兩步就先她一步走過去，開了後行李箱把箱子和包包提了出來。

初梔突然想起之前兩個人坐在纜車裡，他比她長了那麼長一截的小腿，忍不住嘆了口氣。

他們拿下了行李，剛拖到一邊去，初梔正準備說話，道個謝，說個再見，身邊的灰色私家車滴滴拍了兩下喇叭，一腳油門絕塵而去。

一眨眼的功夫，林柏楊已經開著車上道融進了車流中，初梔沒反應過來，看了看身邊的陸嘉珩，有些遲疑：「他們不要你了嗎？」

「是啊，我很可憐，」陸嘉珩勾唇，看著她半真半假道。

初梔眨眨眼，覺得他有點可憐，又覺得他不可能真的被丟在這裡不管了，一時間不知道該說什麼好。

陸嘉珩無聲笑了笑，把她的背包放上行李箱，沒抬頭，「走吧。」

初梔跟在他後面進了社區。

繞過噴泉和圓形花壇，右轉走了沒兩步，回過頭去，看看他。

走兩步，又看看他。

陸嘉珩神色淡然，一手拉行李箱，一手插進口袋裡，懶洋洋地跟在她後面走。

行李箱的滾輪滑過地面，發出咯啦咯啦的聲響，長久地，不急不緩地響動。

初梔抓了抓頭髮，轉過身來，慢吞吞地：「學長，到這裡就可以了，我自己也行的。」

陸嘉珩垂眼，手裡的箱子和書包沒有給她的意思：「沒事，我順路。」

「……」

她沒轍了，加上這時天確實很黑了，雖然路燈光線很足，但是讓她一個人走還是有點怕，於是再次慢吞吞地回過身，繼續往前走。

只是這次，她停了兩步，站到陸嘉珩身邊，跟他並排往前走。

初栀家的社區是新建的，環境很好，綠化充足，此時樹影搖曳，在昏黃路燈下投出黑漆漆的影子，風過影動，嘩啦啦的響。

太安靜了。

稍微有一點點尷尬。

初栀揉了揉被風吹得有點發涼的鼻尖，開口說了句什麼。

陸嘉珩只聽到旁邊的小女孩小聲嘟囔了一句什麼，沒聽清楚，他側頭垂眼：「嗯？」

初栀仰頭，把剛剛說的話重複了一遍。

他還是沒反應。

初栀等了一下子。

陸嘉珩就這麼低低垂著頭，看著她，然後突然笑了。

初栀一臉茫然。

路燈光線從他側後方打過來，桃花眼全隱匿進了陰影裡，只看得見那雙黑眸中亮晶晶的光，還有唇角上揚的弧度。

男人低低笑了幾聲，人毫無預兆地靠過來，朝她傾了傾身子。

這下子，藏在陰影裡的眼也看得清楚了，黑漆漆的，含著笑，眼尾狹長，目不轉睛地看著她。

上次他這麼看著她的時候，也是在晚上。

女生宿舍樓下，手裡拿著一個冰淇淋甜筒，撐著膝彎腰平視著她，絞盡腦汁的想讓她叫一聲陸哥哥。

有點熟悉的畫面重疊在一起，初梔耳廓微微發紅，下意識的想後退。

「妳太小了。」他突然開口。

初梔還沒來得及向後，步子頓住，茫然仰著頭：「唔？」

「妳太小隻了，那麼小聲說話，我聽不見。」

「……」

初梔：？

初梔：？？？

「所以下次說話的時候，妳要離我近一點。」陸嘉珩舔了舔唇，唇邊笑意愈深，脊背微弓，垂頭彎腰，拉近了距離看著她，「或者我離妳近一點。」

小女孩反應了三秒，眼睛睜大了點瞪著他，耳朵發燙。

她抬手「啪」地捂住了一邊的耳朵，又馬上被燙到似的放開手，想不到該怎麼反駁，憋了好半天才憋出一句：「我不小！我有一百六！」

陸嘉珩「哦」了一聲，懶洋洋挑了挑眉：「有嗎？」

「……四捨五入！」

他輕笑出聲，終於直起身來，點點頭：「好吧，妳說的都對。」

「……」

初梔本來想問問他等一下是回學校還是回家的，結果被他這麼一搞，什麼都不想問了，兩個人繼續往前走，眼看著要到自家門口了，還是忍不住問：「學長，你等一下回學校嗎？」

她剛說完，又想起了什麼似的，認真地往他旁邊靠了靠，仰頭又問了一遍。

陸嘉珩又開始笑。

不知道為什麼，初梔總覺得自己被耍了。

好在這次他是聽見了的，笑夠了才道：「不回。」

初梔想起之前的事情，連呼吸都放輕了一些，悄悄注意他的表情：「那你回家嗎？」

「不回，」似乎是察覺到了她語氣裡的小心翼翼，他看了她一眼，慢悠悠道，「妳這個小女孩怎麼總愛胡思亂想？」

初梔垂下頭去，聲音低了一點：「因為果凍是我給的……」

初梔的家庭關係非常好，這樣的情況以前從來沒有接觸過，當時那個情況她完全不知道要怎麼辦。

她應該解釋的，不應該看著他被誤會、被罵。

但是這畢竟是他自己家裡的事情。

他阻止了她兩次，明確地告訴她不讓她說，那麼初梔便聽他的，什麼都不說。

矛盾不是一天、兩天就會激化成這樣的，她只是個外人，她不會知道事情到底是怎麼樣的，是不是有什麼前因，話講出來又會不會真的是好的。

有些時候，恰恰就是因為外人自以為是的善意和說明，反而讓情況變得更糟。

初梔當時覺得應該尊重他的想法和選擇，所以她閉嘴了。

可是畢竟很大一部分原因，也是因為那個果凍。

這感覺就像是讓別人幫自己揹了個黑鍋一樣，實在是不怎麼好。

她還想說什麼，再一抬頭，剛好看見陸嘉珩的手唰地一下從她正上方收回去。

他的動作很快，而且十分自然，看不出一點異樣，彷彿只是隨便抬了抬手，初梔甚至沒來得及反應。

陸嘉珩視線撇開，一邊繼續慢悠悠往前走一邊散漫道：「放心，陸嘉懿會解釋清楚的。」

初梔怔怔抬起頭來，委屈的表情還沒來得及收回去。

她只說了一句話，他卻好像全都知道。

陸嘉珩冷淡地勾勾唇，不急不緩繼續道：「果凍是誰給的都不重要，只要有那個東西，它就會是我給的。」

初梔愣住了，迅速消化理解了一下他話裡的內容，無意識的跟著他走。

走著走著，陸嘉珩突然停下了腳步，初梔還在發呆想事情，也跟著他停住，眼睛直勾勾地盯著面前的門。

半晌，她才回過神來，一抬頭，就看見陸嘉珩歪著腦袋懶洋洋看著她。

他也不急的樣子，就垂眼看著她，耐心地靠在安全門上等。

看她發完呆，他才緩慢揚眉：「小梔子，妳跟到我家樓下了。」

「……」

初梔：？

初梔下意識抬眼看了一下門牌號，「咦」了一聲。

她眨眨眼，看看陸嘉珩：「你家住在這棟嗎？」

「嗯。」

陸嘉珩慢悠悠地從口袋裡翻出了一串鑰匙，叮叮噹噹好幾把，他猶豫了一下，挑了一把插進安全門鎖孔。

一聲輕響，門開了。

陸嘉珩鬆了口氣。

這房子是剛買的，因為實在在家裡待不下去準備搬出來住，交給裝潢公司裝潢，他除了買的時候一次也沒來過，也不確定鑰匙對不對。

初梔拉開門走進去，幫他抵住，猶豫道：「你又打算回家了嗎？」

陸嘉珩進來，兩個人走到電梯門口，他沉默了一下子，突然開口：「我自己住。」

初梔的表情瞬間就變得柔軟了，像是看到了路邊流浪的小狗。

陸嘉珩心一橫，乾脆一條道走到黑，抿了抿唇，脆弱地說：「沒事，我也習慣了。」

初梔的表情看起來像是已經下定決心把小狗抱回家養了。

初先生和鄧女士不知道又跑到哪裡去嗨了，一開門家裡是一股久不住人的乾燥，初梔把行李箱和背包放在門口，打開冰箱找吃的。

水果什麼的她已經不奢望能有可以吃的了，畢竟家裡這麼久沒人，能找到點麥片、牛奶、泡麵也是好的。

結果翻箱倒櫃半天，還真被她找到了半袋麥片和兩包泡麵。

一袋紅燒排骨麵。

還有一袋，老壇酸菜牛肉麵。

初梔：「……」

初梔手裡捏著兩袋泡麵，想起之前電梯裡男人那兩句「我自己住」、「我也習慣了」，蹲在廚房櫃子前有點糾結。

陸嘉珩就住在她家樓上。

這是初梔之前完全沒想到的。

初梔「哎呀」了一聲，把紅燒排骨的那袋放到流理檯上，拿了老壇酸菜那袋，抓起鑰匙穿著拖鞋就出門了。

一人一包，反正她一個人也吃不掉兩包，初梔一邊想著，一邊上了樓，按響了樓上的門鈴。

等了差不多半分鐘，門開了。

初梔隨意掃了一眼，到嘴邊的話咽回去了。

陸嘉珩的家，說是塵土飛揚完全沒有可以落腳的地方也完全不為過，地上髒兮兮的全是木屑，地板鋪了一半，壁紙一卷一卷立在旁邊，空氣中彌漫著一股甲醛的味道。

初梔：「……」

初梔突然想起，剛開學時，她家樓上每天從清晨到黃昏的滋啦滋啦電鋸電鑽聲，恍然大悟「啊」了一聲。

陸嘉珩站在門口，水泥灰沾了一褲子，神情有些複雜。

他垂眼，看清她手裡拿著的是東西，表情變得更複雜了。

一袋，深紫色的老壇酸菜牛肉麵。

上面印著的那張代言人的燦爛笑臉彷彿在對他進行著無聲卻殘忍的嘲笑。

第四章　海豹色的你猜

初桅按響門鈴的時候，陸嘉珩正在觀察這個房子有哪裡是可以睡人的地方。

臥室倒是都裝潢好了，但是枕頭、被子、床單通通沒有，睡的話只能睡地板。

陸嘉珩跟著初梔回來的時候，完全沒有考慮到這些，他甚至覺得這房子裡應該一塵不染設備齊全，等著他拎包入住就可以了。

所以，陸嘉珩在開了門以後，看見少女從傻眼到恍然大悟的表情轉變，他覺得還是挺尷尬的。

初梔手裡拿著一袋泡麵，代言人的臉印在上面，隨著她的動作抖啊抖啊，兩個人就站在門口對視了好一陣子，陸嘉珩有點遲疑，不太確定要不要讓她進來。

新裝的防盜門上塑膠薄膜還沒完全撕掉，一半從上面垂下來，像一朵悠然的雲，飄盪在兩人之間。

即使身後房子裡亂七八糟，陸嘉珩看起來依舊像是站在皇家酒店門口似的，褲子上的水泥灰不是水泥灰，而是米蘭著名設計師設計的印花。

男人身子微微側了側，從容道：「進來嗎？」

「……」

這次遲疑的變成初梔了。

她想了想，還是小心地看著腳下走進來，繞著一地的東西走。

這一排的房子全部都是錯層的格局，樓上的坪數也和她們家是一樣的，然而初梔是三口人加上一隻貓，爺爺和奶奶有時候也會來她們家小住上一段時間，空間完全綽綽有餘，陸嘉珩一個人住這麼大的房子，想想空蕩蕩的還挺嚇人的。

她掃了廚房的方向一眼，果然，完全是慘不忍睹。

初梔打消了準備繼續往前走的欲望，扭頭看向跟在後面的陸嘉珩：「學長，你餓不餓？」

陸嘉珩沒說話。

初梔覺得自己問了個蠢問題，上了車到現在一直都沒吃東西，怎麼可能不餓，她說完當即點點頭，繼續道：「要不然我們叫個外賣來吧，剛好我爸媽也不在家，我們可以一起吃。」

她一邊說一邊往門口走，開了口，站在門口轉過身來，似乎是在等著他。

陸嘉珩看著少女無比自然的一連串行為，又反應了一下子她剛剛說的話，有點發愣。

他站在原地，半晌，他緩慢開口：「去妳家嗎？」

聲音一出，才發現嗓子有點不易察覺的啞。

初梔點點頭，很誠懇的邀請道：「要來嗎？」

「……」

陸嘉珩覺得這不太對。

他連心臟都猛跳了兩下，有點開心，可是又莫名其妙的不開心，有點想發火。

房子裡的燈倒是裝好了，客廳的燈亮度很高，將整個空間照得明亮，陸嘉珩依舊站在那裡沒動，露出了一個又好氣又好笑，還有點無奈的表情：「小梔子，妳不可以在父母都不在家的時候，邀請一個男人晚上去妳家。」

初梔眨眨眼，一手握著門把，看著他歪了下腦袋：「沒事呀，因為是你我才讓你來的。」

陸嘉珩眼皮痙攣似的一跳。

「學長是個好人。」初梔繼續道。

「……」陸嘉珩心情複雜。

他神色複雜地看著站在門口的小女孩，抬手按了一下眉骨，低低嘆了口氣，走過去：「走吧。」

初梔看他拿上鑰匙，關了燈又關了門，邊往樓下走邊回頭，有點好奇地問：「學長，你到底想不想去我家呀？」

陸嘉珩沒直接回答：「怎麼了。」

「你看起來好像又想去，又不太想去。」初梔邁著小短腿跳下最後兩階臺階，歡樂地說。

陸嘉珩一頓，抬起眼來看她，沒說話。

初梔此時已經站在門口開門了，她進去，一邊蹲在鞋櫃前翻拖鞋給他一邊問道：「學長，你想吃什麼呀？」

初梔家的裝潢十分簡單，沒有太多裝飾物，素色的壁紙和家具，乾淨溫馨。

陸嘉珩順手關上門，垂眼，看著蹲在自己腳邊放了雙男士拖鞋給他的小女孩，那種懊惱煩躁的感覺有點控制不住。

他沒換鞋，而是趁著初梔還沒來得及站起來的時候，突然也蹲下了。

兩個人面對面蹲在門口玄關，即使如此，他還是比她要高上一截。

陸嘉珩抿了抿唇，緩慢開口：「初梔。」

他第一次認真叫她完整的名字。

不知道為什麼，初梔聽起來有些怕的感覺。

這種感覺就好像是小的時候被老師點名站起來回答問題，或者在家裡的時候犯了什麼錯誤，媽媽就會心平氣和地叫她的名字，先把她騙過來。

——「初梔，妳過來，媽媽不打妳。」

初梔無意識咽了咽口水，神情有些緊張。

陸嘉珩眼睫微垂，漆黑濃郁的眼直直盯著她：「以後不許讓別人到妳家來。」

初梔：「……」

初梔張大了嘴巴，仰著腦袋瞅著他，「啊？」

陸嘉珩微瞇了一下眼，「點頭。」

初梔點點頭。

陸嘉珩唇角牽起，似乎終於滿意了一點，「說好。」

初梔：「喔，好。」

她這副軟綿綿的樣子看起來實在是太乖了，從剛剛開始一直莫名其妙的那點不爽就這麼簡單消失得無影無蹤了。

初梔站起來，走進屋裡，突然又轉過來：「學長。」

「嗯？」

「為什麼別人不能到我家來了？」

陸嘉珩：「……」

陸嘉珩笑了：「妳還想讓誰來？」

初梔想了想：「瞳瞳，下個週末想讓她來玩。」

陸嘉珩「哦」了一聲，穿著拖鞋走進來：「男生不行。」

初梔鬆了口氣：「我本來就不會讓男生隨便到我家來呀，我只帶你回來的。」

「……」

陸嘉珩步子頓住，肩膀突然一塌，他站在客廳中央垂頭看著她，長長地吐出一口氣來，聲音很低，帶著點挫敗感：「妳怎麼這麼……能磨人。」

初梔完全沒當回事，語氣歡快道：「學長，你是霸道總裁嗎？哦你這個磨人的小妖精！」

陸嘉珩：「……」

初梔的肚子已經餓扁了，叫了送餐時間最短的一家的麻辣香鍋，多加馬鈴薯和海帶結。

外賣一送來，香味飄散，一直緊閉著的臥室門被輕飄飄地打開了一條縫。

陸嘉珩把裡面的塑膠餐盒拿出來放到桌子上，退後一步，腿上撞上了什麼熱乎乎的東西。

一垂頭，一隻貓正站在他的腳邊，毛絨絨的大尾巴一掃一掃的，毛量很足，圍脖漂亮，臉上一坨海豹色的毛。

湛藍湛藍的大眼睛瞧著他，小腦袋仰得高高的，奶聲奶氣地「喵」了一聲。

無論是聲音還是眼神，都和某個小女孩一模一樣。

初梔拿來了勺子和筷子，一邊搖頭晃腦地走過來一邊和牠聊天：「我回來這麼久你都縮在房間裡沒聲音，一聞到吃的就出來啦？這個你不能吃，這個是辣的，你喵也沒用的，不能給你吃這個。」

她一邊說著，放下筷子開了盒罐頭放在腳邊，臉上一坨黑的小貓顛顛顛跑過去，開始舔罐頭。

不知道是不是錯覺，陸嘉珩覺得這貓舔罐頭的時候也有點搖頭晃腦的。

他看了覺得有意思，勾勾唇角，隨口問：「這貓叫什麼名字？」

初梔眨眨眼：「你猜。」

陸嘉珩失笑：「我怎麼猜。」

初梔：「牠叫你猜。」

陸嘉珩：「……」

你猜吃東西很快，初梔和陸嘉珩飯吃到一半，牠的罐頭已經沒了，於是又顛顛顛跑過來，蹭著初梔的腿喵喵叫。

初梔也差不多吃飽了，把牠抱起來抱進懷裡，隨手拿了旁邊的營養膏，擰開，擠出一點來放到牠嘴邊。

貓咪粉嫩嫩的小舌頭伸出來，圍著開始舔，舔沒了就順著舔舔初梔拿著營養膏的那隻手指指尖提醒她，初梔就再擠出一點來給牠。

少女笑吟吟地，一邊抱著貓輕聲和牠聊天說話，好像這小傢伙什麼都能聽懂似的，那畫面神奇的讓人心底一片柔軟。

餐廳的燈光光線溫柔，空氣中彌漫著食物的香味，陸嘉珩突然覺得，自己的人生中沒有哪一刻比現在更有家的感覺。

他手裡捏著筷子抬眼看著對面的小女孩，那貓突然不舔營養膏了，扭過頭來，湛藍的眼直勾勾看著他。

陸嘉珩的視線從初梔身上移開，黑色的眼對上藍色的眼，你猜突然咧開嘴，朝他「喵」了一聲，哪還有剛剛萌的樣子，看起來凶巴巴的。

陸嘉珩：「……」

初梔驚喜道：「他喜歡你！」

「……」

陸嘉珩覺得這凶巴巴的樣子，怎麼看都不像是喜歡他。

果然，下一秒，你猜突然在初梔腿上站起來，扭過身去，用屁股對著陸嘉珩，小腦袋往初梔懷裡一鑽，鑽完了還不過癮，一拱一拱的，不停地在她懷裡蹭來蹭去。

初梔被蹭得有點癢，一邊笑一邊摸牠。

貓就那麼蹭啊蹭，呼嚕呼嚕的撒了好一陣子嬌，直到初梔把牠托起來，才不情不願地抬頭，慢吞吞轉過身來，湛藍的大眼睛再次看向對面的陸嘉珩。

又是一人一貓隔著一桌子麻辣香鍋對視了三秒，你猜示威似的又朝他「喵喵」叫了兩聲，然後長了一坨海豹色毛的腦袋傲慢地扭開了，用他的鼻尖蹭了蹭初梔的下巴。

毛絨絨的小爪子突然抬起來，啪嘰一下，拍在了初梔的胸口上。

陸嘉珩「……」

陸嘉珩唇角扭出了一個毛骨悚然的笑容，磨了磨牙，聲音也像是從牙縫裡擠出來的：「……牠是個公貓？」

初梔正搞不懂為什麼這貓今天突然變得這麼黏人了，從貓毛裡一臉神奇地抬起頭來：「是呀，你是怎麼看出來的？」

陸嘉珩：「呵呵。」

陸嘉珩和你猜進行了一場曠日持久的激烈戰鬥。

陸嘉珩吃完推了椅子，人一站起來，只見電光石火之間，你猜奮力一躍，直接跳到了沙發扶手上，毛絨絨的大尾巴頗有氣勢的來回一掃一掃，湛藍的貓眼盯著面前的人，「喵嗚」一聲，看上去蓄勢待發。

陸嘉珩不屑地輕笑了一聲，懶洋洋抬手，按著那顆像是被糊了一臉的海豹色的小腦袋輕飄飄一推，把牠推倒了。

你猜從沙發扶手上摔下來，四腳朝天栽倒在沙發上，愣了一秒鐘，飛快地反應過來，蹬著腿一骨碌爬起來，繼續朝著陸嘉珩齜牙咧嘴。

牠大概是覺得自己剛剛低估了對手的戰鬥力，沒有想到敵人竟然如此強勢，這次，牠半蹲下身，肉呼呼的身子扎扎實實地定在沙發上。

陸嘉珩俯身抓著牠兩條前腿，輕微使力，毫不費力就把牠抓起來了。

你猜整隻貓直接被提起來，懸在對手面前，不甘心地胡亂蹬著腿。

陸嘉珩上上下下掃了他一圈，側了側頭：「這貓結紮過了？」

初梔剛好從廚房出來，倒了杯果汁放到茶几上給他：「除了有資格證書的貓舍買種貓，不然布偶都要結紮以後才可以接回家裡來的，或者主人自己帶去結紮，然後提供直播影片。」

陸嘉珩看著手裡活蹦亂跳的小東西挑眉，笑得有些惡劣，還有點幸災樂禍：「哦。」

你猜瘋狂的在他手裡撲騰著：「喵喵！」

陸嘉珩彷彿找到了樂趣似的，逗著你猜玩了一陣子，把那貓氣得直咬他。

臨近九點，陸嘉珩幫忙把外送的盒子都收起來裝好，準備走人。

初梔把人送到門口，還是沒忍住問：「那你上去睡哪裡呀？」

陸嘉珩也沉默了，站了一陣子，乾巴巴道：「臥室裝好了。」

初梔瞪大了眼睛，完全想不到那個看起來慘不忍睹的房子裡臥室達到了已經裝好了能住人的水準。

她點點頭，隨口問了句：「有被子嗎？」

陸嘉珩：「……」

初梔：「……」

「枕頭呢？」

「……」

「……床？」初梔試探性問道。

「有床。」陸嘉珩立刻回答。

初梔嘆了口氣：「學長，你今天晚上打算睡地板嗎？」

陸嘉珩沒說話——其實他原本打算睡酒店。

見他好半天沒說話，初梔以為他默認了，再嘆，很有家長風範的朝他擺了擺手：「你等一下。」

她說著走進屋裡，過了一下子又出來了，手裡捧著一床被子，還有一個枕頭。

小女孩小小一隻，鬆軟的被子上面疊著枕頭，高高的一直到她鼻子左右的高度，她整個人都被藏在了被子和枕頭後面，只留出一雙眼睛來。

走近了才看得清，是兩床，一層薄的和一層厚的，大概是分冬夏。

她搖搖晃晃地捧著幾乎人高的棉被走到他面前，陸嘉珩伸手接過來，初梔抱過來像是捧了一坨鐵餅，他抱起來像拿棉花。

初梔把被子都塞到他手裡，還正了正上面的枕頭：「被子和枕頭都是我的，不過被單和枕套都是新換過的，你別嫌棄。」

陸嘉珩垂眼，懷裡抱著的被子、枕頭軟乎乎，暖烘烘的，粉白色的被單，上面是印花的小動物，邊角花邊毛茸茸的，布料柔軟，帶著淡淡的洗衣粉的香味，還有一點點香草的味道。

他揚睫，看著她緩緩道：「不換也可以。」

初栀的耳朵又開始發燙了。

她抬手搓了搓耳朵，小聲囁嚅道：「不換不行的……」

陸嘉珩輕輕笑了一聲，懷裡抱著被子和枕頭：「行，謝謝。」

初栀探身過去，幫他開了門，鹿眼亮晶晶，笑得彎彎的：「學長晚安。」

十月的風有點冷，樓梯間的窗開著，穿堂風呼啦啦地灌進來。

陸嘉珩抱著一床粉粉白白的被子，站在門口垂著眼，長睫低低壓壓覆蓋下來，看起來莫名有些乖。

像是某種兇猛的大型動物被馴服了似的，眼神柔軟又無害。

他安安靜靜看了她一陣子，老老實實地點點頭：「晚安。」

初栀是被開門聲和說話聲吵醒的。

她這一覺睡得很沉，出去玩了幾天也確實是累了，一大早，臥室外傳來說話的聲音，你猜喵喵叫著輕巧跳上床，拿鼻子蹭著初栀的臉。

初栀閉著眼迷迷糊糊地推他，這貓被養的太好，胖到幾乎快讓人推不動，初栀的眼睛不情不願睜了條縫。

人還沒坐起來，臥室門被打開了，鄧女士從外面進來，身上穿著波西米亞風長裙，不知道去哪裡玩了，曬得膚色健康得過了頭，依然十分有精神的樣子。

只是此時，鄧女士大驚失色：「寶貝，媽媽的被子和枕頭去哪裡啦？」

初梔打著哈欠，雙手撐著床，慢吞吞地坐起來。

她還沒睡夠，懶得說話的樣子，抓著被角晃了晃身上蓋著的被子，示意她在這裡。

鄧女士「咦」了一聲：「那妳的被子呢。」

初梔揉著眼睛：「唔……」

她慢吞吞地「唔」了半天，還沒說出話來，門鈴響起。

初梔繼續揉眼睛，又打了個哈欠，眼眶裡全是水汽。

三秒鐘後，她「唰」地放下了手，瞪大眼睛，看看站在床邊的鄧女士，人清醒了一半：「媽？你們回來了？」

「早上回來的呀——」

初梔沒聽完她說什麼，飛快地蹦下床，連拖鞋都來不及穿，光著腳丫啪塔啪塔踩在地板上，飛也似地跑出房間，伴隨著慘烈的嚎叫：「爸——！」

初父那邊衣服也沒來得及換，手裡拿著水杯站在門口，伴隨著她的嚎叫聲，幾乎是同時打開了門。

陸嘉珩手裡抱著粉白色墜著花邊的被子和枕頭，站在門口，和初父對視。

兩個男人大眼瞪小眼，面對面互相看了十秒鐘，沒有人說話。

二十秒鐘後，初父手裡的水杯舉到唇邊，不緊不慢地喝了口水，友善道：「小夥子，我們不買。」

初梔：「……」

她還沒來得及反應，初父「咣當」一聲，把門關上了。

一回頭，就看見瞪大了眼睛站在客廳呆若木雞的少女：「起來了？去把鞋穿上再出來，地上涼。」

初梔哆哆嗦嗦地：「爸爸、爸爸……剛剛那個是……」

初父樂呵呵地：「沒事，推銷的吧，現在床上用品都有這種上門推銷啦？那小夥子長得還挺帥，有點我當年的模樣。」

初梔：「……」

初梔有點一言難盡，不知道怎麼解釋，乾脆直接走到門口，猶豫了一下，重新打開了門。

陸嘉珩還沒走，保持著剛剛的姿勢站在門口，一臉若有所思的樣子。

聽見開門聲，他轉過頭來。

初梔覺得有點尷尬，隨便胡亂捋了兩把被她睡得亂糟糟的頭髮，對於剛剛自家老爹把人家當成推銷的關在門外這件事不好意思極了。

初梔思索再三，剛要說話，陸嘉珩垂眸掃了她一眼，平靜道：「去把鞋穿上，地上涼。」

初梔：「……」

這麼一下子的功夫，初父已經進臥室裡把拖鞋拿過來給她了，一看門又開了，他「咦」了一聲，十分耐心地看著陸嘉珩：「小夥子，我們真的不買，你走吧。」

初父走過去，把拖鞋放到初梔腳邊，直起身來，「咣當」一聲，又把門關上了。

初梔：「……」

陸嘉珩：「……」

關於這件事情，初梔完全不知道要怎麼解釋，最後還是陸嘉珩反應快，說他是樓上的鄰居，看見下面曬著被子掉了，幫忙撿上來的。

初梔小雞啄米似的點頭：「對對對，我昨天曬的。」

初父像個傻白甜一樣一臉恍然大悟原來如此的樣子，還一邊跟他道歉。

鄧女士卻一臉疑惑地：「你怎麼知道這被子是我家的？」

「……」初梔緊張極了，雖然她也不知道自己為什麼緊張，明明她什麼虧心事都沒做的。

也不知道為什麼自己下意識就配合著他說了謊，明明她——什麼虧心事都沒做……

陸嘉珩的表情絲毫沒變，平靜到找不出一點破綻，他微微一笑，淡定道：「不知道，我一戶一戶問上來的。」

住在十六樓的初梔：「……」

接下來的幾天時間，初梔全部用來宅在家裡看電影、看小說、吃零食打發度過。

長假結束，開學的前一天晚上，她回到學校。

薛念南也帶了吃的回來，初栀帶了滿滿一盒的紅燒排骨，幾個人晚上叫了飲料和炸雞，小小地吃了個豐盛的晚餐，開始邊搓麻將邊聊天。

林瞳講到她們去蒼岩山的時候纜車停在半空中三個多小時的事情，顧涵一手捏著餅乾一手碼牌，聽得表情一愣一愣的。

薛念南一直沒說話，又吃又碰的碼了一排，林瞳說到粉色水壺也跟著她們一起去了蒼岩山的時候，她順手摸了張牌，終於「啊」了一聲。

初栀眨眨眼：「妳自摸糊了？」

薛念南搖搖頭：「我只是突然想起來，我今天下午去學生會的時候，又看見那個粉色水壺了。」

顧涵比較不在意，隨口道：「怎麼了，他又被他爸罵了？」

「不是，我看見他被一美豔驚人大胸的姐姐要聯絡方式。」

林瞳算是看初栀和陸嘉珩互動比較多的，看了初栀一眼，不確定問：「他給了？」

「沒給，他說──」薛念南清了清嗓子，聲線壓低了點，懶洋洋地拖腔拖調模仿道：「『不行啊，我有女朋友了。』」

薛念南不愧是學霸，學習能力無與倫比，無論是言語表情還是語音語調都十分到位，把陸嘉珩的那副散漫樣子學了八九不離十。

顧涵本來以為帥哥小學長原本是對初栀有點什麼特別的意思的，聽她這麼一說也有點驚訝，下意識看了初栀一眼。

果然，初梔捏著一張牌的手頓住了，一臉呆滯的樣子。

下一秒，她瞪大了眼睛，手指就那麼抖啊抖啊抖啊的，表情看起來甚至有些驚懼了。

顧涵還覺得挺納悶的，難不成是傷心欲絕了？

可是也沒覺得她喜歡這粉色水壺呀。

只有林瞳沒太相信的樣子，有點訝異，扭頭問道：「他是這麼說的嗎？」

薛念南點點頭：「千真萬確。」

林瞳一臉的若有所思，沒再說什麼。

長假過後，不到兩週就是運動會。

大學的運動會比國、高中的要隨意很多，也並不需要每個班裡每個人都到場，不過畢竟是步入大學第一年第一次參加，大一新生們對於運動會的熱情還是很高漲的。

蕭翊和薛念南分別負責男生和女生組的報名，男生組還好，基本每個項目都有人報名，女生組相對來講就困難許多了。

女孩子們對運動項目沒什麼熱情，比起在十月中旬的秋日驕陽下的塑膠田徑跑道上汗流浹背地拔足狂奔，她們更想化兩個小時的妝，優雅的打著一把小陽傘坐在賽場旁邊欣賞學長以及男同學們新鮮的肉體和滿場飄散的荷爾蒙。

那一個禮拜裡，廣告班的全部女生看見薛念南比看見高中教務主任跑得都快，說是避如蛇蠍也完全不為過。

別的同學避得開，初栀、林瞳和顧涵是完全沒辦法的了，三個人肩負著廣告二班女子組成績一大半的未來，晚自修的時候甚至還被老師表揚了。

初栀報了二百公尺和接力，接力賽男女混合，一男一女穿插，一共四個人，每人一百公尺。

初栀報名的時候，所有人看著她的小短腿兒都還挺懷疑的，體育股長笑得前仰後合的，坐在蕭翊的桌子邊看著她：「不是我說，小白兔，妳看起來就軟綿綿的能跑嗎？接力還是挺需要爆發力的。」

小白兔眨眨眼：「能呀。」

大家都笑嘻嘻的，沒當真也沒信，就當玩了。

結果運動會那天，初栀的女子二百公尺預選賽跑完，全班都鴉雀無聲了。

初栀被分在第八道，槍聲響起，少女嗖的一下就竄出去了，彷彿腳下生風，瞬間把身後的其他人甩開了老遠的距離。

她穿著一套白色的運動服，腳上一雙小白鞋，軟軟的長髮高高綁成馬尾，隨著她的腳步在腦後晃來晃去，看上去真的就像是一隻動作敏捷的小白兔。

「我的媽呀，」周明目瞪口呆，看著那道白色的影子閃電似的一晃而過，抬手拍了拍旁邊蕭翊的肩膀，話裡有話，「班長，你這小妹妹一般人追不上啊。」

蕭班長正在做男子四百公尺的熱身運動，沒說話，咧嘴朝他笑了一下，下了看臺往檢閱處跑。溫柔又有些靦腆的大男孩此時換上了運動服，露出流暢的手臂肌肉線條和小腿，和平日裡給人的形象截然不同，雄姿英發朝氣蓬勃，渾身上下都充滿了無限的自信。

看臺上女孩子們的視線自然而然被吸引了，顧涵撐著下巴搖頭晃腦地：「我以前怎麼沒發現班長竟然還有這種別樣的健氣少年感呢？」

薛念南推了推眼鏡：「這就是運動的魅力啊。」

初梔二百公尺預賽剛結束，正往回走，和蕭翊在下面打了個照面，小兔子看起來完全沒有累的樣子，氣都不喘，應該是那麼快的速度跑完身體還處於亢奮狀態，她原地蹦了兩下，跳著跟蕭翊擊了個掌。

周明站在看臺上，趴在鐵欄杆上朝著他們站的方向長長地吹了個流氓口哨。

顧涵迅速站隊：「其實我覺得班長比粉色水壺好啊，看起來就是對女朋友好的類型，那粉色水壺看起來就不像是專一的人。」

她們此時都趴在看臺前面的欄杆上，顧涵看著初梔那邊的方向說完，身邊傳過來一道懶洋洋地男聲：「我很專一的。」

顧涵：「……」

顧涵嚇得差點叫出聲來。

她猛地跳起來後退了兩步，陸嘉珩正趴在她旁邊的欄杆上，單手撐著下巴，懶懶散散的樣子。

他也沒看她，視線落在不遠處跳著和蕭翊擊了個掌的少女身上，小女孩笑得彎著眼，高大的男生站在她面前，可能是她的臉上沾到了什麼東西，少年抬起手來，朝她唇角的位置指了指。

從這個角度看，他食指指尖幾乎貼上少女唇角。

陸嘉珩瞇了瞇眼。

顧涵此時終於回過神來，心驚肉跳地：「學……學長？你什麼時候過來的？」

「剛剛，妳說到班長比粉色水壺好的時候。」他漫不經心道，視線依然半點不偏，看著下面的小女孩蹦蹦跳跳地跑回來了，輕快爬上看臺，被體育股長一巴掌拍在肩膀上：「好啊妳這個小兔子！跑起來真的像兔子一樣的啊！」

體育股長人高馬大，看起來十分結實，力道控制的也不怎麼精準，初梔被他拍得後退了一步，也沒怎麼在意，依然高興地笑嘻嘻的。

陸嘉珩又瞇了瞇眼，依然沒骨頭似的趴在欄杆上看著。

那個體育股長又拉著初梔說了些話才走，初梔走過來，一側頭就看見最前面立在那裡的陸嘉珩，眨眨眼，有點意外：「陸學長早。」

陸嘉珩沒穿運動服，依然是他平時穿衣服的風格，而且初梔覺得他看起來也不像是熱衷於參加運動會的人。

他沒說話，趴在看臺防護欄杆上面，側著頭看著她，薄薄的唇微微抿著。

那眼神有種別樣的意味，就像被人戴了綠帽子似的，說不出的詭異。

長假過後，初梔確實沒再見過陸嘉珩了。

A大校園那麼大，兩個人一個大一、一個大三，又不同系，平時活動範圍差得也遠，在學校還真的不怎麼碰得到。

除了有天在體育館附近看見了他一次，當時程軼正在跟他說話，男人垂著頭往前走，初梔以為他沒在聽的時候，卻看見他突然揚唇抬起頭來。

陸嘉珩當時正要說話，卻剛好看見她站在對面。

初梔站在原地猶豫了一下，覺得還是不打擾他們比較好，最後深深地看了程軼一眼，心情複雜地轉身走了。

她雖然對程軼不太瞭解，但是接觸下來覺得這位胡蘿蔔學長實在不太像個女裝大佬。

初梔突然想起以前好像翻到過一個雞湯部落格，裡面有一篇大概的意思就是你現在看到的每一個人的樣子其實都是偽裝，最真實的一面只有在心愛的人面前才會展露出來。

初梔想了想，開始覺得這矯情巴拉的雞湯可能還是有點道理的。

也許程軼和學長獨處的時候就是喜歡穿小裙子呢！在愛情面前，任何犧牲都是甜蜜的！

初梔這邊自己幫自己想像出了一臉的大徹大悟，腦內排練了三百場戲，並且成功地被程軼的深情打動了。

她覺得這段愛情真的是太淒美了！

初梔回過神來，側頭瞧了瞧陸嘉珩身後，沒看見人，忍不住問道：「學長，程軼學長怎麼沒跟你一起來啊？」

陸嘉珩剛剛目睹了小女孩被人又擊掌又戳嘴角又拍肩膀的，現在見了聽了哪個異性都覺得不爽，眼皮子一垂，唇線抿著，臉色看起來黑了點：「嗯，他沒來。」

初梔敏銳地感覺到了他的情緒波動，眨眨眼：「你們吵架了嗎？」

陸嘉珩一愣：「什麼？」

初梔仔細斟酌了片刻，試探性問道：「他不肯穿嗎？」

陸嘉珩迷茫地瞇了一下眼睛。

初梔四下看了一圈，走到看臺最邊緣沒人的地方，陸嘉珩直起身來，跟著她走過去。

小女孩往上多上了一階，人一下子拔高了好大一截，縱向距離和他拉近了，開始溫聲細語地對陸嘉灌雞湯。

她到底都說了些什麼，陸嘉珩一句都沒聽見。

她剛跑完步回來，雖然看起來體力沒怎麼消耗，不過額頭上還是帶著薄薄的一層汗珠，高高束起的長髮也有幾縷碎碎的從髮圈裡跑出來，隨著風晃啊晃。

一縷黏在臉頰邊，髮梢細細的掃在她的唇角，嫣紅柔軟的唇瓣掃著那縷碎髮髮梢翕動。

十月上午的陽光溫柔又澄澈，遠處的賽道上不知道又有什麼比賽，槍聲「砰」的一聲傳過來。

初梔舔了舔唇瓣，做出總結：「所以，學長，你要大度一點。」

這句話，陸嘉珩倒是聽見了。

他低垂著眼看著她，眸光幽深，直直盯著她唇瓣，隨口「嗯」了一聲：「怎麼大度？」

初梔想了想，慢吞吞地說：「就有些不重要的事情好像也不用太在意——」

陸嘉珩突然打斷她道，「都很重要。」

初梔還沒來得及反應。

他突然抬起手來，拇指落在她唇角，指腹順著唇角緩慢地蹭到下唇中間。

柔軟濕潤，溫涼的觸感。

那一縷始終不老實的髮絲隔在唇瓣與指腹之間，沙沙的隨著他的動作摩擦而過。

陸嘉珩的視線從她的唇瓣上緩慢移上去，對上那雙瞪得大大的，已經呆滯了的清黑鹿眼。

他的聲音有點啞，低低沙沙的，卻又清晰又柔軟，語速很慢，尾音平滑低緩：「這些事情都很重要，妳想要我怎麼不在意，怎麼大度？」

初梔：「……啊？」

陸嘉珩垂手，眼神十分溫柔，看起來似乎是已經自顧自地陷入了某種情緒裡：「嗯？」

初梔抬手蹭了蹭嘴唇，有點茫然：「你說什麼呢？」

陸嘉珩：「……」

初梔站在檢錄處發呆。

下午，各個項目的決賽結束，最後是接力。

初梔的女子二百公尺最後拿到了第二名，和第一名只差一點點，她被安排在女生第一棒。

接力賽大概是最受大家關注的比賽之一，幾個人圍在一起聽著體育股長傳授接棒的小技巧，初梔微垂著頭，不知道在想什麼。

忽然，她抬起手，指尖碰了碰自己的唇角。

軟軟的觸感，上面似乎還殘留了誰手指上的溫度和味道。

兩個人面對面的時候好像沒覺得有什麼，人一走，就開始有點奇怪的感覺。

嘴唇上的皮膚薄薄的，又敏感，他的手指溫度很低，涼涼的，貼合著髮絲摩擦有種絲絲沙沙的感覺。

初梔迷茫地感受了一下自己的心跳，覺得是不是剛剛兩百公尺的時候跑得太快了，怎麼心率這麼久了還是有點不正常。

接力賽差不多快要開始，初梔調整了一下呼吸，又摸了摸有點燙的耳朵，感覺狀態差不多了，一回身，又遠遠對上一雙漆黑的眼。

陸嘉珩站在檢錄處斜後方看臺下面，背靠著看臺牆壁，歪著頭看著她。

初梔縮縮脖子，耳朵又開始發燙，她的視線一頓，還沒來得及反應，有人在喊她。

那是一道清亮的少年音，乾淨又明澈：「姐姐！」

初梔回頭，原辭一路小跑過來，朝她揮了揮手。

程軼一大清早被陸嘉珩兩腳踹醒，不情不願賴到中午，慢吞吞洗了個澡才人模狗樣的爬出門。

等他出來，陸嘉珩早就不見影子了，電話打了兩、三通，那邊才接起來。

程軼站在宿舍樓下，插著腰對著電話，像個潑婦，「陸嘉珩你大爺啊，你他媽把我踹起來了自己幹屁去了？」

陸嘉珩懶洋洋地：『參加運動會啊。』

程軼呆了，沒反應過來：「什麼？」

『運動會。』

「運動會？」

『嗯。』

程軼假惺惺道：「哇，少爺，你太棒了啊，這可真是積極陽光活力熱情的人生啊！」

陸嘉珩沒理他，突然陷入了沉默。

程軼也沒在意，掛了電話一邊往運動場走。

結果一進門就看見，陸少爺站在看臺下一片陰影裡，正暗搓搓地看著某處，面無表情，目光陰鬱。

程軼順著他的視線看過去，一瞧，樂了。

陸少爺家軟妹穿著一身清新可愛的白色小運動服，正跟一個少年說話，笑得可愛極了。

再看看陸嘉珩，臉色好像更差了。

程軼的笑容十分燦爛，心情挺好，得意洋洋地走過去了：「喲！少爺，這麼巧啊！」

陸嘉珩看都不看他，眼睛長在了初梔身上。

半晌，他低低「嘖」了一聲，看起來已經極度不爽了。

程軼看得新奇：「阿珩，您的妹妹有點搶手啊。」

陸嘉珩冷淡道：「還不止。」

他說著，又想到了什麼，皺了皺眉。

程軼一挑眉：「你這麼看著，人也不會自己跑過來，要先下手為強，奮勇直追啊，太子殿下。」

陸嘉珩輕飄飄瞥了他一眼，竟然也沒否認，舔舔唇角：「你會追？」

程軼沉默了。

要說撩妹，他肯定是會的，並且能寫出一套教科書帶詳細的解析答案的那種。

但是追女生和撩妹，這完全是兩回事了，認認真真追小女生這檔事和他們這群人完全是八竿子打不著邊的。

撩妹和瞎調情的那些招數程軼不敢說，畢竟兄弟這次好像是認真的，可能會被打死。

程軼也很認真的想了想，結合著自己對初梔不多的瞭解分析了一下：「我覺得，梔妹妹這種類型，太委婉的說法應該是沒什麼用了，她很有可能聽不懂。」

「……」

陸嘉珩心道這不用你說，我今天已經知道了。

「所以你要直白點，直截了當地讓她知道你喜歡她，」程軼頓了頓，依然有點不確定道，「你真的喜歡她啊？」

陸嘉珩沒說話。

程軼仍然不死心，或者說有點難以置信：「真的喜歡她啊？」

那邊接力賽已經開始了，槍聲響起，少女幾乎是同時嗖一下竄出去，唇瓣微微抿著，長髮一晃一晃。

她的下一棒是上午又擊掌又差點戳到她嘴唇上的男生，兩個人一個一邊往前跑一邊接，一個遞送上去，配合極其默契，暫時位列第一位。

陸嘉珩抿著唇，黑眸微抬了下，忽然開口：「怎麼直白？」

程軼：「……」

「怎麼算直白？」

陸嘉珩認真的覺得自己之前的行為已經足夠直白，以前他甚至連話都不用說，都是女孩子自由發揮的。

程軼按了按太陽穴，頭疼道：「不會吧少爺，要手把手教的嗎？約出來玩，告白，也別光用說的，要讓對方看見你的誠意，用實際行動讓她感覺到你有多喜歡她。」

他說到這，又是忍不住多問一句：「你到底多喜歡這女生啊？」

陸嘉珩想說，不知道。

又想說，沒多喜歡。

話在嗓子裡滾了兩圈，卻不知道為什麼，說不出來。

廣告二班運動會拿了不錯的成績，體育股長領了獎金回來又詢問了得到名次的人，最後決定拿著這筆錢大家一起出去搓一頓。

班助教也是個剛走出大學校園的年輕人，帶的第一屆學生，看他們興致高漲也大手一揮，豪邁表示錢不夠回來找他，他報銷。

眾人歡呼一聲，撒丫子跑到自助烤肉店，占了最裡面一整排的位子，吃到商家快要哭了。

運動會過後沒兩週，初梔隨便進的打醬油的話劇社也開始忙起來了。

十二月初，A大校慶，話劇社例行要演出節目。

初梔原本以為，自己作為一個打醬油新人在幕後幫幫忙，打打雜，就可以繼續做她的小透明，結果第二天，社長大人開會的時候笑瞇瞇地朝她招招手：「姐姐，妳過來一下。」

初梔已經習慣了原辭叫她姐姐，放下手裡的道具走過去：「學長，怎麼了？」

八爪章魚他們也習慣了這兩個人日常一個「姐姐」一個「學長」，無限的吐槽欲望被萬能的時間消磨，幾個月下來甚至覺得還有點別樣的趣味。

原辭遞了個劇本過去，初梔接過。

原辭咧嘴一笑，小虎牙白晶晶的：「姐姐，妳演不演女主角？」

初梔瞪大了眼睛。

原辭抓抓鼻子，一臉拜託拜託的表情：「姐姐，妳不演的話，女主角就要我演了。」

初梔的眼珠子都快瞪出來了。

她覺得自己之前十八年的人生明明都挺正常的，為什麼上了大學，女裝大佬這個詞就開始頻繁地出現在她的世界裡，都快成為生活中的一部分了。

旁邊的八爪魚聞言，又一把抱住原辭，開始聲情並茂的嚎叫：「辭郎！女主角不好嗎！去年你不是也演了貝兒公主嗎！反響不是很好嗎！」

他的演技卓越，連眼睛都紅了，撕心裂肺的表達愛意，場面一度十分刺激。

辭郎抬手毫不留情的拍開他，假笑道：「我再也不想跟你談戀愛了。」

八爪章魚鬆了手，一臉意味深長：「哦，你想跟別人談了。」

原辭不理他了，專注地看著初梔。

初梔以前從來沒演過節目，國、高中班級安排的類似這種節目裡她沒演過活的東西，初梔拿著劇本，有點不知所措：「我可以嗎？我只有高中的時候演過一次話劇，沒什麼經驗……」

原辭眼睛亮了亮：「演過就行啊，已經很厲害了，我高中都沒演過話劇。」

「真的嗎？」

「真的啊，」原辭朝她鼓勵似的笑笑，「姐姐演過什麼？」

初梔大喜道：「盆栽。」

原辭：「……」

八爪章魚：「……」

準備時間不多，十一月走得飛快，秋天轉眼間就要過去了。

劇本的女主角有大量的臺詞，初梔感覺自己生平第一次被委此重任，整個話劇社的榮耀一半都壓在她身上了，完全不敢懈怠，每天一下課就往話劇社跑，恨不得把自己分成兩半來用，一半吃飯上課睡覺寫作業，一半背臺詞。

她的同學們也都很忙，蕭翊甚至已經開始準備找寒假的實習公司了，用他的話來說，這些東西一定要早早積累，也要儘量在實習期就做出一點東西來。

每天不務正業的似乎只有陸嘉珩。

運動會過後，陸學長好像比以前更閒了一點，經常三天兩頭不知道從哪裡冒出來一下，有時候只是打個照面刷一下存在感，偶爾會帶霜淇淋給她，往女生宿舍樓下那麼一站，不顧四面八方過來的各種視線旁若無人地等著她下來。

初梔不要，他就一律用「多買了一個，吃不下，妳不吃也要丟」作為理由。

前幾次初梔都是一個人被叫下去，顧涵她們偷偷趴在陽臺上圍觀，後來有次幾個小女孩剛好準備去圖書館，便一起下去了。

陸嘉珩靠在牆邊樹下，閒閒散散的樣子，看見初梔出來，微微勾了一下唇。

初梔走過去，皺了一下眉：「你又多買霜淇淋了嗎？」

陸嘉珩輕輕笑了一聲：「是啊。」

林瞳她們沒過去，往前走了一段路等著，過了一下子，初梔拿著個霜淇淋回來。

顧涵覺得有點無法理解，「這人到底怎麼回事啊，他不是有女朋友了嗎？」

林瞳在旁邊懶洋洋打了個哈欠：「沒有啊，我問他朋友，」她頓了頓，看向初梔解釋道，「就是程軼。」

顧涵扭過頭來，一臉驚異：「咦，沒有嗎，可是上次阿南不是聽見他說有自己女朋友了嗎？」

林瞳笑嘻嘻地說：「誰知道啊，可能是因為這樣那樣的原因，不想給別人號碼了唄。」

初梔走在旁邊安靜地聽著，慢吞吞垂頭撕著霜淇淋的包裝紙。

撕到一半，她突然停住了腳步，小幅度回了一下頭。

陸嘉珩還沒走，依然靠在那邊站，垂著頭，在按手機。

整個人看起來懶洋洋的，有點吊兒郎當。

初梔舔舔唇，猶豫了一下，把手裡的霜淇淋塞到林瞳手上：「妳們先去幫我占個位子，我等一下過去。」

顧涵抬手：「欸，妳要去幹什麼啊？」

林瞳啪地一下，抬手拍掉了她的手。

初梔沒說話，轉身往回跑。

宿舍樓下剛好有個飲料店，初梔跑過去要了一杯熱的烏龍奶蓋，一邊時不時回頭看看不遠處的人走了沒。

他一直垂著頭按手機。

又過了兩分鐘，他把手機揣進口袋裡，終於站直了身子。

初梔有點著急，不停地催著：「阿姨阿姨，麻煩快一點！」

賣飲料的阿姨連忙扣好蓋子，初梔也等不及裝袋了，直接接過來飛快道了謝轉身就跑，陸嘉珩已經往前走了一段路，初梔追著他喊了兩聲。

陸嘉珩回頭。

初梔連忙跑過去，站到他面前。

他完全沒想到她會回來，有點訝異的樣子。

初梔長長地出了口氣，略微調整了一下呼吸，仰起頭來看著他。北方的十一月底，天氣又冷又乾燥，小女孩穿著厚厚的毛絨外套，帽子上面縫著兩條長長的兔子耳朵，帽子前面還墜了兩顆小毛球，整個人看起來暖洋洋的。

圓圓的鹿眼看著他，也沒說話，手臂高高舉起來，把手裡的烏龍奶蓋遞到他面前。

陸嘉珩一愣，沒接。

初梔微微踮了踮腳，手裡的烏龍奶蓋又舉高了一點。

她抿了抿唇，認真地看著他，語氣有點嚴肅，像是在跟調皮的小朋友講道理似的：「學長，現在天氣這麼冷，你不要再吃那麼多霜淇淋了。」

陸嘉珩雖然叱吒江湖多年，狐朋狗友眾多，然而真的交得了心的朋友，其實也就那麼幾個。

竹馬的話程軼算一個，一個去美國幫自己鍍金花邊去了，還有一個比他們都小，但是性格惡劣程度完全不輸他們，兩個人相看兩生厭十幾載，屬於有事少聯繫，過年過節也不忘互相給對方燒個紙錢的關係。

她算是陸嘉珩唯一的女性朋友。

女孩子分析女孩子，肯定比程軼那屁比話多的人可靠。

是以，陸嘉珩拉下老臉，從通訊裡一大堆都不知道是哪位女生的ABCD裡翻出那個蒙塵的帳號，想了想，問她：『如果我現在要追妳，妳想要什麼？』

『想要你立刻嗝屁。』林語驚秒回道。

「……」

陸嘉珩癱回懶人沙發裡，手機往桌子上一丟，冷笑了一聲，覺得自己可能是腦子被門夾了，才想要問這個人。

陸少爺選擇上網搜尋。論壇上其實有些話看起來還挺有道理的，比如說追女孩子要有耐心，不能上來就猛然撞過去，靦腆的可能會被直接嚇跑。

簡單來說，就是要循序漸進，要潛移默化，要投其所好，先讓她適應你，習慣你的存在，對你產生好感和依賴。

甚至還有類似於每天都送什麼什麼東西給她連續多少天，然後突然有一天搞個失蹤看看她的反應這種騷操作。

投其所好，潛移默化，循序漸進。

要有耐心。

陸嘉珩確實對初梔的喜好知之甚少，唯一知道的，就是她真的喜歡吃冰淇淋甜筒。

終於，他等來了一杯烏龍奶蓋。

陸嘉珩垂手接過來，暖融融的一杯燙著掌心，把剛剛看簡訊的那點負能量全都驅散。

他垂眼，指尖摩擦著紙杯杯壁，語速很慢，意有所指：「妳回來，就是為了送這個給我？」

說完，陸嘉珩忍不住偷偷地揚起唇角。

初梔點點頭，又猶豫了一下，抬眼問道：「你沒有女朋友？」

陸嘉珩愣住：「我什麼時候有女朋友？」

「那——也沒有男朋友？」初栀艱難道。

陸嘉珩：「……」

陸嘉珩太陽穴一跳，深吸口氣，有點無奈：「小栀子，我不喜歡男人。」

初栀了然：「我知道的，你喜歡——」

「不喜歡。」陸嘉珩沒聽她說完，面無表情打斷了，「我那天在高鐵站亂說的，假的，我不喜歡。」

初栀眼睛瞪大了點，不知道為什麼好像鬆了口氣，肩膀一塌，又突然覺得有點心虛，也不知道自己在心虛些什麼。

偷偷看了陸嘉珩一眼，結果他剛好也在看著她，初栀不知道他是不是一直看著自己，總之四目相對，偷瞄一瞬間就被抓包了。

初栀一愣，視線挪開也不是，不挪也不是，本來天氣就冷，她的鼻尖凍得有點紅，這下子連耳朵都紅了，臉蛋卻白白嫩嫩的，像個小雪人。

陸嘉珩看著她手足無措的樣子，眉梢微挑：「妳怎麼不繼續問了。」

初栀垂下頭去，聲音低低的：「問什麼……」

陸嘉珩垂眸，那顆小腦袋一點點埋下去，他也跟著微微俯身靠近了點：「問問看我有沒有喜歡的人？」

初栀不說話。

陸嘉珩舔著唇勾起唇角，笑容看起來有點惡劣，聲音卻愈發低柔：「問問看那個人是誰？」

初栀慢吞吞地抬起頭來：「你有。」

陸嘉珩一愣：「嗯？」

初栀繼續慢吞吞地說：「你誰都喜歡。」

她的聲音很低，又垂著頭，陸嘉珩沒聽清楚。

十一月底天氣有點冷，在外面站了一陣子，初栀手已經有點僵了，她手指往袖子裡縮了縮，指尖藏進袖口裡。

眼前突然出現了一隻手，拿著飲料杯子。

陸嘉珩又把烏龍奶蓋遞還給她。

初栀抬起頭。

他直起腰來：「懶得拿了，妳等一下再給我。」

初栀「哦」了一聲，接過來。

飲料還熱乎乎的，初栀雙手貼在上面，一點點暖和起來。

於是之前的話題中斷，兩個人一起往圖書館方向走。

小女孩好像又陷入了自己的小劇場裡，明顯是一副不在狀態的樣子，就跟著他一路往前走，直到走到圖書館門口，她眼睛直勾勾地就要進去。

陸嘉珩抬手，一把抓住她毛絨外套帽子上面的兔耳朵，把人拖回來了。

初栀像被拎小雞似的拖回來，回過神來，仰起腦袋，一臉茫然。

陸嘉珩朝她伸出手來：「還我。」

初梔依然茫然：「啊？」

他的手白皙好看，手指修長，掌心攤開在她面前抖了抖，執著地重複了一遍，像個討糖吃的小朋友一樣：「烏龍奶蓋，還我。」

初梔：「……」

初梔一進自習室就看見顧涵在朝她瘋狂招手。

比起平時週五下午的人要稍微少一些，下午沒課的基本這個時候都回家了，林瞳她們坐在角落裡的長桌上，最靠窗的位子空著。

初梔整了整剛剛被陸嘉珩扯歪掉的外套帽子，走過去坐下。

她一邊往外抽出書，顧涵那邊腦袋就伸過來了。

她像是聽到了什麼神奇的八卦一樣，兩眼冒著光，極其興奮地看著她。

初梔上次看見她這種表情，是她手裡捏著一把塔羅牌要幫她測和蕭翊的緣分指數有多少的時候。

果然，顧涵清了清嗓子，表情神神道道的：「我梔，我感覺妳的星盤出現異象，跟感情方面有關，恐怕妳這一宮已經出現了異動。」

初梔大驚失色。

顧涵繼續道：「趕快，把妳現在腦海裡出現的第一個名字告訴我。」

初梔吞了吞口水：「吳彥祖。」

顧涵充耳不聞：「對，沒錯，妳的感情宮裡突然冒出來了一個粉色的水壺！」

初梔：「……」

顧涵再接再厲，一邊翻著白眼一邊抖腿：「我梔，這個粉色水壺對妳的感情很深啊。」

初梔脫掉外套掛在椅子上，不怎麼在意的樣子。

初梔對於陸嘉珩的第一印象其實有一點點差。

當時校園門口，男生懶洋洋靠在路邊，那女生來跟他要號碼的時候，他看都沒怎麼看人家輕飄飄掃了一眼，就給了。

初梔覺得，女孩子主動和喜歡的男生要號碼，是一件很需要勇氣的事情，那麼男生無論是給女孩子號碼還是拒絕，都應該給對方最起碼的尊重，不應該是這樣隨隨便便，完全沒把人當回事的態度。

初梔軍訓打架罰站那時，陸嘉珩經常會往操場這邊逛逛，初梔也無意間看到過幾次，女孩子去要聯絡方式什麼的。

反正長得好看的，他全都給了。

後來接觸多了熟悉起來，初梔覺得這個人其實挺好的，除了對女孩子會習慣性輕佻，有點負心漢。

顧涵那邊還在翻著白眼抖腿，壓低了聲音神祕道：「我梔，我感受到了！粉色水壺的波動相當強烈了。」

初梔歪了歪頭，湊近了點，平靜地看著她說：「涵涵，妳鬥雞眼了。」

顧涵：「……」

酒吧燈光昏暗曖昧，柔軟的半圓形沙發裡兩兩三三坐著幾個人。

陸嘉珩整個人吊兒郎當懶洋洋癱在沙發裡，長腿架在前面茶几上，手裡捏著飲料紙杯。

耳邊音樂聲和喧鬧聲轟隆隆的，他帶著耳機，彷彿沒受影響似的，直勾勾看著某處發呆。

旁邊坐著的一男一女搶著個杯子在那裡你餵餵我我餵餵你，吵吵鬧鬧間，男人被推了一把，往陸嘉珩這邊倒。

陸嘉珩正發著呆，男人突然一下子撞過來，力道不小，他沒穩住，整個人被撞得往旁邊一斜，一隻腳落了地，手裡的半杯烏龍奶蓋脫手而出。

紙杯掉在暗色地面上，輕微的一聲響，淹沒在沸騰背景音裡幾乎聽不見。

整個座位區裡的人卻像是同時被按了靜音鍵了一樣，紛紛看過來。

陸嘉珩垂眼，看著已經灑光了蔓延到腳邊的一灘液體，扯掉耳機閉了一下眼，側過頭來看向撞過來的方向。

黑眼沉沉，看不出什麼情緒，唇角微微向下垂著，氣壓有點低。

程軼捏著酒杯的動作一頓，呲了呲牙，又縮了縮肩膀。

眼見著氣氛不太對，旁邊終於有人忍不住湊過來問他：「阿珩今天晚上幹什麼呢，端一杯飲料過來，還跟寶貝似的捧了一個晚上。」

程軼覺得有點難解釋，手裡杯子放下了，抬手指了指掉在地上那個杯子的殘骸：「那個——他祖宗給他的。」

那人一愣：「誰？」

「心肝寶貝，我猜的，不過也八九不離十。」

那撞了他的男人喝醉了有點嗨，原本也沒怎麼當回事，結果一看見對方的表情，臉色變了變，連忙道了歉。

陸嘉珩看著他，沒說話。

程軼見狀，連忙舉起一個酒瓶子，大吼一聲：「珩仔！祝你早生貴子啊！」

「……」

他這一聲聲音極大，辨識度極高，又離得近，穿透吵吵嚷嚷的音樂聲震得陸嘉珩耳膜直跳。

陸嘉珩扭過頭來，用看弱智的眼神看了他一眼，另一條架在茶几上的腿也放下了，慢悠悠把耳機揣進口袋裡，抓過外套站起來走人。

出了酒吧，玻璃門一關，裡面烏煙瘴氣的喧囂就被隔絕了乾乾淨淨，外面冷氣清冽，市中心的夜晚燈光亮如白晝，街道上車水馬龍。

陸嘉珩套上外套一邊沿著馬路往前走，一邊掏出手機撥了個號碼。

響過了幾聲以後，那邊接起。

初梔的聲音依然不緊不慢，軟綿綿，聽起來沒脾氣似的：『喂？』

陸嘉珩停了一下。

對面也安靜，過了一下子，她叫了他一聲：『學長？』

陸嘉珩站在街口，停下腳步，看著對面商場的巨大LED螢幕廣告，醞釀了一下情緒，才緩緩開口。

語氣淡淡的，聽起來卻好像不太開心，「小梔子，我的飲料沒有了。」

初梔一愣：『啊？』

他壓低了嗓子，聲音悶悶地，又莫名顯得有點委屈，有點乖，「我的烏龍奶蓋，剛剛被別人撞掉了。」

『我的烏龍奶蓋，剛剛被別人撞掉了。』

「……」初梔呆了呆，下意識看了一下牆上的掛鐘：「你還沒喝完嗎？」

其實不用看時間，他們下午在學校的時候碰面，此時夜幕降臨，初梔已經回到家吃完了晚飯。中間隔了不知道多少個小時，那飲料早就冷透了。

初梔看了窗外一眼，把手機放到耳邊耐心地說：「掉了就掉了吧，冷了也不好喝了。」

她說完，陸嘉珩又不說話了。

他應該是在外面，背景有一點亂，汽車鳴笛和夜晚街道上的聲音透過電話傳過來，陸嘉珩靜了一下子，才『啊』了一聲，繼續乾巴巴道：『我好可憐。』

初梔：「……」

『奶蓋沒有了。』

「……」

『我的烏龍奶蓋。』

「……」

你到底想說什麼？

初梔不知道該怎麼回應，費解地抓了抓頭髮：「那你再去買一杯？」

陸嘉珩頓了頓：『那不一樣。』

「烏龍奶蓋味道應該都差不多吧。」

『不一樣。』他固執地說。

「……」

『學長，你喝假酒了？』初梔小心翼翼地問。

陸嘉珩：「……」

在家休息的兩天，初梔一直在準備話劇的臺詞。

大頁大頁的A4紙臺詞，其中一半都是女主角的，全部都要脫稿完成，還要配合著表演，對初梔來說難度不是不大。

雖然她因為性格原因，其實很少緊張或者怯場，往往在她開始緊張的時候，就已經結束了。

劇本改編自《女店主》，講的是一位旅館老闆娘在拒絕了有錢的伯爵和世襲侯爵，並且引誘戲弄了虛偽無理又自大，對女性毫無尊重可言的騎士後選擇和一位普通僕人結婚。

初梔一拿到劇本就覺得自己跟老闆娘這個形象完全不符，加個角色演她女兒還差不多。

而且，她還要去「勾引」騎士。

初梔目瞪口呆。

週末初梔起了個大早，她這兩天沉迷於自己的新老闆娘形象，每天都覺得自己風情萬種，網路上查了一大堆的文章分析人物性格到很晚，夢遊似的爬起來吃了個早飯，抱著你猜迷迷糊糊地窩在沙發裡剝橘子，手機就響了。

初梔手上沾著黃色的橘子皮汁，她撅著屁股腦袋湊過去，用下巴滑開接聽，腦袋側過去趴在茶几上聽電話：「喂？」

陸嘉珩那邊挺安靜的，不時有男人說話的聲音：『今天回學校？』

初梔「嗯」了一聲。

她懷裡你猜的耳朵動了動，就跟聽出來是誰了似的，唰地一下從初梔懷裡竄下了地，站在茶几旁邊呲牙咧嘴地「喵」了一聲。

初梔樂了：「學長，你猜跟你打招呼，跟你說早上好。」

陸嘉珩一噎，完全不覺得那色貓會想跟他說什麼早上好，又問她：『妳現在有空嗎？』

初梔眨眨眼：「有的，怎麼了？」

陸嘉珩那邊安靜了一下，才道：『裝潢的事情，程軼的品味太差了，想問問妳的意見。』

初梔有點驚訝：「我嗎？可是我的眼光也不怎麼好……」

『挺好的。』陸嘉珩輕輕笑了一聲，『妳挑的衣服，也很好看。』

初梔想了一下子，才想起來他說的是之前一起去商場的時候挑給他的衣服。

她認真道：「那是因為你本身就是個衣架子，無論穿什麼都好看。」

那邊又安靜了。

初梔覺得這個人最近經常會說著說著就突然陷入一種詭異的安靜裡。

她耐心地等了幾秒，那邊緩緩低聲問道：『那現在能上來一下嗎？』

初梔「啊」了一聲，直起身來，一邊剝橘子一邊出門上樓。

陸嘉珩家門沒關，初梔一進去，果然比上一次來的時候好了太多了。

裡面基本上已經乾淨，地面和壁紙都已經弄好了，客廳裡空蕩蕩地只放了一個巨大的沙發，

陸嘉珩上身微弓，雙臂撐在廚房隔斷的小吧檯前，正在跟面前的一個裝潢工人說話。

裝潢工人點點頭，走了，初梔走進來，陸嘉珩微微側了側頭，看見她，對她勾勾手。

她走過去，手裡的橘子剛好剝好，她撕掉了一點橘子上白色的絲，一根一根捏在手裡，走到他旁邊，遞了過去：「吃嗎？」

陸嘉珩垂眼，看著她手裡的小橘子，抬起手來朝她晃了晃，給她看掌心。

他的手上有點髒，沾了一點木屑和灰塵。

初梔哦了一聲，默默地掰開橘子，塞了一瓣在嘴巴裡。

「不給我了嗎？」陸嘉珩突然說。

初梔仰起頭來，愣了愣：「你不是不吃嗎？」

陸嘉珩眉梢一挑：「我什麼時候說過不吃了。」

「你不是——」初梔一手拿著橘子，學著他剛剛的動作，小手臂伸出來，舉到他面前晃了晃。

她人小手也小，白白嫩嫩的掌心在他眼前一晃而過。

陸嘉珩看著她的動作，垂著眼睫笑了一下，眼角也跟著微微向上一揚，聲音壓低了，帶點不懷好意：「這是不吃嗎？這是，妳餵我——的意思。」

那三個字被他吐得很軟，輕輕柔柔，尾音拉得長長，有股繾綣的味道。

他還跟著低了低身子，人湊過來，配合著她的高度，十分體貼的等著的樣子。

初梔手裡捏著小橘子，連忙往後退了兩步，別開眼，耳朵有點紅：「那你別吃了……」

陸嘉珩「哦」了一聲，拖腔拖調地：「可是我想吃啊。」

初梔抬起頭來，看著他：「那你去洗個手回來吃，我幫你留著。」

她的表情看起來耐心又誠懇，寫滿了「我保證不會偷吃」似的，脾氣極好地跟他商量。

陸嘉珩緩慢地勾起唇角，依舊不依不饒：「不行啊，我不相信妳，肯定我一走橘子就沒了。」

初梔忍無可忍，哎呀了一聲：「你煩死了呀！不給你吃了！」

她生氣的樣子完全沒有威懾力，眼睛瞪得大大的，臉頰鼓了鼓，像隻小倉鼠，反而有點可愛。

陸嘉珩笑出聲來。

初梔又瞪他。

陸嘉珩清了清嗓子，乖乖道歉：「對不起，我想吃。」

初梔發現對這個人有的時候脾氣好沒什麼用，自以為凶巴巴道：「洗手！」

「好。」陸嘉珩點點頭，乖乖跑去廚房洗手。

一邊洗一邊想笑，這小女孩怎麼脾氣越來越大了呢。

陸嘉珩家的面積和初梔家是一樣的，但是他一個人住，直接把主臥室和客廳打通，裝了隔斷，整個房子顯得大了好多。

他是真的找初梔幫忙的，初梔幫他挑了書房的壁紙，又選了各個房間的窗紗窗簾，最後挑到家具。

女孩子對於家飾這方面的興趣好像都十分高漲，初梔選得津津有味，看到好看的就給陸嘉珩看看，挑的東西一下子變一個風格。

陸嘉珩這個屋主好像什麼意見都沒有，翹著腿斜歪著身子倚進沙發裡，手肘撐著沙發扶手，撐著下顎側頭，懶洋洋地看著她。

「學長，你覺得地中海風格怎麼樣？最近很流行的。」

「嗯。」

「北歐風格好像也挺好，不過稍微有一點點冷淡，但是很乾淨。」

「好。」

「學長，你喜不喜歡歐式啊？我感覺你會喜歡欸，你這麼浮誇。」

陸嘉珩：「……」

陸嘉珩懶散地抬了抬眼皮子：「我浮誇？」

初梔：「……」

一個上午過得很快，直到中午肚子開始叫，鄧女士打了個電話過來，問她在哪裡，幾點回學校，午飯是不是不回家吃了。

初梔看著癱在沙發裡的陸嘉珩，猶豫了一下，還是「嗯」了一聲：「應該不回去吃了。」

她一邊掛掉電話，一邊問道：「學長，你中午吃什麼？」

陸嘉珩像一條死魚一樣，長腿前伸，有氣無力地癱成一片：「隨便吧，吃點不浮誇的。」

初梔：「……」

她剛剛只是隨口一說，沒想到這個人好像還挺在意的。

初梔正糾結著要不要乾脆直接叫他到家裡去吃，反正只是下個樓，陸嘉珩的手機震動起來。

他只看了螢幕的來電顯示一眼，就把手機丟到一邊去了。

初梔歪了一下頭。

那手機就在沙發裡不停地震動，陸嘉珩垂著眼看了一陣子，撿起來，長腿回收，從沙發裡站了起來，轉身走進廁所。

過了許久，他才出來。

手機一邊塞進口袋裡，一邊走過來，站到初梔面前：「小梔子，我出去一下。」

初梔「啊」了一聲，仰著腦袋：「你去做什麼？」

他站著，她坐著，他看起來就更高了，巨人一樣站在她面前，初梔頭仰的高高的，白皙的脖頸拉成直線，嘴巴微張。

她問完才反應過來，自己好像管得有點寬。

問題就這麼自然而然脫口而出了，初梔有點尷尬，連忙擺了擺手：「對不起對不起，你去忙。」

陸嘉珩卻好像沒覺得有什麼不對，平靜道：「我回一下家，妳先回去也行，剛剛阿姨不是叫妳回家吃飯？」

初梔「啊」了一聲，表情有點不安：「學長……」

陸嘉珩好笑的看著她：「幹什麼？」

初梔舔舔唇，沒說話。

陸嘉珩卻突然問：「妳跟阿姨說了來我家了嗎？」

初梔搖搖頭。

陸嘉珩挑眉：「哦，那妳等一下回去怎麼說，幫鄰居曬被子去了？」

「我不回去了，」初梔抿了抿唇，皺著眉看著他，「我就在這等著你回來，行嗎？」

第五章　珊瑚絨兔子

陸家老爺子年近古稀卻依然精氣神十足，平日裡不跟他們一起住，一個人一個小保姆住在郊區的宅子裡，沒事和鄰居的老頭們養養花逗逗鳥下下棋，日子過得好不滋潤。

從市裡開車過去也要一個多小時，陸嘉珩到的時候已經快兩點了，推了小院的門一進去，就看見老爺子在花園裡逗鳥。

那是隻虎皮鸚鵡，一看就是被養得極好，毛色鮮豔，黑豆一樣的圓眼睛十分神氣地看著他。

也許動物是真的有靈性的，陸嘉珩對小動物是一點耐心都沒有，所以從小到大他都不怎麼招小動物喜歡，那虎皮鸚鵡陸老爺子養了也很多年，陸嘉珩高中的時候經常抓著玩，此時一看見他，本來撲騰著正開心，一下子就閉嘴了，撲棱著翅膀往陸老爺子身後藏：「來了！來了！」

陸嘉珩看著那綠油油的小東西拚了命往後藏，故意不懷好意地哼哼笑了兩聲：「二狗，想不想我？」

那隻被稱作二狗的虎皮鸚鵡站在陸老爺子肩頭，把腦袋藏到老爺子頭髮後面去，完全不看他，看起來怕極了。

陸嘉珩繼續哼哼，他哼一聲，那鳥就抖一抖。

陸老爺子在旁邊笑罵了聲：「你這臭小子，讓你來一趟就這麼不容易？」

陸嘉珩不逗鳥了，走到老爺子旁邊，乖乖垂頭叫了聲爺爺：「容易得很，不是您一個電話我就來了。」

陸老爺子斜了他一眼：「那怎麼你爸的電話沒用？」

陸嘉珩唇角翹起，輕聲道：「沒用啊。」

二狗的腦袋從後面伸出來偷偷看了一眼，陸嘉珩站在小花園石桌邊，漫不經心地斜歪著身子：「他又來跟您告狀了？」

老爺子伸出一隻手來：「說你兩個月沒回家了，電話不接訊息不回。」

陸嘉珩眉一挑：「他把那個叫家？也對，那是他家。」

陸老爺子不說話了。

陸嘉珩也沒說話，安靜了一下子，老人又開口問道：「房子住著還習慣？」

陸嘉珩笑了：「什麼都瞞不過您。」

「你不是也沒想瞞我？」陸老爺子也笑了笑，垂頭看著他冬天光禿禿的小花園，擺弄著枯枝，「大三了。」

陸嘉珩「嗯」了一聲。

「有什麼打算？」

陸嘉珩靜了靜，淡聲道：「沒什麼打算。」

陸老爺子嘆了口氣，「阿珩，爺爺等不了你多久了。」

房子的門突然被人打開，陸泓聲走出來：「爸，您快進來吧，外面現在冷，」他看見旁邊的陸嘉珩，臉色一沉：「你還知道回來？」

陸嘉珩似笑非笑：「回哪？這是陸老闆您家？」

陸泓聲厲聲道：「你就這麼跟你爸說話！你看看你混得像什麼樣子！每天跟那些狐朋狗友混在一起，幾個月不回家，課不上，正事沒有，吃喝嫖賭倒是全都有，就你現在這個樣子——」

陸嘉珩被他吼得腦殼疼，煩到不行，皺了皺眉，不耐煩打斷他：「我寒假回公司實習。」

陸泓聲被噎了一下，很快反應過來：「你說什麼？你別以為來實個習是那麼簡單的事情，你會什麼？公司的事情你瞭解嗎？你說來我就讓你來？」

「不瞭解啊，這不是準備去瞭解瞭解嗎，」陸嘉珩沒忍住樂了，「公司還不是你的呢，你得意什麼啊？」

陸老爺子也不參與，淡定的摸了摸二狗綠油油的小腦袋。

二狗立刻尖聲道：「不是！不是！」

陸泓聲氣得臉漲紅，憋了半天，看向一言不發的陸老爺子，眼神有點慌亂：「爸，我不是這個意思——」

陸老爺子沒說話，側頭看向陸嘉珩：「寒假？」

陸嘉珩「嗯」了一聲。

陸老爺子笑呵呵：「怎麼突然不偷懶了？」

陸嘉珩垂著眼，沒說話。

他突然想起那隻你猜被糊了一臉黑的大腦袋全都塞到罐頭裡，風捲殘雲沒多久就是一罐，還吃不夠。

他勾了勾唇角：「想養貓，太能吃了，不賺錢養不起啊。」

回去的路上，陸嘉珩飆了一路的俠盜飛車，時間被縮短了一大截。

即使這樣，他到家的時候也已經將近黃昏，他停好了車上樓，站在門口，盯了門鈴的按鈕幾秒，有點猶豫。

過了幾秒，陸嘉珩掏出鑰匙，開了門。

一抬眼，就看見初梔趴在沙發上，手扒著沙發扶手，下巴也擱在上面，只露出一雙大眼睛，眨著眼看著他：「學長，晚上吃什麼？」

陸嘉珩一愣。

他沒說話，看著她沉默了好久，突然靠在門邊笑了。

屋子裡沒開燈，夕陽暖紅的光線透過巨大的落地窗一塊一塊映進來。

玄關很暗，陸嘉珩微微垂著頭，眉眼被陰影隱了半邊，只能看見他唇角彎起的弧度和絲絲縷縷溢出傳過來的低低笑聲。

初梔鬆了口氣。

看來這次沒有發生什麼糟糕的事情了。

說不定和好了——初梔樂觀的想。

但是看之前的那個架勢，好像不是那麼容易就能和好的關係——初梔又萎了。

她歪著腦袋，頭靠在沙發椅背上，看著陸嘉珩人走進來，將手裡的鑰匙串丟在茶几上：「妳想吃什麼？」

初梔沒說話，看著那串鑰匙幾秒，突然問道：「學長，你開車去的？」

陸嘉珩「嗯」了一聲，俯身順手從沙發旁邊箱子裡抽了瓶礦泉水出來，仰頭喝水。

黑壓的眼睫微垂，頷骨線條削瘦好看。

初梔盯著他隨著喝水的動作上下滾動的喉結，偷偷看了一陣子，別開視線，悄悄抬手捏住了耳垂：「你不是暈車嗎……」

陸嘉珩一頓，轉過頭來平靜地說：「暈車也可以開車。」

「能嗎？」

「嗯，沒什麼影響，而且主要是上次林柏楊的車開得太不穩了。」陸嘉珩一本正經道。

初梔回憶了一下，沒想起那車開得穩不穩，不過當時她睡得倒是真的挺穩的就是了。

她側著腦袋重新滑進沙發裡，有點心虛，有點懊惱。

她現在的姿勢實在不太優雅，整個人撅著跪趴在沙發上，兩隻手臂前伸，扒在沙發扶手上。

初梔沒太意識到這個問題，因為這個姿勢其實很舒服，她平時也習慣了，腦袋往膝蓋裡一埋，偷偷摸摸感受了一下自己的心跳。

有點快。

可是她今天也沒有跑二百公尺，縮在沙發裡翻滾了一下午而已。

她皺了皺眉，正想著，就感覺到衣領子被一股力道拽著往上扯，初梔順勢抬起頭來，陸嘉珩單手拉她，站在沙發旁邊挑著眉看著她：「妳這是什麼姿勢？」

初梔仰著腦袋，呆呆地說：「你要學嗎？我可以教你，很舒服的。」

「……」陸嘉珩眼皮一跳，「起來，吃晚飯了。」

一整天都沒出門，初梔腳上還穿著毛絨絨的粉色珊瑚絨小兔子襪子，在家裡穿的那種，兩隻長長的耳朵垂下來，垂在沙發上。

她回家去換了雙襪子，鄧女士和初先生在廚房煮飯，初梔小心翼翼地躡手躡腳溜回房間，你猜趴在床邊，聽見她進來，抬起了高貴的腦袋，輕飄飄瞥了她一眼，又趴下去。

初梔順手要去摸牠，你猜不開心地叫了一聲，輕盈地跳下床竄出去了。

還不讓她摸了。

初梔好笑，換了衣服打了招呼，初父手裡拿著一根胡蘿蔔：「晚上吃咖哩飯呢，妳不在家吃啊？」

初梔揹好背包：「我直接回學校了，你們吃吧。」

「爸爸送妳？」

「不用了。」初梔穿好鞋打開門，「那我走啦！」

防盜門砰的一聲被關上，初父皺了皺眉，看起來有點憂鬱：「女兒現在都不讓我送她去學校了，她小時候我不送她都會不高興呢。」

鄧女士手裡捏著把菜刀乾淨俐落咔嚓咔嚓切馬鈴薯，頭也不抬道：「你老了，太醜了，丟人。」

初父：「……」

初梔下樓去的時候陸嘉珩已經坐在車裡等了，陸嘉珩也有幾輛車，他特地選了個成熟穩重的SUV，雖然沒有跑車拉風，但是低調奢華有內涵，一點也不浮誇了。

果然，初梔看見「咦」了一聲：「學長，你有點成熟。」

陸嘉珩面上不動聲色，挺淡定的：「嗯，還行吧。」

他們剛出了社區，陸嘉珩的手機響了。

程軼的大嗓門初梔都能隱約聽見，陸嘉珩有點嫌棄地皺了皺眉，戴上藍牙耳機聽著，時不時應兩聲。

對方說了好久，陸嘉珩「啊」了一聲，轉過頭來，看向初梔：「有幾個朋友叫我。」

「那你去，沒事，我自己也可以。」初梔連忙道。

「我的意思是，妳要不要一起來？」

「欸？」

程軼那邊還在喊些什麼，陸嘉珩沒理，很耐心地看著她：「一起吧。」

初梔慢慢地眨眨眼：「好啊。」

陸嘉珩回過頭去，一隻手鬆鬆垮垮握著方向盤：「先吃飯，我帶個人。」

不知道程軼說了些什麼，陸嘉珩緩慢勾起唇角。

紅燈亮起，車子停在人行道前，他突然轉過來，整個人面對著初梔，漆黑的眼看著她，傾身靠近。

「別動。」他低聲說道，手臂緊跟著伸過來，指尖穿過髮絲探到耳際，兩隻手伸到她耳邊，死死捂住她的耳朵。

初梔的世界瞬間安靜了，所有的聲音都被他的手遠遠地隔斷開來。

陸嘉珩垂眼，看著面前一顆黑漆漆的小腦袋，愉悅感不斷、不斷的攀升。

他歪了歪頭，懶洋洋道：「什麼誰？當然是我老婆。」

原本準備著拉陸嘉珩出來玩的，結果他這麼一說，程軼當即取消活動，一幫人全部轟走，最後選了自家的海鮮餐廳。

金光燦燦，金碧輝煌，用來請奧地利皇室都合適的那種。

陸嘉珩和初梔到的時候包廂門還沒關，順著走廊走過來就能聽到裡面乒乓作響，伴隨著此起彼伏的咆哮。

兩個人走過去，服務生推開虛掩著的包廂門，陸嘉珩進來的一瞬間，整個屋子瞬間安靜了。

偌大一個包廂，程軼坐在一頭，林柏楊坐在另一頭，除他們之外，房間裡沒有第三個人。

此時，這兩個人正一人拿著一根筷子隔著大桌子怒目而視，食物的香味飄散，氣氛緊張，戰鬥看起來一觸即發。

初梔也不知道為什麼明明只有兩個人，這一頓飯就好像已經讓他們吃出兵荒馬亂的感覺了。

她站在後面一點，露出了頭來：「好久不見？」

程軼瞬間站了起來，臉上猙獰的表情變成了洋溢的熱情，看起來恨不得馬上衝上去抱著初梔跳個華爾滋，他笑嘻嘻地：「好久不見好久不見，小學妹，祝妳早生貴子百年好合啊。」

初梔：「……」

林柏楊冷笑了一聲，放下筷子，隨手捏了個螃蟹，「嘎嘣」一聲，螃蟹鉗子被他乾脆俐落的掰掉了：「傻子。」

程軼不知道為什麼突然心情大好，一副完全不想跟他一般見識的大度不計較的樣子，笑瞇瞇地看著初梔：「學妹喜歡吃海鮮嗎？」

初梔不怎麼挑食，除了幾樣蔬菜以外基本上都吃，而且她小時候在南方，也是海邊長大，所以還是挺喜歡海鮮的。

程軼家裡剛好也是做餐飲的，兩個人聊得挺開心，主要還是程軼在說，初梔負責聽和吃，還有給他捧場。

程軼從小跟陸嘉珩同個沙坑裡滾出來的，當然覺得他之前說的那個我老婆是在耍帥，現在一看兩個人這個反應就更確定了，所以話也沒亂說，安安分分地努力幫陸嘉珩擬人設。

——「我們家阿珩也特別喜歡吃海鮮啊！小時候經常跑去我們家酒店蹭吃蹭喝。」

——「陸嘉珩吃螃蟹超他媽厲害，那個腿，他能剝得像機器剝的一樣，他有一次一個人吃了一桌子螃蟹，後來胃不舒服住院了。」

——「妳別看他現在是這副樣子，小的時候也是個活潑又討人喜歡的少年，從大堂到後廚，沒有一個女孩子不喜歡他。」

初梔倒是聽得津津有味，贊同道：「他現在也沒有女生不喜歡他。」

程軼意味深長道：「女生沒用啊，他又不喜歡女生。」

陸嘉珩吊著眼梢冷淡地瞥了他一眼。

初梔瞪大了眼睛。

陸嘉珩現在對於她的腦迴路已經有了一點瞭解，他無比從容，無比自然地把剝了一半的螃蟹放到她的盤子裡，漫不經心道：「我也不喜歡男的。」

初梔舔了舔嘴唇，表情看起來還挺遺憾的：「哦……」

天氣漸冷，十二月的第一天夜裡，下了今年冬天的第一場雪。

據說南方人沒見過落地不化的雪，看到雪都會興奮到尖叫，冬天最大的盼望就是能下場雪，能讓人在雪中漫步一圈，鞋子踩上去嘎吱嘎吱那種。

林瞳也不例外，一大早起來，她興奮地飛奔出寢室，立誓要在雪地裡和自己大學第一春來一場浪漫的相遇，結果出去不到十分鐘，凍得鼻尖通紅屁滾尿流回來了。

初梔盤腿坐在椅子上，手裡捧著劇本，她還深陷在自己老闆娘的角色扮演裡，用一種詠嘆調一樣的語氣道：「哦，瞳瞳！外面冷吧！」

林瞳搓了搓手，湊過來看她的劇本，剛好瞄到兩行字，瞪大了眼睛：「這是什麼？」

「話劇社劇本。」初梔老老實實道。

「我知道是劇本，但是——」林瞳指著上面的字，「妳還要倒在他懷裡？這個什麼東西？騎士？」

「不是的，是我倒在床上，他把我抱起來。」初梔認真地糾正她。

林瞳血都要吐出來了：「你們還要倒在床上？？」

初梔耐心地給她講：「對，因為我要勾引騎士，但是不是那種勾引，就是很純潔，很文藝的勾引。」

林瞳一瞬間安靜了：「誰演騎士？」

初梔：「啊？」

「騎士，誰演啊？」

「一個學長，」初梔想了想，又道，「但是比我小，他十五歲就上大學了。」

一直在塗指甲油的顧涵興奮地哇了一聲：「天才少年！這個設定我喜歡。」

林瞳猛地拍了她一下，大紅色的指甲油順著戳到指甲外面，顧涵慘叫一聲，連忙改口：「這個設定也太不怎麼樣了吧！」

初梔：「……」

校慶是週五，剛好下午結束以後雙休日放假，初梔這整個禮拜宛如被老闆娘附身，說話都用詠嘆調。

顧涵還興致勃勃地要幫她塗個紅指甲油，說這樣可以顯得她更像老闆娘。

幾個人去上課，顧涵帶著指甲油來，拉著初梔坐在教室最後一排牆角，翻出一瓶紅的和一瓶寶藍色：「妳喜歡哪個？」

薛念南班長一般都會坐到第一排，此時後面只有她們三個，林瞳坐在最外面的位子，從剛剛在寢室裡她就一直在玩手機。

初梔想了想：「紅色是不是看起來更像老闆娘？」

「麻將館老闆娘？」顧涵一邊說著，一邊抽出紅色的那瓶，擰開。

指甲油的味道有點刺鼻，好在她們坐最後一排，也傳不到前面老師那邊，初梔翻出劇本繼續背臺詞，顧涵扯著她的手拉到自己面前來。

指甲油涼涼的，一接觸到指甲，初梔忍不住縮了縮手：「哎呀，涼。」

「別動，塗花了就不好看了。」

「好涼呀。」

「我幫妳畫朵花怎麼樣？我畫畫很好的。」

兩個人埋著腦袋在那裡專注地研究著，塗完一隻手，初梔小心翼翼地拿遠了，垂著頭看著顧涵塗另一隻，塗好的一隻手縮回去，在旁邊搧啊搧。

沒搧兩下，她的手腕突然被人扣住了。

初梔嚇了一跳，第一個反應是老師來了，反射性一縮，唰地抬起腦袋扭過頭去。

陸嘉珩不知道什麼時候坐在旁邊的那個空位子上，單手扣住她的手腕，身子側著。

他不知道是什麼時候溜進來的，初梔和顧涵玩得太投入，完全沒發現旁邊坐了個人，初梔一臉驚訝：「學長？」

陸嘉珩抬眼。

初梔的手腕被他抓著，手上塗著的紅色指甲油還沒乾，大紅色襯著她手上的皮膚白得觸目驚心，只是微微向上抬著的樣子，像是課堂上在舉手。

初梔剛想問你怎麼在這，前面選修課老師笑吟吟的聲音就響起：「那位女同學，就妳吧。」

一時間，整個教室裡所有的視線都往初梔她們的方向看過去。

陸嘉珩閃電一般地鬆了手，人縮回牆邊靠著牆坐，腦袋唰地貼上桌面，藏到前面一排的人後面，開始裝透明人。

初梔愣愣地轉過頭去，沒反應過來。

選修課的教授繼續笑瞇瞇：「哎呀，好久都沒見到這麼積極舉手回答問題的同學了，好高興啊。」

初梔仍然在狀態之外，呆呆地站起來，試探性道：「選……選C？」

教室裡傳來低低的笑聲，初梔手足無措。

教授顯然也有點沒想到，輕輕咳了兩聲：「同學，這是簡答題。」

她「啊」了一聲，臉紅了，低低垂下頭小聲道歉。

「坐吧，坐在最後一排也要好好聽課啊。」

初梔面紅耳赤的坐下，微微弓著身子，唰地轉過頭來，憤怒地看著陸嘉珩。

這個人竟然還在笑。

小女孩臉皮薄，從小到大課堂上也沒有遇過這種事情，頓時覺得這已經是很大的難堪了，整個人氣得腮幫子鼓鼓的，又不敢大聲說話，大眼睛瞪著他，聲音壓得低低的：「你幹什麼呀！」

陸嘉珩舔著唇笑，表情看起來挺無辜的，也壓低聲音：「妳的指甲油，剛剛差點蹭到我臉上了。」

初梔看了自己手上還沒完全乾透的指甲油一眼，恍然大悟了一下，那點因為覺得難堪冒出來的小脾氣來得快去得也快，很快沒了蹤影。

她的小臉還紅著，癟癟嘴：「那你也不用抓著我手舉那麼高……好丟人。」

陸嘉珩輕輕笑了一聲，懶洋洋地靠在牆邊，手撐著下頜，微微側著腦袋。

薄薄的唇瓣翹起，黑漆漆的眼專注含笑，直勾勾地盯著她看。

「嗯，我錯了，對不起。」陸嘉珩乖乖地道歉。

他壓著嗓子說話的時候聲線有種沙沙的質感，又低又磁，輕輕淺淺落下來，像柔軟的羽毛。

撓著人有點癢。

初梔縮了下脖子，抬手捏了一下耳垂，別開眼：「也不用道歉……」

陸嘉珩看著她的小動作，挑了挑眉。

小女孩眼神躲閃，白嫩嫩的耳朵也染上緋紅，長長翹翹的眼睫毛像兩把小刷子，有點不安的刷來刷去。

他撇開視線，抬手點了點桌上的劇本：「妳是話劇社的？」

初梔依然垂著腦袋，心不在焉地「嗯」了一聲。

「妳演女店主嗎？」

初梔抬起頭來，眨眨眼：「你看了？」

「嗯，妳剛剛研究著在指甲上畫朵花的時候。」

他修長的手指一下一下敲在白紙黑字的劇本上，緩慢又有節奏感。

等了幾秒，他狀似漫不經心道：「妳還要勾引騎士？」

他的語氣很平淡。

教室裡暖氣還挺足的，但是不知道為什麼，初梔突然覺得有點冷。

她縮了縮脖子，弱弱道：「我也不知道算不算勾引，就是，要讓他喜歡我。」

陸嘉珩淡淡到：「那就是勾引。」

「啊，那就是勾引吧。」初梔順從道。

他又不說話了。

半晌，他輕呵了一聲：「妳會嗎？」

「啊？」初梔眨眨眼，「劇本上面都有臺詞……」

「話劇不能只靠臺詞，既然是話劇那表情和動作都很重要，只憑著臺詞是肯定不夠的。」

初梔覺得他說得好有道理，有點苦惱：「那果然還是要早點去找學長對戲。」

陸嘉珩手上的動作一頓，指尖點在劇本上：「我可以教妳啊。」

初梔愣愣地抬起頭來：「啊？」

陸嘉珩斂睫看著她，眸光幽暗：「我可以教妳怎麼勾引。」

初梔覺得這個話題好像哪裡不太對，可是又沒有哪裡不對。

她完全不懷疑陸嘉珩是個中翹楚，但是也確實從來沒看到過他主動就是了，更別說勾引。

初梔眨眨眼，好奇地湊過去一點：「怎麼勾引？」

兩個人縮在教室最後一排的角落裡，陸嘉珩坐靠牆邊的那個位子，初梔就坐在他旁邊。

教室裡坐滿了人，他們的聲音很小，旁邊塗完指甲油的顧涵倒是聽見了。

顧涵目瞪口呆，想把初梔拉過來說點什麼，又拿不准這個事她到底該不該管。

她拍拍旁邊的林瞳，指指這邊：「這兩個人怎麼回事啊，這粉色水壺怎麼過來了啊，他不是大三嗎？大一的課他跑來幹什麼啊？」

林瞳看起來不太在意：「哦，我叫他來的。」

顧涵：「……」

顧涵大喝：「妳這個叛徒！」

林瞳正經道：「我是堅定的粉色水壺黨。」

顧涵皺了皺眉，壓低了聲音和她小聲道：「但是我感覺他不太適合阿梔啊，有點，怎麼說……不太正經？阿梔萬一真的喜歡上他被欺負了怎麼辦？」

林瞳單手撐著下巴看著前面老師慷慨激昂的講課：「嗯，我本來也覺得。」

「什麼叫本來？」

林瞳沒說話，看起來像是在發呆。

黃金週去蒼岩山之前，林瞳本來也是這麼覺得的。

而且她當時甚至根本不覺得陸嘉珩對初梔有什麼其他方面的意思，最多也只是有點好感，或者比較感興趣，結果幾天圍觀群眾當下來，她覺得事情好像和她想得有點出入，尤其是回來的時候在車上，林瞳其實全程都沒睡著。

她想著，咧嘴樂了：「妳別操心了，我們家這小丫頭又不傻，妳看她那副沒心沒肺的樣子，最後誰被誰欺負還不一定呢。」

顧涵面無表情：「我要投素未謀面的天才少年學長一票。」

陸嘉珩說是幫忙看劇本，就真的很正經很認真的在幫初梔看劇本。

一絲不苟心無旁騖的，兩個人從女店主的第一場戲開始，每一句臺詞應該是什麼樣的表情，他都會幫忙分析。

初梔下午沒課了，選修課下課的時候剛好說到騎士和女店主的對手戲，初梔準備看完這段直接去話劇社，和林瞳、顧涵道了別。

教室裡暖氣很足，初梔穿著藕粉色的馬海毛毛衣，趴在桌子上，整個人看起來毛絨絨的一團，手指指著劇本：「那這裡我要嬌羞嗎？」

陸嘉珩頓了頓，也趴下了，語氣不怎麼熱情：「不要。」

初梔不解：「不要嗎？」

「嗯，這裡妳要表現得冷漠一點，騎士這種類型的男人完全是給點顏色就燦爛的類型，其實話劇也不用完全照本宣科，演員有一點自己的理解和發揮效果會更好。」

初梔一臉茫然。

「比如這一段——」陸嘉珩指著劇本上的一段，一本正經繼續道：「這裡，騎士準備要離店，女店主假裝十分悲痛昏倒在床上，被騎士抱起來，騎士明白自己的心意，這太假了，妳要勾引騎士，就不能太主動，要毫不在乎，讓他有一種走了以後悵然若失的感覺。」

初梔虛心受教：「那要改嗎？」

「改，」陸嘉珩磨了下後槽牙，皮笑肉不笑道：「讓他滾，趕緊給老子離店。」

初梔：「……」

初梔嘆了口氣，憂心忡忡：「學長，那樣好像就不算勾引了。」

陸嘉珩「哦」了一聲，看著她詢問意見：「那妳打算怎麼來？」

初梔皺著眉認真想，沒說話，一時間一片安靜。

陸嘉珩等了一陣子，突然道：「反正妳也說不出來，來試試看。」

初梔抬起頭來：「啊？」

他突然身子一塌，背垮下來，整個人懶洋洋往後一靠：「妳現在就把我當成騎士。」

長腿側著一伸，陸嘉珩毫無預兆地傾身靠近，揚眼勾唇，壓低了嗓子意味深長道：「來勾引我試試看？」

距離突然拉近，他黑漆漆的眼直勾勾盯著她，初梔下意識地上半身往後傾了傾，臉又紅了。

之前運動會時候的二百公尺後遺症緊隨其後也跟著發作了。

她唰地抬起手來，捂住左邊的耳朵，又馬上放下。

陸嘉珩緊緊盯著她，笑意加深。

前一段時間就發現了，她不好意思或者心虛的時候就會無意識地拽一拽自己耳垂，或者摸摸耳朵。

連小動作都這麼可愛。

他舔舔嘴唇，低低笑了一聲，不退反進變本加厲，她越往後他就越往前，聲音輕緩：「小梔子，妳最近是不是越來越容易害羞了？」

初梔本來是面對著他側著身坐在位子上的，他往前一點她就往後一點，上半身越來越後傾，她死死抓住桌沿，為了保持平衡不倒下去肩膀都開始抖了。

她低低嗚了一聲，聲音細細的，急急道：「你別往前了……」

此時已經下課了好久了，教室裡的人都走光了，空蕩蕩的大教室裡只剩下他們兩個人在最後一排。

一樓的教室，窗外皚皚白雪，像是在巧克力蛋糕上撒了一層薄薄的糖霜。

教室裡暖氣充足，溫暖到讓人覺得連著心裡都開始發燙。

初梔一手抓著椅背一手抓著桌沿，想推他也空不出手來，感覺快哭了。

就在她以為自己下一秒要直接躺在椅子上了的時候，陸嘉珩唇微啟，突然淺淺呼出一口氣，伸出手臂，穿過她身側托住她的背。

他掌心的溫度溫熱，強有力穩穩地托在她的背後，托著她往前輕輕一撈，人也終於跟著重新靠回椅子裡。

初梔鬆了口氣，緩過來以後紅著臉氣哄哄地皺了皺眉，剛要說話，手機就響了。

她翻出來看了來電顯示一眼，一接起來就是一聲脆生生的「學長。」

「……」陸嘉珩垂著眼，嘴角下垂。

等她掛了電話，他才抬了抬眼皮：「要走了？」

初梔整理東西，一邊點點頭。

陸嘉珩癱在座位上，看起來喪喪的：「哦。」

初梔不太想理他。

她把劇本和書裝進背包裡，又站起來抓起外套抖開，想了想，還是應該道謝：「學長，今天謝謝你。」

陸嘉珩轉過身來，側身靠在桌沿看著她慢吞吞地穿外套，抬手抓過旁邊椅背上搭著的白色羊毛圍巾遞過去，順勢也站起來：「去話劇社？」

「嗯。」初梔接過圍巾圍上，圍巾有點長，她繞了好幾圈，垂著頭把圍巾往上拽了拽，整理了一下，讓圍巾遮住下巴。

她今天沒綁頭髮，長髮披散下來，白色的羊毛圍巾一圈一圈纏上去，上面的髮絲被箍出蓬起的弧度，像顆小蘑菇。

陸嘉珩翹著的二郎腿放下，人也站起來，一把抓起外套：「走吧，我送妳，排練可以看嗎？」

初梔已經把自己包得鼓鼓的全副武裝起來，圍巾又往上拽了拽，遮住了嘴巴和鼻子，只露出一雙眼睛在外面。

這個人剛剛故意逗她玩，現在又一副若無其事什麼事情都沒發生的樣子，實在是很過分。

初梔把鼻尖藏進圍巾，悶聲道：「不可以。」

陸嘉珩像《BLEACH》漫畫裡準備正面迎擊敵人戰鬥的主角一樣，外套猶如羽織，帥氣一抖，衣袂飛揚的穿上，自顧自道：「沒事，可以看。」

初梔：「……」

這個人怎麼這麼自說自話的！

初梔不走了，站在教室後門門口瞪著他：「學長，你這樣是不對的。」

陸嘉珩輕輕笑了一聲，表情乖巧無辜又困惑：「嗯？」

「你以後能不能不要總是這麼——」初梔皺著眉，想了好半天，也想不出合適的，能表達出自己意思的詞來。

他肯定對好看的女孩子都這樣，覺得好玩了就逗著玩一玩，然後又一副若無其事什麼事情都沒發生過的樣子。

臉不紅心不跳就靠得那麼那麼那麼那麼近。

怎麼會有這麼混蛋的男人？為什麼會有這麼過分的男人？

小情緒積累下來，不斷不斷的膨脹了，初梔鼻尖蹭了蹭圍巾，長長的眼睫垂下去，不開心的樣子。

聲音很小，悶悶地：「陸嘉珩王八蛋。」

陸嘉珩：「……」

保齡球館休息區，陸嘉珩靠在沙發裡無精打采的直勾勾看著前面發呆。

程軼手裡拎著一顆球，風騷地站在球道前投球區旋轉跳躍，垂手送出，全中。

程軼「哦耶」了一聲，繼續風騷地旋轉跳躍謝幕退場，蹭到陸嘉珩身邊，一把勾住了他的肩膀：「珩哥最近有些低沉，天天發呆，魂被什麼勾走了？」

旁邊一個男人走過來，按了一下手機螢幕，上面碼錶計時器跳動的阿拉伯數字停止：「八分多鐘，他就這麼盯著那顆球盯了八分多鐘，眼睛都沒眨幾下。」

「你怎麼知道他沒眨。」

「我一直盯著呢。」

「那你也挺無聊的。」程軼無語，一邊啪啪拍陸嘉珩肩膀，「殿下，有什麼心事嗎，跟我講講唄。」

程軼本來以為陸嘉珩會高貴冷豔的無視他，或者說「你很閒」什麼的。

靜了幾分鐘，他淡淡開口：「我被罵了。」

掐碼錶計時那個正站在旁邊喝水，聞言一口水全噴了出來，晶瑩剔透的水柱在半空中劃出完美的弧線，洋洋灑灑落在了林柏楊的手臂上。

林少爺暴躁的爆粗了，一邊問候親戚一邊跳出兩丈遠，面部表情因為憤怒而扭曲。

碼錶計時器一邊胡亂給他擦著衣服袖子，一邊瞪大了眼睛：「誰啊，男的女的？罵什麼了？還活著嗎？」

陸嘉珩沒答，抿了抿唇，露出了一個略微困惑的茫然表情。

程軼輕咳了一聲，湊到陸嘉珩旁邊坐下，低聲道：「你的小學妹罵的？」

陸嘉珩心不在焉：「嗯。」

「罵你什麼了？」

「王八蛋。」

程軼：「……」

程軼大驚失色：「陸嘉珩你他媽對人家小女孩幹了什麼禽獸不如的事了？」

陸嘉珩理都懶得理他。

他本來覺得，事情都在往好的方向發展，比如最近一段時間，只要他一靠近，初梔就會害羞，會不敢和他對視，會有點驚慌的移開視線。

這種情況以前都是沒有的。

結果他就被罵了。

不僅被罵，那天以後連續幾天，電話不接，訊息石沉大海，連他的小戰友林瞳都悄無聲息。

想到她要排話劇，要和不知道哪位「學長」對戲，又不知道因為什麼原因生氣了，陸嘉珩煩到不行。

這種自己的情緒完全被一個女孩子牽動著，影響著的感覺，他以前從未有過。

他沒骨頭似的癱在沙發裡，長腿微曲，皺著眉，薄薄的唇抿成線。

程軼掐著嗓子尖聲道：「我們太子殿下頹廢起來都這麼帥——」

林柏楊翻了個白眼：「傻子。」

兩個人你來我往的又是一場激戰，碼錶計時的那人聽了半天也聽出是因為妹子，毫髮無傷穿過戰場，撅著屁股湊到陸嘉珩身邊，掰著手指頭老神在在道：「珩哥，你看，女人看男人看中的無非也就三樣，房子、票子——」

他故意頓了頓，半晌，意味深長道：「命根子。」

陸嘉珩：「……」

初梔的戲服很講究。

《女店主》故事發生在十八世紀中葉的義大利，洛可可風格服裝文化處於鼎盛時期，裙撐第二次使用，與其搭配同時使用的是緊身胸衣。

女主角米蘭多琳娜並非貴族，衣著上也簡化了很多，那身長裙暗紅色，簡潔乾淨，看起來並不繁複。

直到話劇社的學姐抽了件緊身胸衣遞給她。

初梔驚恐萬分，結結巴巴地道：「我我我也要穿這個東西嗎？」

學姐一本正經，「儀式感，學妹，儀式感是個多麼重要的東西！放心，不會綁很緊讓妳不舒服的。」

女孩子在裡面的房間換衣服，初梔藏在臨時掛的更衣室簾子後面，戲服又長又多，完全沒辦法一個人穿，負責服裝的學姐進來幫她。

初梔上半身幾乎沒衣服，小臉漲得通紅，低低垂著腦袋，任由女孩子在後面幫她弄。

她這副樣子看得學姐一陣好笑：「妳怎麼這麼害羞啊，南方人？」

初梔聲音低低的，赤裸的肩頭不自在縮了縮：「本地人。」

「啊，我還以為妳是水鄉小軟妹呢，我有個室友是南方人，我第一次帶她去澡堂的時候她也是這樣，紅著臉死活不肯脫衣服，完全不能接受北方的大澡堂文化，」學姐聲音輕快，垂頭拉著初梔身上的緊身胸衣的帶子綁起來邊嘖嘖出聲，「妳這個腰，我感覺這東西穿在妳身上都太大，腰細到再勒一下好像要斷了。」

衣服弄完，又換了個學姐幫她畫了妝，林瞳和顧涵也會化妝，但是一般都是簡單的淡妝，塗個粉底描描眉什麼的，這種舞臺妝初梔還是第一次近距離接觸，不由得再次目瞪口呆。

化妝品真是個神奇的東西，初梔原本十分圓潤的鹿眼，此時多了眼線和眼影以後，整個眼睛的輪廓被拉得又深又長，面部陰影稍有些尖削，鼻樑高挺，唇線擴出，紅唇微厚。

略有些銳利又成熟的妝面剛剛好起到中和的作用，沒有顯得過頭，反而還有一種異常和諧的明豔感。

原辭一身騎士的裝扮，此時剛好走進來，從鏡子裡看著她，愣了愣。

初梔也從鏡子裡看見他了，晃了晃腦袋算是打招呼。

原辭眼睛微微瞪大了一點，走過來，站在她身後，對著鏡子裡的人細細看了一下子：「姐姐這樣好看。」

初梔有點不好意思。

旁邊學姐眼一斜，調笑道：「什麼叫這樣好看？」

原辭咧嘴笑了笑：「平時也好看。」

初梔也覺得自己的變化實在是挺大的，由衷地讚嘆道：「學姐，妳實在太厲害了。」學姐還在往她臉上掃陰影：「去年社長演貝兒公主也是我畫的，妳沒看到他當時，真是沉魚落雁閉月羞花。」

原辭在旁邊弄頭髮，無奈道：「過去的就過去行不行？我今年可是演帥哥啊。」

「司馬昭之心的帥哥。」八爪章魚抓著假髮從後面晃過，看著初梔提著裙子出去準備道具，提議道，「其實你繼續反串女店主，讓阿梔也反串，豈不美哉？」

原辭：「比騎士高一頭的女店主嗎？」

八爪魚：「……」

校慶的最後一個節目一般都是合唱，話劇社的節目按照往年也都是被排在倒數第二個壓軸，初梔在後臺最後看了看劇本，一邊探頭悄悄往外瞧。

現在正在表演的是街舞社，街舞社的節目一向是非常受歡迎的，帥哥、美女們一個個逆天帥氣，熱褲下的美腿翹臀帶起空前高漲的氣氛。

初梔垂頭，看了一眼自己拖到地上的長裙，只覺得到時候不要冷場就好了。

因為她是偷偷站在後面看的，視野有限，下面的人全都看不到，初梔拖了個小板凳默默地坐在旁邊，看著舞臺上的女生們旋轉跳躍，一邊發呆。

陸學長應該也在下面看。

他肯定更喜歡街舞這種吧，比起無聊的話劇來說。

也許看得目不轉睛呢。

初梔想像了一下陸嘉珩斜歪在椅子裡，看著舞臺上的女生們笑，懶洋洋地說：「不錯啊……」

「……」畫面太過於真實生動豐富形象，而且十分符合此人人設，也許他現在就是這樣的。

初梔被自己的想像氣到了，單手托著下巴，重重地哼了一聲。

她還沒哼完，被之前幫她化妝的學姐拽起來了：「別托著腦袋，粉都蹭掉了！」

初梔嚇得趕緊把手放下了，搬著板凳重新回了後臺坐下，腰板挺得筆直，下巴微揚，生怕衣領子蹭到粉底。

她靠著邊邊坐，手邊是深紅色的幕布，幕布後面是隔斷牆板，再往裡面是臨時搭成的給女生用的試衣間。

說是試衣間，其實是裡面的更衣室空間不夠，就在牆角的位置斜著拉了幾塊幕布，隔出一塊一塊的空間來，臨時換衣服用。

板凳沒椅背，初栀坐了一陣子覺得累，就轉過身來，靠著牆坐。

結果人一轉，餘光瞥見身側的人。

陸嘉珩也靠著牆邊站，站在她身後，不知道站了多久。

她一回頭，正對上他沉沉的眼。

看見她轉過身來，陸嘉珩動都沒動，眼都不帶眨，依然專注地看著她。

初栀開始懷疑這個人是不是根本就沒認出來她是誰。

畢竟她上妝後的變化確實是很大，舞臺妝本身就非常濃，她自己看到的時候都驚訝了一下。

初栀站起身來。

她穿了很高的高跟鞋，又有厚厚的防水臺，現在不知道有沒有一百六十幾，一站起來，和陸嘉珩的身高差縮短十分明顯。

雖然依然是差了那——麼高一截就是了。

但是初栀依然充滿了自信，從小到大從來沒這麼高過！

雖然覺得至少也應該打個招呼，也想問問他為什麼跑到後臺來了，但是果然還是不想理他。

初栀下巴一揚，不太熟練的踩著高跟鞋，準備跟他來個擦肩而過。

別說，她這一條紅色大長裙配上濃妝，還挺有傲慢冷豔的樣子。

陸嘉珩眉一挑，看著她一步步走過來，靠近，和他並肩。

即將擦身而過的瞬間，他一把抓住她的手腕，力道很輕，卻帶著點不容置疑的味道，輕輕拖著她的手腕往自己身前一帶，把人拉了回來。

初栀猝不及防，被這一下拉著往後退了一步。

她的高跟鞋穿得還不太熟練，險些沒穩住腳步，抬手撐住牆面才站穩。

初栀站好，抿了抿唇，微微垂著頭，沒說話。

不知道為什麼，她其實有一點點不太願意陸嘉珩看見她現在的樣子。

感覺這個妝看起來，好像有點凶。

可是她現在不就是需要凶一點的？

初栀腦袋裡的小劇場瘋狂運轉，想到之前這個人一直那麼過分，小惡魔迅速抓起三叉戟兩叉子戳飛了小天使，呲牙咧嘴地掌握了指揮權。

凶他、凶他！

初栀想著，又抬起腦袋，凶巴巴地樣子瞪著他，看起來應該還挺有殺傷力的。

她本來以為對方至少至少，也要稍微愣一下，或者錯愕一下吧？

這可是她花了一個小時的時間化的舞臺妝！

結果陸嘉珩連眼睛都沒眨一下，不僅沒眨眼，他甚至笑了。

他看起來似乎是被她逗笑了，唇角上揚，垂著眼不慌不忙地和她對視：「長高了。」

初栀：「……」

她這個御姐妝，為什麼對他一點作用都沒有，明明連原辭見了都愣了好半天。

初栀十分挫敗。

剛剛那點氣充出來的兇惡被放了個精光，手腕還被他攥著，初栀輕輕掙扎了兩下，沒掙脫。

陸嘉珩不理她的小動作，反而抓得更緊了點。

「妳生氣了？」他低聲問。

「……」

「為什麼生氣？」

「……沒生氣。」

陸嘉珩眼一瞇：「撒謊？」

她又重新垂下腦袋，有點底氣不足，往回抽手：「你先放開我……」

「為什麼生氣。」他不依不饒道。

初梔快氣死了。

這個問題要怎麼回答啊！

前面街舞社的那群人剛剛好表演結束，下臺回來，後臺本來人就多，此時更是人滿為患，從裡面隱隱傳來有人喊初梔名字。

初梔聽見了，剛想應聲，被陸嘉珩空著的那隻手一把捂住嘴巴。

初梔瞪大了眼睛。

原辭一邊喊她一邊從裡面出來，初梔他們站在牆邊，前面站著街舞社的人，剛好擋住了他們的位置，原辭一身騎士裝扮，視線左右飄了一圈，一邊往這邊靠近他們。

陸嘉珩回頭看了他一眼，舔了舔唇，抓著初梔的手一鬆。

她還沒來得及反應，他長臂撈過來扣住腋下，直接把她整個人提了起來。

雙腳忽然懸空，初梔差點驚呼出聲。

陸嘉珩側頭看了一眼馬上就會走過來看到他們的原辭，手臂微曲，像提著娃娃似的提著她往前走。

初梔瞪大了眼睛，耳朵紅了，蹬了兩下腿，像隻被抓著耳朵拎起來的小兔子，急急道：「你幹什麼呀！放我下去啊！」

陸嘉珩沒理她，拎著她穿過暗紅色幕布，走向盡頭那幾個臨時搭成的試衣間。

他走到最裡面的一個，身子一側，帶著她直接閃進去，放下人，回手拉上簾子，掛上掛鉤。

初梔目瞪口呆。

她站在那裡走也不是不走也不是，完全被這個人的行為驚住了。

其實剛剛他只是把她抓起來而已，兩個人身體沒有任何接觸，連擁抱也算不上。

明明他除了手哪裡都沒有過觸碰，可是初梔卻覺得火燒火燎，整個人渾身上下都燙得不行。

外面是熱鬧的人聲笑鬧，被一層暗紅色簾子隔開，裡面是一片安靜。

初梔不敢大聲說話，生怕外面路過的人聽見。

初梔後退了兩步，背靠上牆壁，抬起頭來，亮晶晶的眼含著不知道是羞還是怒的光。

妝很重，這麼近的距離看眼線斜飛眼角挑上去，勾了一點點媚氣出來。

唇膏微微向外塗出去一些，顯得略厚，嫣紅又飽滿。下唇被潔白的牙齒輕輕咬住一點點，紅白的對比鮮豔到刺目。

脖頸修長，鎖骨的線條流暢好看，再往下是被裙子包裹住的纖細腰肢骨架。

陸嘉珩剛剛提起她的時候有一瞬間的恍神。

這麼這麼小的一隻，輕飄飄的，比他想像中還要輕，手下的骨骼細得就好像他再稍微用一點力氣，就會碎掉一樣。

陸嘉珩是小心翼翼地，近乎虔誠地把她帶進來的。

外面吵鬧聲漸近，隔壁進了個女生，應該是正在換衣服，只隔了兩層簾子，衣料摩擦的聲音細微，卻清晰得彷彿近在咫尺。

他垂眼看著她。

她背靠著牆壁，他站在她面前，居高臨下，彷彿把她整個人圈在面前的姿態。

後臺溫度不低，並且好像還在持續升高，空氣彷彿都摻雜了點別的東西。

陸嘉珩往前走了一步。

初梔又往後蹭了蹭，看起來緊張極了，氣都不敢喘的樣子。

他剛要說話，初梔瞪大了眼睛，反應極快唰地一下抬起手來，捂住了他的嘴。

隔壁那人還在換衣服，衣料窸窸窣窣。

初梔指指隔壁，朝他搖搖頭，臉頰緋紅。

雖然她什麼壞事都沒做，但是，但是一男一女偷偷地藏進換衣間裡這種事情……

初梔耳朵紅得像是要滴出血來，高高舉著手臂捂住他的嘴巴不肯放。

陸嘉珩一動也不動，任由她捂著。

半晌，他緩慢地抬起手，抓著她的手拉下來。一隻腳往前半步，俯身垂頭，唇瓣湊到她的耳畔。

他輕輕呵出一聲笑來，氣音帶著熱度噴灑，嗓音低壓著耳語，音色如沙：「小梔子，問妳一件事。」

初梔感受著他極具壓迫感靠近，吐息間灼燒耳廓，人僵在原地，呆呆地看著前方瞪著眼。

她喉嚨裡發出一點點細微的聲音，像是一聲嗚咽。

陸嘉珩低低垂著頭虛虛懸在她頸窩上方，頭抵著牆面，還沒說話。

簾子突然被人扯了兩下，伴隨著一個女孩子略有些急切的聲音：「裡面有人嗎？我馬上要上場了請問能快一點嗎！」

第六章 最討厭

簾子被人拉動了兩下，因為掛著掛鉤，沒拉開。

初梔被突如其來一聲嚇得一哆嗦，猛地推開了面前的人。

陸嘉珩後退了兩步，表情寫滿了被打斷的不滿。

外面聲音嘈雜，如果初梔沒記錯的話街舞社的表演是排在中段，下一個節目是什麼？小品嗎？還是民族舞？

初梔緊張的看了陸嘉珩一眼，手指舉到唇邊做了一個虛的手勢，結結巴巴道：「對對對不起！這個衣服有點難穿，您去旁邊的看看！」

女孩焦急道：「旁邊的也都有人啊！」

「那那稍等一下！」

她看看面前的人，手足無措，完全不知道怎麼辦才好。

初梔悄悄走到門口，耳朵貼在簾子上聽了一陣子，又走回來，重新靠回牆邊。

臨時換衣間裡面空間很小，一個人已經有點擠了，進來兩個人幾乎沒什麼移動的空間。

更何況，他還那麼大一隻。

初梔悄悄抬頭看了陸嘉珩一眼。

他看起來卻依然是一副不緊不慢的樣子，直起身來微微側著頭，等著她發話。

她們在最後面一個更衣間，右手邊那邊有人在換衣服，左手邊到了盡頭，貼著牆面。

初梔朝他勾了勾手，陸嘉珩聽話地湊過頭來。

她趴在他耳邊悄聲問：「怎麼辦？」

陸嘉珩也配合著她低聲咬耳朵：「直接出去。」

初梔滿臉驚慌地瞪他，她指指自己，又指指他，一言難盡的樣子：「我們不能就這樣出去呀……」

陸嘉珩挑眉，看起來似乎有點想笑：「為什麼不能？」

他低低垂頭，目光沉沉地，聲音壓低了以後有微沙的質感，婉轉低柔：「妳做了什麼壞事了？」

初梔臉燙得像是在燒，說不出話來。

這根本不是有沒有做什麼的問題。

即使是這樣，兩個人這麼大搖大擺的出去也肯定是不行的呀。

初梔糾結死了，咬著嘴唇想了半天，想不出辦法來。

外面的女孩子好像真的很急，等了她一下子裡面還沒聲音，又道：「不好意思，我能進來跟妳一起換嗎？」

初梔大驚失色，連忙道：「不行！」

她貼著牆邊站，像隻熱鍋上的小螞蟻，臉上全是焦急無措的神色。

陸嘉珩調整一下姿勢，悠閒散漫好整以暇看著她。

想了一會兒，初梔湊過去，盡可能地踮起腳尖：「要不然我等一下想個辦法分散一下她的注意力，你趁機偷偷爬出去，我可以用裙擺稍微幫你做一下掩護。」

初梔牽著裙子拉起來，戲服的裙擺拉起來很寬，一個人如果趴在後方地上確實可以擋住。

陸嘉珩：「……」

陸嘉珩臉上懶散悠閒的表情沒有了，嘴角似乎抽搐了一下：「爬出去？」

初梔十分認真地點點頭。

陸嘉珩被她氣笑了：「妳是想讓我，這麼爬出去？」

他這一笑陰沉沉地，眼神看起來侵略感和殺傷力也實在太強，初梔弱弱的縮了縮脖子，細聲道：「那也沒有其他辦法了呀……」

陸嘉珩深吸口氣：「直接出去。」

「不行不行！」

陸嘉珩不耐煩了。

他皺了皺眉，露出了一個略有些不耐煩的表情。

初梔可憐兮兮地看著他，下唇唇瓣上的唇膏看起來快被她吃掉了，上面沾了一點口水，亮晶晶的。

陸嘉珩深吸口氣，太陽穴跳了跳，妥協道：「我來想辦法，不會被發現的，但是妳要補償我。」

初梔現在還哪管那些，只要不被發現怎麼都行了，雖然她只能想到讓他爬出去。

她趕緊小雞啄米似的猛點頭。

小女孩的樣子看起來可以說是十分地迫不及待了，陸嘉珩垂眸看著她這個反應，眼一瞇。

兩個人說話的聲音都極小，初梔始終仰著脖子，還好她穿著高跟鞋，比平時高了不少，倒也不是很累。

陸嘉珩十分配合她低弓著身，為了保持平衡，他單手撐著牆邊，頭湊到她耳畔：「妳就是不想被人看到和我在一起？」

對對對對對對，別人看到會怎麼想啊。

初梔繼續瘋狂點頭。

點完了，才覺得哪裡不對勁。

她趕緊停住，但是好像已經來不及了。

陸嘉珩低低呵了一聲：「行。」

這一聲和之前的好像不太一樣，有種寡冷的涼薄感，淡淡的，沒什麼情緒波動。

輕輕的一聲，初梔腦子裡有根弦一下子緊緊地繃了起來。

她都還沒來得及反應，陸嘉珩突然直起身來。

他沒再說話，冷冷勾了勾唇角，看都沒看她一眼，直接轉身抬手，修長食指勾著掛住的簾子拉過去，整個人無比自然，不急不緩地走出了換衣間。

暗紅色的簾子隨著他出去被掀起一瞬間，又放下，視線再次被阻隔。

初梔一個人呆呆地站在試衣間裡。

外面那個一直在催，焦急地走來走去的女生腳步聲也停住了。

十幾秒鐘後，初梔反應過來。

外面的女孩字也猶豫了一下子，才小心翼翼地拉開了一點點簾子，漲紅著臉，不確定地朝裡面看了一眼。

她懷裡抱著一坨衣服，看看她，又趕緊移開視線：「那個……」

她看著初梔的眼神十分難以形容，初梔堪堪掃了一眼，完全沒有分辨女生目光裡面的含義的勇氣。

她急急地垂下頭去，低低道了一聲對不起，匆匆出去了。

女生看著她的背影閃過消失在人群裡，恍然大悟了一下。

她回憶了一下剛剛出去的那個面無表情的男人，感覺他有點眼熟，應該是在哪裡看到過的，可是一時間又想不太起來。

再想想剛剛那個姑娘一閃而過羞恥到極點似的臉，頓時有一種自己是不是壞了人家好事的罪惡感。

下一個節目要輪到她了，女生趕緊晃晃腦袋，不去想這些，匆匆拉上簾子換衣服。

狼狽，初梔從小到大，從沒覺得自己有這麼狼狽的時候。

她幾乎是落荒而逃，急匆匆地從更衣室出來，一路深深埋著頭，不敢看周圍。

身邊全是亂糟糟的人聲，說話聲和笑鬧的聲音，後臺嘈雜匆忙，她低垂著腦袋飛快地從人群中閃過。

她甚至覺得身邊的每一個人都看見了剛剛的那一幕，每一個人都在偷偷地打量著她，議論著她，說她竟然在公共場所和一個男人偷偷躲在狹小的更衣室裡，說她不知羞。

他竟然就這麼丟下她，一個人走了。

讓她一個人，他就這麼自己走掉了。

混蛋！

混蛋！討厭鬼！煩人精！

陸嘉珩這個王八蛋！

初梔咬緊了嘴唇，瞪大眼睛，努力壓下眼眶中泛起的酸澀。

回到話劇社的準備區，原辭也剛好回來，一看到她，連忙快走了兩步叫她。

初梔回過頭來，眼睛有一點點紅。

原辭本來不知道要跟她說什麼的，此時看見她的表情一愣，連忙問道：「妳怎麼了？」

初梔垂下頭去：「沒怎麼……」

原辭走近了一點，垂著頭看她：「到底怎麼了？」

初梔癟癟嘴，眼睛濕漉漉的，不知道為什麼，就覺得委屈。

好委屈。

她深吸口氣，搖搖頭，用指尖輕輕蹭了一下眼角，小心翼翼地防止蹭掉了妝，聲音低低弱弱的，有點啞：「沒什麼，就是有點擔心，我怕我演不好。」
原辭聞言，微微皺了一下眉，明顯不太相信的樣子。
但是很快地，他的眉心重新舒展開來，淺淺地對她笑了，露出小半顆虎牙：「姐姐別怕，我帶著妳呢。」
初梔快哭了，聲音都帶上了哭腔，滿腔的情緒終於找到了一個合理的藉口可以發洩出來了似的：「我只演過盆栽……會不會拖後腿啊……」
原辭手忙腳亂，語無倫次：「盆栽好啊，盆栽多難演，欸，姐姐妳千萬別哭啊。」
接下來的一段時間裡，初梔始終坐在化妝台前沒動過。
之前幫她化了妝的學姐跑過來幫她補了被吃得差不多的唇膏，又千叮嚀萬囑咐讓她千萬不要再咬嘴唇了。
初梔乖乖地應了，劇本攤開在面前看了一陣子，手機訊息提示音響起。
今天週五，下午校慶演出結束就放假了，是初父的訊息，問她下午幾點結束，要不要來接她。
初梔回完訊息，退出對話框，剛好看到下面的那個人名。
陸嘉珩之前幾天也傳了幾則訊息給她，她都沒有回，只是讀完了放在那裡。
其實本來初梔沒有覺得生氣了。
她是那種什麼都來得快去得也快的性格，雖然覺得陸嘉珩之前的行為有一點過分，不太想理他，可是也都過了好幾天了，他打了好幾通電話給她，也傳了訊息。
但是這是本來。

初梔看著那名字，用力地鼓了鼓腮幫子，點開來備註，輸入。

她氣鼓鼓地放下手機，重新開始看劇本。

看了幾分鐘，又拿過手機來，滑開解鎖，點出聯絡人，加入黑名單。

再也不想理他了！

陸嘉珩回到前面去的時候，程軼正哢嚓哢嚓吃著洋芋片。

臺上表演剛剛退場，緊接著是民族舞，程軼斜歪著腦袋：「你回來的正是時候啊。」

陸嘉珩唇角向下垂著，沒說話，重新窩回位子裡，微微抬了抬眼，看向前面臺上的表演。

舞臺上十幾個女生，輕盈靈巧如百靈鳥，伴隨著樂聲翩翩起舞，澄黃色大擺長裙上露出纖細腰肢和白皙的小腹。

程軼中肯評價道：「不愧是專業的，這身材比剛剛街舞那群好多了。」

陸嘉珩目光冷淡，沒什麼表情。

又過了兩個節目，才是話劇表演。

剛開始，程軼還悠閒地吃著洋芋片，慢慢地，他覺得身邊的人氣壓越來越低，越來越低。

直到臺上演到，騎士離店之際，執起女店主的手湊到唇邊，單膝下跪，承諾要娶她為妻。

「嘖。」陸嘉珩低低地發出一聲。

他盯著臺上一身銀甲的男人，眸光冷銳，充斥著的全是暗沉沉地煩躁和戾氣。

那麼怕被人看見和自己在一起，卻和別的男人相處得很開心。

還有空曠的教室裡，小女孩接起電話來，脆生生的那一句「學長」。

還有不知道什麼原因，莫名其妙就生氣了也還沒解決。
不僅沒解決，感覺好像還越來越糟糕了。
陸嘉珩只覺得胸口堵著一口氣，煩到不行。
十幾分鐘後，話劇結束謝幕，他掏出手機，點開對話欄，垂眼飛快打字：『那麼喜歡騎士？』
他盯著那行字看了一陣子，刪掉了，又打：『就那麼討厭和我扯上關係？』
這句打完，也沒發。
沉默了一陣子，陸嘉珩仰起頭來，看著禮堂裡黑漆漆的天花板閉了閉眼，長長地，無奈地，認輸般地嘆出一口氣來。
胸口堵著的那一團就好像被紮破了的氣球，砰地一聲破掉了，七零八落碎成好多塊，洋洋灑灑飄下來。
他重新垂頭，一字一字刪掉了，再次輸入：
『對不起。』
『對不起，我錯了。』
綠色的訊息氣泡前瞬間彈出一個紅色的驚嘆號，伴隨著下面一行黑色的小字。
『訊息已發出，但被對方拒收了。』
陸嘉珩：「……」
陸嘉珩呆愣了三秒。
眼睛一點、一點瞪大了。

他難以置信地看著綠色氣泡前的鮮紅驚嘆號，人生在世二十餘載，第一次感受到被人拉黑的滋味。

他被拉黑了？竟然被拉黑了！

他絞盡腦汁費盡力氣地想了好半天的道歉，竟然連出生的機會都沒有，就這麼夭折了。

陸嘉珩二話不說，直接撥通了初梔的手機號碼。

沒有平日裡的那聲軟軟糯糯的喂，甚至沒有前幾天連續等待的嘟嘟嘟聲。

平板的女聲冷冰冰響起：『您好，您撥打的用戶忙線中，請稍後再撥。』

手機號碼也被拉黑了。

陸嘉珩爆炸了。

他唰地一下站起來，二話不說直接朝後臺方向走。

他剛剛在椅子裡癱了很久，此時最後一個大合唱已經開始了，不少也人在偷偷溜走，程軼在後面小聲叫他：「阿珩，你又去幹什麼！」

陸嘉珩理都沒理，繞進後臺，裡面全是人，他找了一圈才找到她。

初梔之前高高盤起的長髮此時已經拆掉了，軟軟地披散下來，厚厚的舞臺妝用卸妝濕巾擦掉，整個人看起來乾淨又清爽，鹿眼又大又圓，睫毛捲翹，垂眼的時候低低覆蓋下來，打下柔軟的陰影。

似乎有所感覺，初梔抬起頭看過來。

陸嘉珩站在原地看著她。

四目相對，他漆黑的眼看起來陰沉沉，唇瓣緊緊的抿著，眉心微鎖。

一瞬間，初梔輕飄飄地，不著痕跡移開視線。

原辭在旁邊叫她，她側過頭去，和那男生說話，眼神平靜而淡，無比自然的動作，就好像她剛剛視線掃過的地方根本沒站人一樣。

陸嘉珩愣在原地，有些沒反應過來。

其實就在剛剛看見她的一瞬間，他原本心裡所有的那些理所當然早就全部消失得一乾二淨，無影無蹤了。

此時，他才猛然反應過來。

他來是幹什麼的？他一直都在幹些什麼？

陸嘉珩薄唇僵硬的抿著，第一次生出了某種類似於慌亂的情緒。

前面那男生說了些什麼，女孩子安靜地聽著，彎起唇角笑，頰邊一個淺淺的梨窩，眼睛也跟著一彎，像輪下弦月。

初梔站起來，邊說話邊和她的騎士一起走過來。

一步一步，距離慢慢拉近。

他想叫她，手指微抬，喉結動了動，沒發出聲音來。

初梔和他擦著肩膀過去，從始至終都沒看他一眼。

她旁邊，原辭正在講八爪魚課堂上發生的趣事，從後門出去，初梔輕輕地出了口氣。

原辭側了側頭：「姐姐，妳很緊張？」

初梔呆愣愣地抬起頭來：「啊？」

「妳剛剛看起來好像有點緊張，」原辭咧嘴笑，「剛剛那個人是誰？妳認識的嗎？」是個王八蛋。

她重新垂下腦袋，將自己半張臉都藏進溫暖的圍巾裡，悶悶地說：「不認識。」

原辭「啊」了一聲，沒再說話。

冬天的白日很短，下午四點多，天色微暗。

兩個人一起出了禮堂，外面雪不知道什麼時候下起來的，潔白雪花綿綿地墜落，地面積了薄薄一層。

初梔站在禮堂後門門口停住了腳步，依然垂著頭：「今天辛苦了。」

原辭愣了一下，而後俯下身來，笑瞇瞇地看著她：「姐姐，如果有人欺負妳妳就跟我說。」

初梔點點頭，又搖搖頭，慢吞吞地說：「沒人欺負我。」

「好，那我走了。」

「嗯。」

少年靈巧地跳下臺階，站在三階臺階下朝她擺了擺手，走出去幾步，又回過頭來朝她擺了擺手才離開。

初梔鼻尖蹭著圍巾的邊緣，又抬起手來往上拽了拽。

嘴巴和鼻子都被圍巾捂著，哈出來的熱氣順著縫隙往上竄，在她眼睫上掛出一顆顆小水珠。

她在原地站了一陣子等著初父來接她，外面的天氣有點冷，初梔垂著眼想了想，還是決定進去等。

一回頭，就看見陸嘉珩站在她身後，靠在禮堂後門門口看著她。

這個人今天幾次三番地站在她身後，都不出聲音，也不知道站了多久，像個背後靈一樣。

初梔重新扭過頭轉回身去，打消了進去等的念頭。

算了，冷就冷吧。

我就喜歡冷！

她乾脆深深埋下頭，把眼睛也藏在圍巾裡眼不見為淨，竭盡所能的裝雕像不動，全當做後面的人不存在。

可是不知道是一回事，知道後面站了個人一直盯著自己看又是另外一回事。

初梔難受死了，渾身都不自在，煩躁的猛地抬起頭來，跳下臺階，沿著禮堂準備繞到前門去。

結果她動，他也動。

身後鞋子踩上去有輕輕地嘎吱嘎吱的聲音不斷傳來，不遠不近地跟著她。

初梔深吸了口氣，停下腳步來，身後的人也停住。

頓了頓，她接著走，結果還沒走兩步，就聽見身後傳來一聲低低的嘆息。

下一秒，身後的人加快了腳步，初梔的手腕被抓住。

陸嘉珩抓著她，長腿邁開，兩步就走到她面前，他太高了，抓她的手都需要低彎著身，所以視線此時跟她相差無幾的高度。

初梔垂著眼，睫毛上面掛著水汽，髮際處細碎的碎髮也沾了水汽，有點濕漉漉的。

眼睛以下全部藏在圍巾裡，只剩一雙眼睛露在外面。

長長的眼睫低低地覆蓋下去，一眨不眨盯著地面，就是不看他。

這是在生氣。

大概氣死了。

兩人僵持了一陣子，初梔最先忍不住，低低道：「鬆手……」

他沒反應。

她用力地往回抽手：「你鬆手……」

他還是緊緊抓著，不說話，也不放，反而人往前了半步，靠得更近了一點。

她一抽，他的手指就從她手腕處的衣料往下滑，觸碰到她的手背，有些冰，卻又好像熱得燙人。

她的手太冷了，綿軟冰涼，沒骨頭似的，陸嘉珩指尖無意識在她的手背上輕輕摩擦了一下。

初梔一顫，用力地往回抽手。

從小到大，她從來沒見過這麼無賴的人。

任性妄為，舉止輕浮，脾氣又爛，又自以為是，完全不會為別人考慮的混蛋。

初梔氣極了，原本已經被話劇表演的時間壓下去的東西又重新冒出來，腦海裡飛快地過了一遍臺詞，想像了一下這個場景應該如何痛罵他一頓。

正想著，陸嘉珩低低的嘆息了一聲。

他往前走了兩步，靠近她，眼珠漆黑，聲音低低的，氣息微沉：「對不起。」

他抿著唇，弓身垂頭，眼睛一眨不眨地看著她，表情沮喪，語氣有點小心翼翼：「初初，我錯了。」

初梔沒說話，一直拚命往回縮的手也不動了。

一時間沒人說話，她就那麼低低垂著眼看著地面，沒有反應。

突然，啪嗒一下，一顆水滴滴落下兩人之間的雪地上。

輕飄飄的一滴，無聲落下，緊接著又是一滴。

初梔眨了一下眼，濃密的睫毛下淚水珠串似的一串串往下掉。

陸嘉珩整個人僵在原地。

她哭得無聲無息，安安靜靜地掉眼淚，聲音細細的，輕不可聞，帶著一點點模糊的黏性：「你鬆手……」

初梔腦袋低低垂著，淚水越來越凶，小小的身子輕輕顫著往回縮，委屈的，細細弱弱的，帶著嗚咽：「你別碰我……」

陸嘉珩鬆開手。

初梔連忙縮回來，整個人快速地，小小往後退了一點點，從剛開始的無聲到抽抽噎噎。

她哭得越來越凶，淚水根本止不住，連肩膀都在顫抖。

陸嘉珩緊抿著唇，薄薄的唇片顏色蒼白：「我不碰妳。」

他手懸在她面前，低啞著嗓子，聲音放的極輕，極柔開口，「我不碰妳了，對不起、對不起，妳別哭。」

他慌了神，也心疼極了，有點不知所措，什麼話也說不出來了，只會說對不起。

初梔也不想哭的。

她原本想要很帥氣的罵他一頓，最好還能再踢他一腳，然後揚長而去，從此再也不理他。

可是就是很委屈，就是好難過。

原本憋得好好的情緒，一看見這個人，就像是洪水決了堤。

哭的樣子，肯定一點也不帥氣，一點也不瀟灑，跟她剛剛想像過的場景完全不一樣了。

可是她控制不了。

一看見他，一想到今天下午發生的事情，她就委屈得控制不了。

他今天怎麼能那樣。

他怎麼能在做出了那些事情以後，又擅自把她帶進更衣間裡去，然後又在明知道外面有人的情況下把她一個人丟在裡面，自己就這麼走了。

真的好過分。

她當時有多無措，有多狼狽，有多羞恥，有多難堪。

他怎麼能這麼做。

初梔終於抬起頭來，哭得眼睛全都紅了，像隻倔強的小兔子。

她抬起手來，手背用力地蹭了一下眼睛，委屈卻抑制不住的宣洩而出，眼淚擦掉了又有新的湧出來，源源不斷，啪嗒啪嗒砸下去，掉在積雪的地面上。

「陸嘉珩，你真討厭……」初梔抽了抽鼻子，聲音啞啞的，帶著濃濃的哭腔，「我不要原諒你，我最討厭你。」

週六初梔起了個大早。

她從昨天晚上一回來就開始睡，一直睡到今天清晨六點多，初梔睜開眼，盯著天花板發了十分鐘的呆。

初梔不知道自己是什麼時候離開的。

她接了個電話，初父打來的，告訴她到學校門口了，她一句話都沒說，轉身就走了。

這次陸嘉珩沒有拉住她。

也可能是因為他不想再理她了。

他終於覺得膩了，他覺得她太麻煩了，又事多，好像沒有想像中的有趣。

初梔乾巴巴地想。

她昨天下午哭得太凶了，此時只覺得眼睛酸酸澀澀的，還有點漲。

肚子也餓，咕嚕咕嚕叫著狂刷存在感。

樓上悄無聲息，裝潢的聲音全都沒有了，安靜到讓人不確定上面有沒有人在住。

不過已經過了很久了，他的房子應該也早就裝潢好了。

畢竟還是上下樓的鄰居，不知道以後碰見了會不會有點尷尬。

初梔雙手撐著床面坐起身來，她睡了快一個對時，突然一坐起來還有點暈乎乎的，她甩了甩腦袋，緩了一下，慢吞吞地爬下床洗漱，出了房間。

客廳裡也靜悄悄的，初梔踩著拖鞋走進廚房，拿了盒餅乾，又倒了一杯牛奶出來，端著回房間。

有些昏暗的房間裡，你猜像隻小精靈一樣，輕巧地跳到床上來。

似乎是察覺到了初梔的情緒有些低落，你猜輕輕地叫了一聲，毛絨絨的小腦袋貼著她蹭了蹭。

初梔把牠抱過來，腦袋埋進牠柔軟厚實的絨毛裡。

「陸嘉珩是個混蛋。」初梔整張臉都埋在裡面，聲音聽起來低低的。

「喵。」你猜贊同道。

初梔抬起頭來，捏著他糊了一坨黑毛的腦袋揉了揉：「你知道他是哪一個嗎？」

「喵。」

「就是上次來家裡一起吃麻辣香鍋的那個。」

「喵。」

「他可討厭了，下次再見到他，你就咬他。」

你猜積極道：「喵喵！」

初梔填飽了肚子，又睡了幾個小時才迷迷糊糊地爬起來。

她整個人橫著躺在床上睡對角，懷裡的你猜也四腳朝天的，一人一貓睡得天昏地暗，斷斷續續差不多十四個小時都沉浸在夢鄉裡，她的意識已經有點模糊了。

初父飯已經弄好了，熬得細細糯糯的皮蛋瘦肉粥，因為不知道她什麼時候起，所以在鍋裡沒有盛出來。

初梔洗漱好，蹭進廚房，幫自己盛了一碗粥端到餐桌前。

初父在落地窗前小搖椅上看報紙，一看見她這麼早起，驚訝地挑了挑眉：「今天醒這麼早啊？」

初梔看了手錶一眼，已經十點了。

「唔。」初梔無精打采地垂著眼坐下。

她昨天眼睛紅通通的回來，一聲不吭就回房間了，今天看起來情緒好像也有點低落。

初父和坐在沙發上的鄧女士對視了一眼，鄧女士用口型道：「怎麼回事啊？」

「我哪知道啊。」

你猜蹲在她腳邊懶洋洋地舔著爪子，初梔慢吞吞地喝著粥，想起昨天初父說要去海南避寒這件事，抬起眼來：「你們什麼時候走呀？」

其實這個問題問得有點多餘，鄧女士連裙子和草帽都穿戴好了。

果然，鄧女士沒說話，觀察著她的樣子微微皺了皺眉：「寶貝，妳也跟爸爸、媽媽一起吧？」

初梔搖搖頭：「我要上課呢。」

「媽媽幫妳請假。」

初梔還是拒絕：「過段時間馬上要期末考試了，現在的課不能缺的。」

鄧女士和初父對視了一眼，還想說些什麼，門鈴突然響了。

初父俐落地放下手裡的報紙起身去開門。

門打開，初父定睛一瞧，特別帥氣的小夥子。

小夥子沒穿外套，一件乾淨簡單的白襯衫，身形高大挺拔，一張漂亮不女氣的臉。

見到陸嘉珩，他也笑瞇瞇的，和善道：「小夥子，今天下雪，我們家沒曬被子啊。」

陸嘉珩：「……」

陸嘉珩停了兩秒，視線落在放在門口的行李上，很快反應過來

「不是，我是想問一下，您知道物業的電話嗎？我剛搬過來沒多久，樓上好像有點漏水。」

他一開口，背對著門坐的初梔肩膀僵了僵。

她沒回頭，把面前的粥一推，垂著腦袋站起來往房間走，小聲道：「我吃飽了。」

鄧女士還在跟她商量：「現在也不是旺季，下午直接去機場買票也來得及，妳就跟爸爸、媽媽一起去？」

初梔抱起貓，悶悶道：「不要，我要上課。」

初父是那種脾氣特別好的傻白甜性格，見了誰都笑呵呵的，說話不緊不慢，做什麼事情也都十分有耐心。

初父很熱情的幫助這個剛搬來不久家裡樓上漏水不知道該怎麼辦的，頗有他年輕時候的風采的英俊小夥子找到了物業的電話，陸嘉珩道謝，轉身上樓。

一邊上樓，一邊想笑。

他終於知道了初梔這個性子到底像誰了。

他無意識地彎起唇角，開門進屋，坐回沙發裡。

房子已經裝潢好了一段時間，靠墊是她挑的，窗簾是她挑的，家具多數也是她挑的。

結果把人惹哭了，陸嘉珩笑不出來了。

他癱在沙發裡，一閉上眼，腦海裡全是那張白皙的臉。

明亮清澈的黑眼睛又圓又大，唇瓣紅潤，長長的睫毛又卷又翹。

一笑起來兩頰掛出梨窩和酒窩，眼睛彎彎的像月亮一樣，說話永遠都是輕聲細語，慢吞吞地，軟軟糯糯，像豆沙包裡甜甜的紅豆沙餡。

被他弄哭了。

有那麼一瞬間，陸嘉珩覺得自己就像是失去了什麼資格似的。

最糟糕的是，他還是覺得可愛，哭起來的樣子怎麼也那麼可愛，簡直好看死了，心都化了。

陸嘉珩單手撐住眉骨，長長地嘆了口氣。

他自顧自地窩在沙發裡沮喪，沮喪了一陣子，程軼打電話過來。

電話那頭有人在狼哭鬼嚎，聽得出戰得正酣，程軼的大嗓門震天動地，悲切哀泣，聽起來像是遭受到了什麼慘絕人寰的對待：『陸少！』

「嗯。」陸嘉珩捏著手機湊到耳邊，繼續癱成一灘喪。

程軼：『殿下！粗！來！玩！啊！有妹子啊！』

陸嘉珩面無表情地把電話掛了，站起身來走進臥室浴室，打開浴缸水龍頭，放了滿滿的冷水，脫掉衣服。

泡了十分鐘，他抬了抬手指，又打開蓮蓬頭淋了一陣子，才邁出浴缸，坐在床角安靜的等。

赤身裸體等了半個小時，好像沒什麼感覺。

體質這麼好的嗎？

陸嘉珩好氣啊。

他挫敗地套上衣服，走進浴室，單手抓了條毛巾扣在還沒乾的腦袋上，胡亂揉了揉濕漉漉半乾不乾的頭髮。

想了想，又重新回到洗手間，走到洗臉檯旁，堵上水池的塞子，水龍頭扭到熱水的那邊。

陸嘉珩放了滿滿一池的熱水，轉身出了洗手間，翻箱倒櫃翻出了醫藥箱，最後在最邊緣抽出了一根細細長長的東西。

他捏著重新走回到客廳，抓起手機，打電話給程軼。

程軼那邊很快接起來了：『殿下！我就知道你會來的！我們在——』

陸嘉珩打斷他：「你現在幫我買個東西過來。」

程軼咦了一聲，似乎是換了個地方，噪音稍微少了一點：『什麼東西？』

「粉底液。」

程軼：『……』

程軼傻了：『什麼東西？』

「粉底液，要最白的色號，越白越好。」

程軼目瞪口呆了一下，然後像是明白了什麼似的，問他：『你要送給小學妹的？』

程軼心想這個人還挺上道啊。

「不是，」陸嘉珩淡淡道，「我自己用。」

程軼：『……』

初父和鄧女士把晚上的飯菜都弄好了才走。

她的肚子不餓，陪著你猜玩了一陣子，做了作業，從櫃子裡翻出了一盤張多啦A夢的光碟，趴在沙發上看。

晚上六點多，初梔看完了兩集，一直乖乖趴在她旁邊的你猜耳朵突然動了動，前腿支起來。

初梔沒當回事，抬手摸了摸他的小腦袋。

下一秒，敲門聲響起，聲音太輕了，幾不可聞，剛開始初梔根本沒聽到。

她把動畫片按了暫停，又等了一下子，細細地聽。

等了十幾秒，聲音又響起，連續不斷的，很輕的敲門聲。

冬天的晚上六點，外面天已經完全暗下來了，初梔頭皮發麻，雞皮疙瘩都泛了起來。

她咬著嘴唇，靜悄悄踩上拖鞋，走到門口。

沒說話沒應聲，只偷偷地打開貓眼的搭扣往外看了看。

陸嘉珩垂著眼站在門口，穿著薄薄的襯衫，沒穿外套。

初梔肩膀一塌，長長地鬆了口氣。有點奇怪他為什麼沒按門鈴，還用這麼小的力氣敲門。

她站在門口沒動，停了一下，轉身重新回到客廳，一屁股坐進沙發裡。

門口安靜了。

幾分鐘後，初栀重新站起身來，又走到門口，往貓眼外面瞧，看見他還站在門口。

她的眼睛剛湊上去，他又敲了兩下。

極輕極弱的敲門聲，聲音小小的，聽起來有氣無力。

初栀咬了咬嘴唇，猶豫了一下。

又過了幾分鐘，敲門聲第四次響起。

每次都是輕輕細細的兩聲，也不多敲，有點小心翼翼，好像怕吵到誰似的。

初栀深吸了口氣，調整了一下面部表情，轉開了裡面的反鎖，打開了門。

她板著臉，用自以為兇神惡煞的眼神瞪著他，凶巴巴地開口：「幹什麼？」

小女孩穿著睡衣，粉白色的棉質裙子，裙擺裏著荷葉花邊，露出一截纖細白皙的小腿。

聲線還是綿綿的，像隻小奶貓。

好像沒什麼氣勢。

初栀覺得是不是因為自己的聲音太小的原因，想著等一下說話是不是還是要大聲點。

嗓音高還是低顯得比較凶？好像要稍微尖一點吧。

她正想著，腳邊的你猜嗖的一下就竄出去了，一口咬住陸嘉珩的褲管，喉嚨裡發出呼嚕呼嚕的聲音，尖尖的爪子也露了出來，拚命的往上抓，湛藍的眼睛彷彿具象化出了仇恨的光。

初栀：「……」

初栀沒想到你猜凶得這麼積極，好像還一副終於能動手了的樣子，怪高興的。

腳邊一隻貓發瘋了似的拚命刨他，陸嘉珩不為所動，低低垂下眼簾，有點乖的樣子。

他安靜了一下，低低的開口，聲音啞得嚇人，氣息很弱，遊絲一般，軟綿綿地：「我生病了。」

初梔狐疑地看著他。

剛剛沒注意到，此時仔細地打量了一下，才發現他看起來確實有些不對勁。

漆黑的髮有點亂，額發隨意抓了抓，濕了幾縷，而且臉色差極了。

雖然他的唇色本就很淡，但是此時已經完全不是淡，白到嚇人，像是塗了層顏料在上面似的，毫無血色，連帶著顯得整個人有些憔悴。

初梔抿了抿唇，語氣不自覺地放緩了一點：「你怎麼了？」

陸嘉珩眼睫一顫，抿著蒼白的唇，手指捏著一根體溫計遞過去，漆黑的桃花眼濕漉漉地看著她：「我發了很厲害的燒，我現在好虛弱，連抬手按門鈴的力氣都沒有。」

初梔低頭一看，體溫計上面的水銀柱已經飆到頂了。

初梔：「……」

這可真是燒得太厲害了。

水銀體溫計最高刻度是四十二度。

水銀到頭，應該有個四十三度了。

初梔垂眼看著手裡的體溫計，水銀柱端端正正地停在四十二上面一點點的位置，再往上走點，可能體溫計就要炸掉了。

初梔呆了一下，沒說話，微微皺了皺眉，抬起頭來，又看了他一眼。

此時面前的男人看起來是不太一樣，平日裡那種散漫慵懶的感覺全都不見了，確實是一副虛弱極了的樣子，濕漉漉的眼，微微垂著的唇角，低著腦袋看著她，整個人顯得安靜又無害。

初梔抿了抿唇，把手裡的體溫計遞給他，微微撇過眼去。

陸嘉珩慢吞吞地抬手，接過來。

初梔後退了一步。

「砰」的一聲，房門在他面前被砸上了。

陸嘉珩還沒反應過來，整個人沉浸在疾病的折磨裡，甚至已經開始覺得自己真的渾身發燙，意識模糊了。

下一秒，初梔的聲音悶悶地從門後傳出來：「你發燒了找我幹什麼，你找消防員吧。」

陸嘉珩：「……」

陸嘉珩錯愕了，一時間沒說出話來。

初梔背靠著防盜門等了一陣子，外面靜悄悄的，完全沒聲音，她想了想又轉過身來，從貓眼往外看。

他還站在那裡，垂著頭，有點模模糊糊的一個輪廓，和剛剛的姿勢一樣，一動也不動。

像隻被人遺棄了的小貓、小狗什麼的，也不太像是裝的。

而且裝病這種事情，有什麼必要？

但是什麼人能燒到四十二度啊！

體溫計壞掉了吧。

不知道為什麼，初栀陡然生出了一種罪惡感，她咬著嘴唇，猶豫了一下，還是打開了門。

陸嘉珩聽見她開門的聲音，抬起頭來，黑漆漆的眼一下子就亮了。

初栀看他一眼：「你真的生病了嗎？」

陸嘉珩眼底閃過一絲掙扎。

他沉默了一下，「嗯」了一聲。

初栀別開視線：「那你快點回家去吧，或者去醫院，別穿那麼少站在這裡了，外面又沒有暖氣。」

「我家也沒有暖氣，」陸嘉珩低聲道，「我剛搬過來，還沒來得及去交費用。」

初栀愣了幾秒，才想起來這回事。

已經是十二月中旬了，現在這個天氣家裡沒有暖氣，那真的要出事情的，不感冒才怪。

初栀在門口站了幾秒。

陸嘉珩也不急，就安安靜靜的等著她。

半晌，她低低的嘆了口氣，有點無奈的樣子，身子微微往後撤了撤，讓出位置給他：「你先進來吧。」

幾乎是初栀話音落下的同時，他就進來了，順便還隨手帶上了房門。

初栀此時已經轉身進屋了，微微提高了一點的聲音從客廳傳來：「你吃退燒藥了嗎？」

你猜鋒利的爪子掛在他的褲子上，兇神惡煞地：「喵喵喵喵！」

陸嘉珩一把把牠提起來，舉到自己面前。

一人一貓對視，你猜湛藍的眼睛盯著他，前腿拚命地往他臉上撲騰著。

陸嘉珩唇角微揚，對著那張臉上一坨黑的貓臉露出了一個平靜的笑容。

「沒有。」陸嘉珩虛弱地說。

你猜氣到吐血：「喵喵喵！」

初梔在客廳裡繼續翻翻找找，一邊說話：「你那個體溫計是不是壞了，我家有電子的，你進來再測一下體溫，如果高的話就去醫院吧。」

陸嘉珩：「⋯⋯」

陸嘉珩臉上的笑容消失了。

他放下貓，站在門口，輕輕咳了一聲：「不用了，這種東西混著用是不是不太好。」

初梔：「沒事呀，都消毒過的。」

她側過身子來，從裡面探頭看他：「你先進來吧。」

陸嘉珩雖然想進門，但是他非常非常不想量體溫。

而剛被他放下的你猜則是死死地抓著他的一條腿，鹹魚一樣賴在原地，妄圖不讓他動，想把他阻止在門口。

陸嘉珩艱難地向前拖行著，左腿拖著一隻貓。

一隻癱成一條，像抹布布條一樣的貓。

初梔蹲在電視櫃前，從藥箱裡抽出電子體溫計，抬手遞給他。

等了半天，沒人接。

初梔疑惑抬眼：「給你啊。」

她還板著張小臉，看起來並沒有消氣的樣子，並且表情已經極盡可能的凶巴巴了，語氣也實在不怎麼好。

可是即使是這樣，陸嘉珩看著她也還是覺得可愛。

他深吸了口氣，緩慢地抬手接過來，捏著那枝體溫計看了看，垂死掙扎道：「其實我剛剛在家裡吃了一顆退燒藥，不知道現在有沒有退燒。」

初梔蹲在地上，仰著小腦袋看著他，表情有點狐疑，就像是在說：「那你還來我家幹什麼？」

陸嘉珩頓了頓，認命地把體溫計塞好，又補充道：「不過那藥過期了，可能不管用。」

初梔：「……」

冬天沒暖氣，退燒藥過期，你這麼多年自己一個人過得到底都是什麼日子。

初梔跪坐在地上，看著他塞好體溫計，垂下頭去，從藥箱裡慢吞吞地拿出幾盒藥。

一時間整個客廳裡一片寂靜，氣氛有點尷尬，唯有你猜憤怒的呼嚕聲斷斷續續響起。

牠還死死地扒著陸嘉珩的褲管，初梔見狀，朝牠招了招手。

你猜不情不願地鬆開了爪子，傲慢地踩著貓步走到初梔面前，大尾巴在地板上一掃，窩進她的懷裡，小爪子往初梔身上一搭，瞅著陸嘉珩「喵」了一聲。

陸嘉珩夾著個體溫計站在電視櫃前，垂著眼看著直接坐在地上的人，啞聲開口：「地上涼。」

初梔懷裡抱著貓，不太想看他的樣子：「有暖氣。」

又是一陣沉默。

初梔別著腦袋，正糾結著想要抬起頭來，就聽見沙沙的一陣輕微聲響。

初梔回過頭來，看見陸嘉珩也乾脆地席地而坐，直接坐在她面前。

初梔皺了皺眉，雙手撐著地面，人微微往後蹭了蹭，和他拉開一點距離。

陸嘉珩也不動，安安靜靜坐在原地，微微垂著眼看著她。

他今天格外的乖，也不隨隨便便地就靠過來，說些奇奇怪怪的話了。

初梔抿了抿唇，朝他伸出手來，語氣稍微好了一點點：「體溫計。」

陸嘉珩順從地從襯衫領口抽出體溫計來，遞給她。

他穿著白襯衫，領口釦子開了幾顆，因為剛剛的動作有些亂，領子不乖地翻著，露出胸口一小片白皙的皮膚和線條好看的鎖骨。

初梔的耳朵有點紅，連忙垂下眼去，看著手裡的體溫計。

「三十八度，」她悄悄地瞥了他一眼，打消了心裡最後的一點懷疑，「你們家的體溫計確實壞了。」

陸嘉珩有一瞬間的詫異。

看來這個冷水澡反應的有點慢。

他很快回過神來，完全不心虛，調整了一下面部表情，一臉無辜又脆弱的樣子：「也可能過期的退燒藥還是有一點用處的。」

「那也不能吃過期的藥，你想中毒嗎？」初梔將手裡的藥推到他面前，「退燒藥和感冒藥，按照說明書吃，多喝水。」

陸嘉珩沒接。

他側身靠在電視櫃前，微微側著腦袋，漆黑的桃花眼看著她，聲音啞啞的：「對不起。」

初梔動作一頓，垂著頭，沒說話。

「對不起，我昨天不該對妳發脾氣。」

初梔肩膀縮了縮，腦袋越來越低。

陸嘉珩抿了抿唇，聲線低軟：「我知道錯了，妳別生氣。」

人有些時候就是很奇怪，比如說初梔本來之前都覺得沒那麼難過了，但是只要他一出現，他誘哄似的語氣妥協認錯，他軟綿綿的嗓子壓低了叫她名字，當時的委屈瞬間翻了千倍萬倍，一股腦地全都溜出來了，也不知道之前是藏到哪裡去了藏得那麼好。

有點矯情，又有點奇怪。

初梔抬起頭來。

他靠坐在那裡，略有些濡濕的黑髮垂下來，他皮膚很白，此時臉頰有一點點緋紅，唇色蒼白，看起來有點可憐。

沉默了一下子，初梔輕輕開口：「你這個人真的好過分。」

陸嘉珩低聲認錯：「我錯了，我好過分。」

初梔眼眶又有點紅了：「你怎麼能真的走了，你好過分，你把我一個人丟在那裡。」

「是我不好。」

「陸嘉珩王八蛋。」

他低低笑了一聲：「嗯，陸嘉珩是王八蛋。」

初梔吸了吸鼻子，瞪著他：「以後要是再這樣——」

她沒想到後面威脅的話要怎麼說才能更有力度一點，聽起來更兇狠一點。

他已經收了笑，跟她商量似的柔聲道：「以後我要是再這樣，妳就罵我，怎麼罵都行，打我也行，但是妳別不理我了，行嗎？也別哭，」他抿了抿唇，聲音很輕，嘆息似的，「妳一哭我都不知道怎麼辦。」

初梔瞪了瞪眼睛，臉慢慢變紅了，她猛地站起來，低頭看著他結結巴巴道：「你你好好說話！我還沒原諒你呢！」

這下他坐著，她站在他面前，變成了她低垂著頭看著他。

這感覺新奇且前所未有，從上面看，陸嘉珩仰著頭看著她，有一點委屈的樣子。

初梔頓時有一種掌握了主導權的感覺。

她居高臨下地看著他，頗有氣勢的鼓了鼓臉頰：「你先起來把藥吃了，然後回家去睡覺，睡醒就退燒了。」

陸嘉珩坐在原地，一動也不動。

他眨眨眼，乖乖地看著她，半晌，慢吞吞地開口：「我站不起來，我好虛弱，沒力氣。」

初梔：「……」

初梔抿了抿唇，掙扎了一下，把手伸過去一點。

陸嘉珩揚著眼睫，盯著她白白嫩嫩的手心看了看，抬手握住。

他的手修長，溫度滾燙，抓上去將初梔的手整個包住了，就這麼一動也不動地握了幾秒，才假模假樣地借力站了起來。

他站在她面前，手沒馬上放開。

初梔輕輕地往外抽了抽。

陸嘉珩鬆開手，撿起她遞給他的藥，突然道：「我家裡沒有暖氣。」

初梔反應了一下，反應過來了他的意思，眼睛瞪大了一點：「可是……」。

她說不下去了。

陸嘉珩低垂著眼看著她，臉頰大概是因為有點發燒緋紅，薄唇輕啟，低低地喘了口氣，強調似的重複道：「初初，我家裡好冷。」

晚上八點半，陸嘉珩手裡抱著一張電熱毯站在初梔家防盜門門口，黑髮濡濕，微微抿著唇，像是一隻被主人拋棄了的小狗。

初梔也站在門口，猶猶豫豫地看著他。

她一邊觀察著他的臉色，一邊小心翼翼道：「電熱毯也挺管用的哦？」

「……」

陸嘉珩「嗯」了一聲。

初梔有點手足無措，想了想，又蹬蹬蹬跑回屋子裡去，乒乒乓乓一陣，拖出一個電暖氣，推到他面前：「我爺爺、奶奶有的時候來會用這個，也借給你好了，你把它放在床邊，就像有暖氣一樣了。」

陸嘉珩無話可說。

就在剛剛，初梔甚至還翻出了一疊十多個暖暖包給他，還有一個暖手寶，一個熱水袋。這實在是很貼心。

初梔抬眼看看他，又看看他，內心不安極了。

現在十二月中旬，昨天還下了雪，可以說是目前為止最冷的時候，這個天氣沒有暖氣，房間裡實在是很可怕的。

而且這個人也確實發燒了。

初梔有點於心不忍。

陸嘉珩倒是沒說什麼，很安靜地接過她遞過來的電熱毯和電暖氣，拖到門口。

樓梯間裡沒有暖氣，防盜門一開，冷風灌進來，初梔只穿了件棉質睡裙，被吹得忍不住縮了縮肩膀，直打哆嗦。

陸嘉珩面帶潮紅，微微頷首：「那妳也早點睡，晚上被子蓋好，別也感冒了。」

初梔：「……」

初梔的良心好痛啊。

她皺著眉，十分猶豫糾結的站在門口，覺得自己內心飽受煎熬。

男人微微垂著頭，拖著電暖氣拖出門口，樓梯間裡安靜無聲，冰冷的大理石地面光可鑑人。

陸嘉珩往前走了兩步，沒回頭，聽見身後有防盜門輕微的響聲，緊接著是微微的阻力。

他回過頭來。

初梔一條腿邁出門，一手握著門把，一手拉住了電暖器的電線，微微偏著頭不看他，露出一側通紅的耳朵，「你還是進來吧。」

陸嘉珩沒說話，側頭看著她，很慢地眨了一下眼睛。

安靜片刻，初梔轉過頭來，黑眸在走廊略有些昏暗的燈光下顯得亮晶晶的，有些羞惱的樣子：「你進不進呀。」

陸嘉珩明知故問：「叔叔和阿姨——」

他不提還好，一提起來，初梔耳朵更紅了，就好像自己真的做了什麼壞事似的：「不在家……」

陸嘉珩抿了抿唇，拖著電熱毯又拖回到了房間裡。

他自己弄了一下午，現在貨真價實地發了燒，雖然不算很高，但是確實覺得頭腦有點發脹。

他回手關上門，站在玄關門口，垂著眼看著她。

房間裡安靜極了，只有你猜毛絨絨的大尾巴掃在地毯上的輕微沙沙聲響。

初梔垂著眼，聲音輕輕的：「只有今天。」

陸嘉珩看著她柔軟的髮頂，在燈光下泛著一點柔軟的絨毛感。

「嗯。」他輕聲應聲。

「你明天去交暖氣費。」

陸嘉珩笑了：「我明天就和妳一起回學校了。」

明明是很正常的一句話，不知道為什麼，初梔卻覺得有說不出的怪異感，臉燙得像是也被傳染了在發燒一樣。

初梔覺得自己越來越奇怪了。

她清了清嗓子，拖著電暖氣重新拖回房間裡。

初梔家裡三房一廳，一個房間平時空著，偶爾爺爺、奶奶過來，房間裡久無人住，雖然平時也有打掃，但是還是有一點舊舊的，灰塵的味道。

陸嘉珩坐在沙發裡，微微仰著頭，看著初梔懷裡抱著被子枕頭什麼的，一趟一趟進進出出的忙碌。

他的手肘支在沙發扶手上，單手撐住眉骨：「妳在幹什麼？」

「幫你換被套，」初梔一邊從這個房間忙到那個房間，看都沒看他，「還有床單，」

她手裡抱著粉白的一床被子，從一個房間搬到另一個房間，一邊嚴肅地皺著眉訓他，一本正經地：「發了燒還穿那麼少站在門口，這麼冷的天氣不交暖氣費，退燒藥都是過期的，你這個人怎麼回事呀？」

陸嘉珩撐著下頜看著她忙來忙去的小身影，懶洋洋地笑了笑：「嗯，就是不小心。」

初梔瞪了他一眼，抱著枕頭走了。

她剛走，陸嘉珩手機的震動響起，程軼的大嗓門依然有極強的殺傷力，雷霆萬鈞，彷彿能夠穿透耳膜：『陸嘉珩！你他媽到底回不回來了？』

陸嘉珩喉間帶著一點不適的灼燒感，聲線也不太對，語氣聽起來卻帶著種悠閒的愉悅：「不，你自便。」

程軼還沒來得及反應，他已經掛了電話了。

程軼看著被掛斷的電話目瞪口呆：「這個傢伙外套也不穿，到底跑哪去了？」

程軼之前送初梔回來過一次，知道她家也在這個社區，雖然不知道是哪裡，但是也想得到陸嘉珩是去找她了。

他縮著肩膀冷得嘶嘶哈哈的，一邊出門摔上他家房門，一邊下樓一邊大罵著陸嘉珩這個重色輕友的人渣。

隔著一層天花板和一層地板的陸嘉珩打了兩個噴嚏。

還沒打完，初梔從房間裡出來，走回燈光下。

陸嘉珩微張著嘴，看著她繞過沙發，走到他面前來，單手撐著沙發扶手，傾身靠近，柔軟微涼的小手輕輕覆蓋住他發燙的額頭上。

她在他上方一點的位置，遮住了客廳的燈光，陰影覆蓋下來，看上去像是把他整個人圈在沙發上。

陸嘉珩仰坐在沙發上，肌肉微繃，一動也不敢不動。

初梔摸摸他的額頭，細細地試了一下，又摸摸自己的，似乎覺得沒有辦法分辨，微微皺了皺眉，頭抬起一點來：「好像還是有點熱。」

陸嘉珩喉結滾了滾，眼睫微揚，從下至上看著她：「嗯。」

他的聲音低啞，聽起來和平時很不一樣，摻雜著一點點別的東西。

初梔垂下眼來，剛好撞進他黑漆漆的桃花眼裡。

眼角帶著一點薄紅，漆黑深邃，眼底幽暗暗的，視線像是帶著具象化的溫度，把他此時因為發燒偏高的溫度通過眼神全都釋放出來了。

初梔才意識到自己靠得有點近了，看上去就好像是把他壓在了沙發上一樣。

她連忙飛快地收回了手，直起身來，匆匆後退了一步。

後面就是茶几，她一退，膝蓋腿彎撞上茶几，悶悶地一聲響，硬質的原木茶几被撞的微微往後蹭了一點，撞得這麼一下不算輕，初梔吃痛叫出聲來，疼得淚花都快出來了。

好像是剛好撞到了腿窩哪根筋上了，她左腿膝蓋一彎，鑽心的疼伴著一陣麻。

陸嘉珩反應極快，一下子直起身來了，虛虛張開手臂，鎖眉看著她：「疼不疼？」

初梔沒說話，垂著頭屈腿，站在原地等著那股疼勁緩慢減輕。

其實也就剛撞的那一下格外的疼，忍過剛開始就好了很多，初梔搖了搖頭，膝蓋慢慢彎了彎：「還行，不是很疼。」她說著直起身來，「我去倒杯水給你，你把藥吃了然後睡覺。」

陸嘉珩嘆了口氣，沒等她走兩步，抬手抓住她的手臂把人拉回來：「我自己去，妳坐一下，」他站起身來，一手抓著他手腕，一手扣住肩膀把她按進沙發裡，低垂著眼，有點無奈的樣子，「怎麼冒冒失失的？」

初梔揉著腿窩，仰著腦袋不服氣的瞪著他：「還不是因為你靠那麼近！」

她說完的一瞬間，就反應過來了，這次和他實在是沒什麼關係，是她自己靠過去的。

陸嘉珩挑眉，對這從天而降的一口鍋毫無疑義的就揹起來了，他輕輕笑了一聲，乖乖地認錯道歉：「嗯，對不起。」

初梔臉漲得通紅，不知道要說什麼好，抬手抓了抓耳垂，別開視線：「你快點去睡覺吧……」

陸嘉珩沒動。

靜了一下子，她忍不住重新抬起頭來，輕聲催他：「你快去啊。」

他站在她面前，低低垂著眼，眸色沉沉，卻依然不動。

初梔還要開口，只來得及吐出一個你字，陸嘉珩突然俯下身來。

他長臂伸出，抵住沙發靠墊，長腿屈起，膝蓋跪上她身側沙發上，整個人低低躬下身來，將她圈在自己和沙發之間。

初梔嚇了一跳，腿也不疼了，下意識抬手抵住他的胸膛。

他的體溫很高，胸膛處的皮膚溫度隔著薄薄的白襯衫布料熨燙著她的手心，初梔一個激靈，又急匆匆地把手伸回來。

你猜早已經氣鼓鼓地溜回房間耍小脾氣去了，安靜的客廳裡一片寂靜，兩人距離靠得極近，只能聽見彼此的呼吸聲。

初梔呼吸都滯住了，心跳彷彿跟著停了一拍。

她的小手懸在他胸口，推也不是，放也不是，顫著眼睫急急道：「你幹什麼呀！」

陸嘉珩微微垂著頭：「落實罪名。」

初梔一愣：「什麼？」

他上身又往下壓了壓，整個人靠得更近了，身上帶著灼熱滾燙的氣息鋪天蓋地壓下來：「落實靠近這個罪名。」

他斂下眼睫看著她，胸腔微震，低低地笑，「我道了歉，不能不做事。」

她全都紅了，從臉頰到耳廓，到修長纖細的脖頸，甚至裸露在睡衣領口外的纖細鎖骨。

也許是因為此時過於曖昧和敏感的地點，也許是近在咫尺的距離。

她的黑眼瞪得大大的，軟綿綿的小手抓著他胸口的襯衫布料，推他的力道小得可以忽略不計。

陸嘉珩眸光愈深。

他從記事起就好像沒生過病了，對於發燒感冒的感覺十分陌生，此時覺得思緒有點糊，又彷彿無比的清晰，衝動感比起平時更加強烈。

他微微閉了閉眼，頭壓得更低，唇瓣又燙又乾，也顧不上之前往嘴巴上塗了什麼，他舔了舔唇，隱忍而克制的低低呼出一口氣，像是在做什麼準備似的。

灼熱的氣捲著他的氣息，燙得身下的人輕輕顫了顫，縮著身子往後躲。

陸嘉珩另一隻手也穿過她的耳畔抵在沙發上，膝蓋往前蹭了一點，緩慢道：「之前有個問題沒來得及問完，」

他聲音微繃，低垂著眼看著她，眸底藏著一點不易察覺的小心和緊張：「小梔子，妳想不想做我女朋友試試看？」

初梔出生至今，第三次被表白了。

她從小就長得水靈漂亮，成績又好，乖巧可愛討人喜歡，但是不知道為什麼，從小到大覺得自己並沒有被人追過。

除了很小還不太懂事的時候那次烏龍、升學考完以後的班草，陸嘉珩是第三個。

客廳裡大燈沒開，落地燈光線昏黃，陸嘉珩傾身懸在她上方，又遮住了大半的亮。

他緊抿著唇，一動也不動，垂首等著她的回答，腦海裡有什麼東西緊緊地繃著，某種前所未有的陌生情緒將他包圍起來。

初梔整個人被隱在他的身影之下，有片刻的呆滯。

她抓著他襯衫領子的手鬆了鬆，眼睛瞪大了，反應了好久。

她有點懷疑自己剛剛是不是聽錯了，或者理解錯了他的意思，不自覺的仰起頭來，視線落在他染著薄紅的眼角和幽深的眸。

他的狀態看起來不太好，唇微啟，還在輕輕喘著氣。

每一次的喘息都帶著灼人的溫度，在兩人之間掀起熱浪。

初梔心跳如雷，甚至感覺心臟下一秒就要從嗓子裡蹦出來了，渾身上下彷彿都有火在燒，她甚至覺得自己也發燒了。

這種感覺，至少尹明碩和她告白的時候她是絕對沒有的。

像是一隻燒開了的小茶壺，初梔感覺有蒸汽從自己的耳朵裡噴出來了，發出嗶嗶的響聲。

她微微張著嘴，顫著嗓子結結巴巴你你你我我我了半天。

初梔深吸口氣，微微皺著眉，抓著他襯衫的手倏地鬆了，軟綿綿的小手啪嘰一下直接拍在他臉上：「你在說什麼呀！」

她一邊掙扎著往後縮，踢掉拖鞋腳踩上沙發，翻了個身，腦袋往他手臂下的縫隙拱，試圖鑽出去，在沙發上手腳並用往前爬。

棉質的睡裙因為這個動作被蹭得有些亂了，裙擺微微往上蹭了一點，露出一截白嫩嫩的大腿。這個姿勢有點糟糕。

初梔極快地蹭出去，飛快地往沙發另一端爬，結果半個身子還沒出去，又被人抓著腳踝拖了回來。

初梔驚叫一聲，毫無還手之力又被重新拖回他的桎梏中。

她只來得及翻了個身，手腕就被人死死壓住了。

初梔平躺在沙發上，烏黑的眼因為羞惱而亮晶晶地，整個人紅透了，又急又怒地掙扎著想坐起來。

陸嘉珩單膝擠進她的腿間，壓住了一點點睡裙裙擺的布料，手死死地扣著她手腕，像一座巨大的山，任由她在身下像一尾魚一樣撲騰依舊巋然不動。

她的腿不時蹭到他的褲子，衣料摩擦，陸嘉珩微微閉了閉眼，啞聲道：「別亂動。」

初梔抓著沙發靠墊往上竄，氣到不行：「那你倒是起來呀！」

陸嘉珩抿唇垂眸：「試試看。」

初梔撲騰了一陣子，發現完全沒用，乾脆放棄了，挺屍一樣躺在沙發上，沒好氣道：「我不試啊！」

「妳討厭我嗎？」

初梔紅著臉，聲音細細的，極小：「不討厭……」

陸嘉珩扣著她的手腕往上拖了一點，身子下壓，重複問道：「喜歡嗎？」

「那喜歡？」

初梔匆匆地別開頭去：「不喜歡。」

「……」

他不說話了。

初梔側著頭不敢轉，太近的距離，她一轉過頭就幾乎是鼻尖貼著鼻尖。

半晌，他低低嘆了口氣，壓著她手腕的手鬆開，人緩慢地直起身來。

初梔連滾帶爬地翻騰起來了，急匆匆下地，兔子一樣竄過茶几，站了老遠的距離。

她雙手捂著通紅的臉，晶亮的眼狠狠瞪著他，氣呼呼道：「陸嘉珩你是不是變態！王八蛋！流氓！」

她一脫離危險範圍就像活過來了一樣，整個人生龍活虎，絞盡腦汁地想盡自己畢生以來能夠罵的出口的最凶的話罵他。

陸嘉珩翻身重新靠回了沙發裡，聽著她在那裡軟綿綿地罵，低低笑了一聲：「對不起，有點忍不了。」

初梔氣到想跺腳：「你怎麼這麼不正經！你別做夢了！我不是那種人！」

他抬起眼睫：「哪種人。」

初梔說不出口，噎了一下，她深深吸了口氣，調整了一下情緒，皺著眉看著他：「陸嘉珩，你不要這樣逗著我玩。」

陸嘉珩微微皺了下眉。

「你對女孩子不能一直這樣的態度，」她抿了抿唇，烏黑的眼暗了暗，長長的睫毛垂下去，「以後遇到真心喜歡的女孩子，你這樣會把人嚇跑的。」

陸嘉珩沒說話。

初梔低垂著眼，沒去看他是什麼表情。

客廳裡悄無聲息，安靜了好一陣子，他才緩緩開口，聲音輕得像是耳語，低低的嘆：「會嚇跑嗎……」

初梔重重點了點頭，不說話。

一想到他以後會遇到喜歡的女孩子，她就鼻尖發酸。

他以後也會遇到這樣的一個女孩子，他會小心翼翼地對她好，會用心追求，會認真呵護，而不是像現在對待她這樣隨便又輕浮。

初梔皺了皺鼻子，壓下心裡泛起的陣陣澀意，聲音輕輕的：「你吃了藥早點睡吧，睡一覺就會退燒了。」

她說著往房間裡走。

陸嘉珩依然保持著原來的姿勢，一動也不動。

初梔繞過茶几，走過沙發，他倏地抬手，一把抓住了她。

手勁很大，攥著她手腕微微有些疼了。

初栀皺眉轉頭，剛想說話。

陸嘉珩坐在沙發裡，仰頭看著她。

他的唇色剛剛還蒼白可怕，此時卻像是著了色，帶著種不正常的紅潤：「妳別跑。」

初栀愣了下，有點不明所以。

「我以前沒追過女孩子，不知道應該怎麼辦，大概是嚇到妳了，」陸嘉珩漆黑的眼認真而專注地盯著她，壓抑地輕咳了聲，聲音低低沙沙，「妳現在不喜歡我也沒事，哪裡不好都會改，可能會有點慢，妳再等等我，別跑太遠，好不好？」

初栀一整晚幾乎沒怎麼闔過眼。

她覺得陸嘉珩的腦子大概是燒壞掉了。

做了很奇怪的事，說了很奇怪的話。

可能之前那個四十二度的體溫計沒有壞，他真的燒到了那麼高。

第二天一大早，初栀醒的時候他已經不知道什麼時候走了，被子疊得整整齊齊，彷彿從沒來過似的。

唯一能夠證明他存在的東西，是餐廳桌上放著的早餐。

透明的幾個圓形外賣盒子，水晶蝦餃、粉蒸排骨、一份鳳爪、一碗粥。

她走過去摸了摸粥，還溫溫熱熱的。

初梔糾結了一下，還是坐下吃完了早餐，在家裡無所事事晃了一上午，裝好東西，夢遊似的坐地鐵回學校。

再兩個禮拜就是耶誕節，寢室裡洋溢著歡樂的氣氛，薛念南不知道從哪裡搞來了四個耶誕帽，林瞳在網路上買了一大堆很長的花花綠綠的襪子，一個人發了一雙，要求她們掛在床前，掛兩個禮拜，會有耶誕老人往裡面塞禮物的。

初梔是那種寧可信其有不可信其無的傻白甜，十八年的人生裡每年耶誕節早上都會在耶誕襪裡發現禮物那種，雖然是初父塞的。

但是她還是興致勃勃地掛上了，並且床頭床尾掛了好幾個。

幾個姑娘嘰嘰喳喳研究著耶誕節要搞個什麼活動好，初梔短暫地忘記了陸嘉珩的事情，十分熱情地加入到討論當中。

學期末將近，各門課也已經進入了畫重點階段，所有人都變得勤奮了起來，初梔她們第二天起了個大早，買了早餐路上吃著一邊往教室走，準備占個前排的好位子。

她們已經到的夠早了，結果一進門，大半個教室的位子已經沒了。

初梔她們沒轍，咬著包子挑了中間稍微有些靠後的一排位子。

又過了沒幾分鐘，教室裡人基本已經來齊了。

初梔從沒見過哪節大課來過這麼多的人。

她們的哲學通識是和廣告三班一起上的，初梔坐在邊邊，最邊緣的地方還空出一個位子出來，她們剛坐下沒多久，桌面被人敲了兩下。

初梔當時正咬著包子垂頭玩手機，聽見聲音抬起頭來。

蕭翊逆著光站在那裡，問她：「這裡有人嗎？」

初梔嘴巴裡還叼著豆沙包，眨著眼，搖搖頭。

班長大人朝她笑了笑：「那我坐了啊。」

初梔把嘴巴裡的豆沙包咀嚼吞下去，也笑了：「你坐呀。」

「這不是要徵求一下妳的同意？」蕭翊開玩笑道，一邊把書放到桌上，剛準備坐下，被人拍了兩下肩膀：「喂。」

蕭翊和初梔同時轉過頭去。

陸嘉珩站在那裡，揹了個雙肩背包，還挺有點乖學生的樣子：「這是我的位子。」

他伸手把他剛剛放在桌面上的書拿起來遞給他，懶洋洋道：「不好意思，能讓讓嗎？」

雖然是詢問的語氣，他卻沒有任何詢問的意思。

蕭翊皺了一下眉，人沒動。

兩人站在桌邊對視，身高相差無幾，陸嘉珩比蕭翊稍微高一點點，初梔本來就是坐著，仰頭仰到脖子都痠了，也只能看到他們的鼻孔。

兩座山佇立在那裡，有點顯眼，周圍的人紛紛往這邊看。

電光石火電閃雷鳴，無聲的戰鬥持續了好一陣子，蕭翊先開口了：「三班的？」

蕭翊是班長，又在學生會，對於系裡同年級的就算不認識也多多少少有點印象，心知肚明他根本不是廣告系的。

「不是啊，」陸嘉珩大大方方承認，漂亮的桃花眼微揚，散漫地拖腔拖調道，「來陪喜歡的女孩子上課。」

背包一揹，陸嘉珩彷彿瞬間從狗變成了人。

此時還沒上課，蕭翊和陸嘉珩這兩個人又都顯眼，教室裡不少人已經都看過來了，聽到他的話，視線不由自主地落在旁邊的初梔身上。

初梔還在發愣，完全沒想到他會這麼說。

教室裡開始有人起鬨，女孩子低呼笑鬧，有男生又長又響亮的流氓哨吹過來，還有人拔高了嗓子笑：「怎麼是喜歡的，不是女朋友啊！」

「還沒追到唄！」有人接道。

初梔趴在桌子上，腦袋深深埋進臂彎裡，露在外面的耳朵通紅。

林瞳挺詫異，笑嘻嘻地湊過來，小聲問她：「你們這是什麼發展啊？」

初梔自己都是茫然的，哪裡知道現在到底是什麼情況。

她微微抬起頭來，旁邊兩位還站在那裡，似乎誰都不肯讓。

教室裡廣告二班和三班的人都在看熱鬧，初梔甚至不斷聽到自己的名字被小聲提起，也不知道是不是錯覺。

她深吸口氣，微紅著臉抬起頭來，把桌上的幾本書啪嘰一下拍在旁邊的位子上。

輕輕的一聲，卻十分清晰，陸嘉珩和蕭翊同時垂下頭來。

初梔仰著腦袋瞪著他們兩個：「這裡有人了，你們換個位子吧。」

陸嘉珩：「……」

蕭翊：「……」

蕭班長沒說什麼，看起來也沒有任何異常，只是笑著開玩笑道：「那我只能跟周明坐了嗎，這麼可憐。」

初梔有點同情周明瞭：「你這麼說周明才更可憐。」

蕭翊拿著東西走到右前方一排，周明一把攬過他的肩膀，看見初梔看過來，咧嘴笑了笑，朝她比了個剪刀手，蕭翊也依然是往常的樣子，笑得靦腆又溫和。

初梔鬆了口氣，轉過頭來。

她本來以為，跟陸嘉珩說話還得費上一點力氣。

結果沒想到，他已經在她後面一排的位子坐下了，勾著肩上的背包摘下來放在旁邊空位，毫無怨言，老老實實的樣子。

見她回頭，他狹長桃花眼眼微揚，唇邊勾出抹笑來，看著她低聲問道：「怎麼了，後悔讓我坐後面了嗎？捨不得我了嗎？」

他旁邊坐著的兩個女生聽見，忍不住低低的笑，小聲咬耳朵：「好帥啊。」

初梔重重地瞪了他一眼，扭過頭去。

早餐還沒吃完，現在豆沙包也吃不下了，重新趴回到桌面上，下巴埋下去只覺得後背僵硬，一動都不敢動，感覺似乎怎麼樣都有點不太對勁。

腦子裡還回蕩著剛剛後座的女孩子小聲嘀咕的聲音——「好帥啊。」

初梔悄悄地抬起手來，捏了捏熱乎乎的耳垂。

好像是有一點點帥。

教室裡的人往這邊看了一陣子，看著沒熱鬧可看了，注意力也就被分散掉了，沒多久，老師進來。

初梔把手機丟進抽屜裡，翻出書本和螢光筆，準備畫重點。

她上課的時候很專注，也很少開小差，今天卻不知道是怎麼了，總覺得哪裡不太對勁，注意力很難集中起來。

好在不是主課，畫重點也不需要很集中精神，她跟著老師的頁數翻，整篇的重點就在書頁上折個角。

因為臨近期末考試，幾乎所有人都十分認真的樣子，除了前面老師說話聲和同學偶爾的交談，偌大的大教室沒什麼其他的聲音。

差不多又過了六、七分鐘，一聲手機震動聲從初梔的抽屜裡傳出來。

金屬材料的抽屜，手機放在裡面，震動的聲音有點清晰，至少她們用著一張桌子的寢室裡剩餘三個人都聽見了。

林瞳和顧涵十分整齊地看著她，唯有薛念南，彷彿沉浸在知識的海洋裡，沒有任何來自外界的嘈雜紛擾能夠影響到她。

初梔由衷的希望她剩下的這兩個室友也能達到這樣的境界。

她小心地看了一眼前面同樣忘我的老師，放下筆，身子微微往後靠了靠，動作幅度很小地抓過手機垂頭看。

果不其然，是陸嘉珩的訊息。

陸哥哥：『把早餐吃完。』

初梔：「……」

初梔沒回，不動聲色地把手機重新塞進抽屜裡，抓起筆來，繼續聽課。

兩分鐘後，又是一聲清晰地震動聲。

初梔嚇了一跳，單手飛快地抓起手機，停了停，才靠回到椅背上，放下筆解了鎖看。

陸哥哥：『快點吃，豆漿要涼了。』

初梔小心地壓低了身子，側了側頭，回過頭去看他。

陸嘉珩懶洋洋地撐著腦袋垂眼看著她，見她轉過來，往旁邊放著的那杯豆漿上微微揚了揚下巴，擺出口型，沒出聲音——「要涼了。」

初梔抬手，摸了摸豆漿的杯子。

教室裡暖氣挺大的，豆漿依然溫熱，初梔收回手來，垂頭打字：『現在在上課呢！！』

為了強調，她敲了兩個驚嘆號上去！

這次她沒把手機放到抽屜裡，而是用手拿著，前面老師已經說完了兩頁，初梔來不及看，匆匆先在書頁上折了個角。

果然，不到一分鐘，她的手機又響了。

陸哥哥：『喝個豆漿也沒事，冷了傷胃。』

初梔愣了一下，手指停在螢幕上。

她下意識就想回頭去看看，他打出這句話的時候是什麼樣的表情。

初梔低垂著眼，把手機默默靜音，然後重新塞回到桌肚裡。

她捏著螢光筆，畫了幾頁，想了想，側頭看了看旁邊放著的豆漿，拿過來，慢吞吞地扭開來，小口小口喝。

豆漿的醇香味道在口腔裡蔓延，A大女宿樓下餐廳賣的豆漿是甜的，初梔嗜甜，平時覺得味道淡，今天好像稍微有些甜。

她看著透明袋子裡的乳白色液體，微微擰了擰，水位線往上升了一點。

可能糖放得有點多。

她安安靜靜地把整袋豆漿喝乾淨了，垃圾裝進袋子裡放到旁邊的空位子上。

那裡還放著兩本書，空空的豆漿包裝袋，從後面看剛好也能看見。

她特地放在了那兩本書旁邊，就好像準備給誰看的一樣。

初梔飯量不大，早餐的豆漿她從來沒喝這麼乾淨過。

不知道為什麼，就有種很幼稚的自豪感油然而生，她微微側了側頭，看向身後的人。

她輕輕抿著唇角，烏黑的大眼睛亮晶晶地看著他，好乖好乖的樣子。

有點像你猜在成功在他手臂上抓了兩道紅印子以後顛顛顛跑到她懷裡，湛藍的貓眼看著她的時候的表情，像是在求表揚似的。

陸嘉珩斂下眼睫，舔著唇無聲地笑了一下。

真是可愛。

耶誕將至，提前一個禮拜，學校裡就已經有很多賣蘋果的。

紅豔豔的蘋果，用好看的透明包裝紙包著，上面綁著絲帶，幾十塊錢一個。

而且還真的有很多人會去買的。

初栀目瞪口呆的看著那一個個冤大頭們二、三十塊錢買一個蘋果回去，一般多數是男孩子買給女孩子，後者還笑瞇瞇的一臉幸福的樣子，覺得有點不能理解。

三十塊錢去水果超市可以買一筐了，初栀覺得這些小情侶的浪漫她實在是看不懂。

顧涵也看不懂，平安夜的前一天，週五最後一節課，初栀和室友照舊早了一點到教室，挑好了位子，她一邊玩著手機一邊聽顧涵吐槽，顧涵平時講話十分犀利，說起騷話來無人能敵，初栀被她逗得不行，兩個人距離極近，肩膀對著肩膀笑成一團，軟趴趴歪歪斜斜靠在一起笑。

兩個人聊得正開心，顧涵已經想像出了一整齣一個平安夜蘋果引發的血案，初栀桌前突然落下一道陰影。

初栀的第一反應是，老師來了。

結果她一抬頭，是一個不認識的女孩子。

女孩子不知道為什麼紅著臉，笑嘻嘻地，手裡捧著一捧大花束。

極大的一捧，幾乎要抱不住了的樣子，她微微欠了欠身，手裡的花束送到初栀眼前。

初栀垂眸，才發現那一捧不是花，全是蘋果。

數不清有多少，按照花的包裝來，每一個蘋果都通紅飽滿，單獨被包在包裝紙裡，一枝枝花朵似的蘋果。

還他媽真的有人追人送這麼大一捧蘋果的。

顧涵哈哈大笑，林瞳一臉慘不忍睹地別過頭去。

初栀愣住了，就看著那一大捧蘋果被塞進自己懷裡，意料之外的重，她連忙下意識攬進懷裡，堪堪抱住。

她長得小，那巨大的一捧一到她那裡顯得更大了，初栀回過神來，下意識往教室門口瞧。

寬大頭微曲著腿，靠在教室門口門框上。

初栀不少同班同學都認出這是週一通識課揚言陪喜歡的女孩子上課的那位，於是起鬨聲此起彼伏，十分熱烈。

體育股長的嗓門尤其大，極其憤怒地嗷嗷叫喚著：「不同意！不同意！肥水不落外人田，我們廣告的小可愛怎麼能就這麼讓人拐跑了！」

初栀被鬧得臉頰緋紅，略有點吃力的把滿懷的蘋果放到桌上，硬著頭皮往教室門口走。

身後體育股長還在高聲呼喊著「回來吧我的愛」初栀低低垂著頭，幾乎是小跑著跑出教室。

陸嘉珩靠在門口看著她跑出來，十分配合地直起身來，跟著她走。

初栀往前走了好長一段，一直到教學樓走廊盡頭，她終於停下腳步，似乎完全不能理解似的樣子看著他，比起疑問更像是嘆息：「你到底在幹什麼呀……」

陸嘉珩覺得自己蘋果花這主意帥極了，他舔了舔唇角，虛著眸看著她，微微側了側頭：「不明顯嗎，我在求歡啊。」

初栀：「……」

初栀被他震住了，好半天沒緩過神來，微張著嘴巴仰著頭，眼睛瞪大了看著他。

陸嘉珩：「……」

「……不是，我是想說，求愛。」

第七章　蘋果花

初梔快要重死了。

從教學大樓走回到寢室也要一段路，她吃力地捧著一大捧蘋果，大大的一坨幾乎抱不住，走到一半，手臂就感覺像是快要斷掉了。

路上路過之前看到的那些賣平安夜蘋果的人已經不見了，初梔默默垂頭，看著自己懷裡的這一捧蘋果。

一個三十塊錢，這要多少錢啊！

從小在初父勤儉是美德薰陶下的初梔小同學覺得很是肉痛。

一到寢室，初梔把那捧蘋果扔在桌子上，抽了一個乾淨的布袋子出來，坐在椅子上剝開層層疊疊的包裝紙。

把蘋果一顆一顆地全都拿出來，放到袋子裡，機械地重複著這個動作，竟然有點發呆。

她直勾勾地看著那一袋子鮮紅的蘋果，突然開口道：「我們去賣蘋果吧。」

林瞳：「……」

顧涵：「……」

薛念南仰著腦袋背馬哲：「首先，資本主義經濟的發展為馬克思主義的產生和發展提供了經濟、社會歷史條件——」

顧涵不可思議的看著她：「我本來以為粉紅水壺追妹子送蘋果已經夠奇葩了，妳居然想賣了？」

初梔眨眨眼：「可是這麼多，我們也吃不完，很浪費呀。」

林瞳手裡捧著熱水袋走過來，啪嘰一下，熱水袋拍到她腦門上：「不是我說，小梔子，妳和陸學長到底怎麼回事啊？」

初梔叫了一聲，抬手接過來抱在懷裡。

她轉過身來坐，下巴擱在椅背上，有點困惑地皺了皺眉：「我也不知道。」

林瞳：「他在追妳嗎？」

顧涵：「他在追妳吧。」

薛念南：「無產階級反對資產階級的鬥爭日趨激化，對科學理論的指導提出了強烈的需求——」

初梔揉著手裡的熱水袋，低垂著眼聲音小小地：「是吧……」

薛念南終於抬起頭來，微笑道：「不是的，他連著陪妳上了一個禮拜的課只是因為接了個廣告系期末代考。」

初梔瞪大了眼睛：「真的嗎？」

「……」顧涵長長地嘆了口氣：「我突然覺得這粉色水壺學長也挺可憐的是怎麼回事啊。」

林瞳皺著眉，從抽屜裡抽了把水果刀出來，朝初梔揚揚手：「那妳怎麼想，什麼感覺？喜歡還是不喜歡？接受還是不接受？」

初梔也皺眉，順手從布袋子裡掏了個蘋果出來隔空拋過去給她：「我也不知道呀，總覺得有點——」

她說不下去，不知道該怎麼表達。

初梔覺得這個人這種事情好像信手捏來，三分的真心說得出七分情話，不知道他哪句話能相信，哪句話不能信。

雖然他那天晚上說著讓她別跑太遠，然後就真的始終保持著不逾越的距離，每天帶早餐給她，看著她吃完，也不多話，安安靜靜坐在她後面一排陪她上課，每天看起來閒到初梔都開始懷疑他是不是被學校開除了。

但是她也不知道這是不是他的一時興起。

初梔長這麼大，好像從來沒有喜歡過哪個男孩子。

就算是有故事的那段和尹明碩的「初戀」，分手以後她也連一丁點感覺都不太有，甚至還覺得校花很好看，兩個人啃在一起的時候跟韓劇似的，挺唯美挺搭，由衷的想向這兩個人的肺活量致敬。

那麼如果換個角度想，她會願意帶尹明碩回家裡去嗎？好像是不願意的。

假如尹明碩，或者其他任何人生病站在她家門口，她會同意他留宿嗎？好像也不會。

假如是其他人做出了和陸嘉珩一樣的事情，說了和他一樣的話呢？初梔覺得自己可能會報警。

但是那個人換成他，不知道為什麼，一切都不一樣了。

好像因為是他，就怎麼樣都可以了。

她在不知道自己到底是他那裡的多少分之一之前，他在她這邊就好像已經搶先變得有哪裡不一樣了。

想到這裡，初梔皺了皺眉，小臉哭喪著，長長地嘆了口氣：「那我這蘋果到底還要不要賣啊……」

平安夜當晚，陸嘉珩回了家。

陸泓聲和蔣阮都在家，他進門前，一片歡聲笑語。

一進門，客廳裡安靜了。

只有陸嘉懿一如既往，晶亮的大眼睛看著他。

小朋友忍不住咧嘴笑，蹬著胖胖的小腿笨拙地爬下沙發，軟糯糯的嗓子喊他：「哥哥！」

蔣阮在後面追著他：「懿懿！穿鞋！」

陸嘉懿不理她，自顧自跑到陸嘉珩面前，突然像想起什麼似的，轉過頭去，抬手推她：「媽媽離哥哥遠一點，媽媽別打哥哥。」

蔣阮臉色微變，連忙低聲呵住他：「懿懿！你亂說什麼呢！」

陸嘉珩眉梢微挑，抬眼似笑非笑看著她。

陸泓聲已經聽見了，坐在沙發上抬起頭來，皺了皺眉：「怎麼回事？」

蔣阮抿了抿唇，臉色微變：「沒什麼，是我誤會他了。」

陸嘉珩勾勾唇角，換了鞋進屋，沒說話。

蔣阮已經在陸泓聲的追問下磕磕巴巴輕描淡寫解釋了一下，陸泓聲這個人，覺得自己是世界中心，是一家之主，所有的事情必須在他的掌控下，所有的事情他都必須知道，所有人都要聽他的，此時臉色自然是不大好的。

陸嘉珩窩進沙發裡有一搭沒一搭地聽著，彷彿事不關己似的，他長腿前伸交疊，眼睫低垂著，一副對什麼都不太感興趣的樣子。

他等了一陣子，那邊還沒有安靜的意思，蔣阮眼睛已經有點紅了，聲音拔高：「我當時找孩子已經找了一下午了！一看到他這種情況，我心裡有多擔心？他之前也不是沒給懿懿吃過桃子，誰知道他是不是故意的！就算不是他給的，明知道懿懿過敏，他當時為什麼不阻止！」

她這話說的還挺有道理的，陸泓聲一時間也沒有說話。

陸嘉珩微微掀了掀眼皮子，瞥了演戲似的一家三口一眼。

陸嘉懿縮在牆角啜泣了一聲，小小的腦袋低低垂著，淚眼婆娑，驚慌又無措的樣子。

陸嘉珩抬眼，看了一下牆上的時鐘，不到六點。

初梔五點鐘下課，她現在應該已經下了課了。

陸嘉珩指尖敲了敲沙發扶手，一手捏著靠墊上的穗子把玩，漫不經心開口：「妳如果覺得妳兒子是個傻子，剛吃過住了院的東西，再給他吃他也會吃，那妳就當我是故意的吧。」他斜了斜眼，看向旁邊角落裡的小朋友，「你是傻子嗎？」

陸嘉懿抽了抽鼻子，小腦袋搖得像撥浪鼓：「懿懿不吃的，懿懿不是傻子。」

陸泓聲眉頭緊鎖，又轉過頭來看著他厲聲道：「你能不能好好說話？誰教你的說話陰陽怪氣的？」

「反正不用你教過，」陸嘉珩視線停在表面上，有點不耐煩了，「你到底有什麼事？」

他這個語氣實在不太好，按照平時，陸泓聲可能直接就爆炸了。

今天他卻明顯在克制隱忍，半天沒接話，深吸口氣，語調異常的心平氣和：「你寒假回公司實習？」

哦，是這個事。

陸嘉珩舔了舔唇，緩慢地勾起唇角：「對啊。」

「老爺子怎麼跟你說的？」

陸嘉珩差點就沒忍住笑出聲來。

他懶洋洋地垂著眼：「說你讓他有點失望啊。」

果然，陸泓聲表情微變，只一瞬，他又恢復到了原來的樣子。

陸嘉珩微虛著眼，不動聲色。

他彷彿能夠看清他高速運轉著的大腦。

陸老爺子今年已近古稀，陸泓聲是獨子，陸嘉珩和他雖然關係惡劣，但是無論如何也是父子。

更何況，他這個大兒子在圈子裡是出了名的紈綺，不學無術，年年被當，每天只知道跟一幫狐朋狗友鬼混，哪個會所的女人最美可能一清二楚，公司裡的事情恐怕半點都不知。

想到這裡，陸泓聲又釋然了，整個人都放鬆下來。

陸嘉珩彎唇，覺得頗為諷刺。

他的視線再次落回到時鐘上，他把手裡的沙發靠墊一丟，站起身來：「沒別的事了？沒別的事我走了，晚上約了朋友。」

陸嘉珩剛走到女生宿舍樓下，就看見初梔手裡拾著個布袋走出來。

那袋子看起來挺重的，她兩隻手拎著，身子微微後傾，手臂繃得筆直，袋子放到腳面上，走一段就停一下，像一隻笨拙的小企鵝。

陸嘉珩舉著電話微微側身，往旁邊樹後藏了藏：「我等一下過去。」他沒等那邊程軼回答，直接掛了電話，朝初梔走過去。

小企鵝剛下了宿舍樓前的臺階，正搖搖晃晃地往前走，一邊走還一邊小聲嘟囔著什麼，紅潤的唇輕輕動著，聲情並茂搖頭晃腦地。

陸嘉珩無意識地勾起唇角，放慢了步子，走到她面前。

前面堵著個人，初梔仰起頭來，呆呆的樣子，一看是他，像是受到了什麼驚嚇似的往後退了兩步。

之前因為馬上要上課了，兩個人也沒來得及說兩句話。

最後的對話內容還是他求這個求那個的，明明是他說出的話，初梔卻覺得有點羞恥，低垂著眼沒看著他，乾巴巴道：「學長好……」

陸嘉珩垂眼，看著她腳邊的那一袋子：「這是蘋果？」

初栀點點頭。

「我給妳的？」

初栀再點。

陸嘉珩微微挑了挑眉：「妳準備還給我嗎？」

初栀搖頭，老實道：「我準備賣掉。」

陸嘉珩：「……」

陸嘉珩以為自己聽錯了：「什麼？」

初栀縮了縮肩膀，勇敢地重複了一遍：「我打算賣掉……」

陸嘉珩氣笑了：「妳打算把我送妳的蘋果，賣掉？」

「然後我把錢還給你呀，」她聲音軟綿綿，細細的，腦袋也低垂著，似乎還是在埋怨他，「哪有你這樣的冤大頭啊，花那麼多錢買這麼多，吃又吃不完，好浪費。」

陸嘉珩沒說話，半晌，他輕輕嘆了口氣：「我聽見他們說平安夜送蘋果給喜歡的人，就可以佑她一整年都平安快樂的。」

初栀愣了一下，仰起頭來看著他。

他低垂著眼，似乎也覺得有點幼稚，輕輕淡淡地笑了一聲，漆黑的眸平靜而專注的看著她：「就想把當時能買到的這些都給妳。」

從第一面見到那件四位數衣服開始，初栀就覺得陸嘉珩這個人渾身上下都寫滿了「老子有錢」「老子超有錢」「老子渾身上下全是錢」。

並且他還浪費，奢侈的流油，一看就是從小就沒過經濟壓力的。

平安夜的晚上，初梔提著一袋蘋果，扯著陸嘉珩跑到校門口。

她從口袋裡翻出另一個布袋，平鋪在地面上，然後一顆一顆拿出來，整整齊齊擺在上面。

陸嘉珩也跟著她蹲下，看著她擺蘋果：「妳幹什麼？」

「賣呀。」

陸嘉珩長出了口氣，單手撐著地面，身子往後一傾，被她氣得直笑，重複道：「這是我買給妳的。」

初梔擺好了袋子裡的最後一顆蘋果，扭過頭來，很認真的看著他，開始給他灌雞湯：「陸嘉珩，錢都不是大風颳來的，浪費可恥。」

陸嘉珩：「……」

陸嘉珩點點頭，妥協了：「行，那賣了吧。」

初梔抬手拽著他的袖子，把他往前拉了拉：「你也要跟我一起賣。」

「……」

太子震驚了，太子從沒想過自己也有擺地攤的一天。

陸少爺活到這麼大，第一次有機會體會了一下在路邊擺攤是什麼感覺。

還是賣蘋果。

如果是別人，陸嘉珩可能會直接把人掀進花壇裡去，順便幫她埋上土，插朵花什麼的。

但是這不是別人，這是初梔。

好像不經意間，她已經占據了他太多太多的第一次，成為陸嘉珩人生中最大的意外和例外。最糟糕的是，他還心甘情願，甚至甘之如飴。

陸嘉珩蹲在路邊，手臂搭在膝蓋上，單手捂著一隻眼睛，有點無奈地舔著唇笑了：「行，妳說妳想怎麼賣。」

初梔也是第一次幹這種活，她有點興奮，躍躍欲試道：「是不是應該先定價？我們賣多少錢一個？三塊吧！」

陸嘉珩有點懶散地撐著腦袋看著她，笑出聲來：「我三十塊一個買回來的。」

初梔一副十分為難的樣子：「可是賣三十塊錢一個，那不就是坑人了嗎？」

她蹲的有點累了，回頭看了一眼，輕輕掃掉了花壇瓷磚上薄薄的一層積雪坐在了上面。

陸嘉珩側頭，直起腦袋來，把脖子上的圍巾摘下來，拍拍她的腿：「起來。」

初梔以為他也要坐，往旁邊蹭了蹭。

他沒多說什麼，直接站起來，把圍巾對折好幾折，疊成一塊，彎下腰去，放在她剛剛坐的那塊花壇瓷磚上。放好，他揚揚下巴：「坐這個。」

初梔愣了下，連忙擺手：「不用，你圍著呀，今天晚上好冷。」

陸嘉珩重新蹲下身去，意味不明勾了勾唇：「我不冷啊，我現在熱得很。」

初梔完全沒聽出來他的話外音，堅持道：「你到時候又要感冒了。」

陸嘉珩想說我身體好得很，泡了半個小時冷水澡又光著屁股吹了半個小時冷風才燒到了三十八度。

他挑了挑眉：「那我抱著妳坐？」

他話音剛落，小女孩臉一紅，飛快地站起來，啪嘰一屁股坐在他的圍巾上。柔軟的羊毛圍巾，疊的厚厚的，上面還帶著他的溫度，坐上去又暖又舒適。

初梔手肘撐著膝蓋，雙手托著臉頰看著他：「那我們賣多少錢啊？」

陸嘉珩蹲在她面前，抬手擺了擺佈袋子上的蘋果：「三塊吧。」

初梔秀氣的眉糾結地皺在一起，既不想賣的太黑心，又不想讓他虧那麼多：「要麼五塊吧？」

陸嘉珩低低笑了一聲：「行，那就五塊吧。」

初梔點點頭，從羽絨服的口袋裡慢吞吞地掏出一張白紙。

那白紙被她疊得方方正正，她戴著手套，動作顯得有點笨拙地展開，撫平上面的折痕，又從口袋裡掏出一枝黑色奇異筆，一筆一劃寫著：「平安果——」

薄薄的白紙直接被她墊在腿上，不太平整，字也歪歪扭扭的，有點醜。

初梔皺眉，抬起眼來看著陸嘉珩：「你轉過身去。」

他沒說話，安靜轉身，背朝著她。

初梔把白紙拿起來，放在他的背上，伏上去寫。

陸嘉珩微微側過頭去。

小女孩輕輕伏在他背上寫字，手裡奇異筆發出輕微的沙沙聲響，微微垂著頭，側臉安靜，細碎額髮垂落，長長的睫毛覆蓋下來，細細密密的。

背上傳來輕微的壓力，像是穿透了背脊直接壓上心尖。

初梔寫完了，蓋上筆帽，戳著下巴欣賞了一下，不是很滿意。

條件艱苦，字寫得有點醜。

陸嘉珩側著頭，突然道：「再寫一下。」

初梔注意力全放在手上的紙上，沒注意聽，微張著嘴抬起頭來：「唔？什麼？」

「沒什麼，」陸嘉珩轉過頭去，「寫好了？」

初梔重新把筆揣進羽絨服口袋裡，站起身來，把寫好的紙擺在那一堆蘋果前，用一顆壓住。

她站在前面插著腰欣賞了一下，地攤上的一堆蘋果，後面還蹲一帥哥，黑衣黑髮白皮膚，長眼薄唇，唇邊帶笑，路燈下周身彷彿被裹了層金光，像個誤入凡塵英俊倜儻的神。

初梔頗為滿意，蹦躂著重新繞回到後面，坐好，雙手撐著臉頰期待地等著顧客上門。

平安夜的晚上，也正是校園裡人流量最大的時候，情侶和朋友成群結隊地走過，也許是因為前面站著個顏值擔當，也許是因為他們這個平安果賣的實在是便宜，沒多久，蘋果就沒剩下幾顆。

初梔興奮極了，五塊錢、五塊錢的收，小手捏了整整齊齊一疊，蹦到陸嘉珩面前蹲下，眼睛發亮，獻寶似的：「我們賺了這麼多錢！」

陸嘉珩輕輕笑了一聲，沒忍住抬手揉了揉她的腦袋，聲音低柔：「初初真厲害。」

初梔正數錢數的開心，動作一頓，微微愣了下。

心跳漏了一拍。

他們擺攤的路燈對面，已經有女孩子兩兩三三站在一起，一邊偷偷往這邊看，一邊小聲議論。

此時看到這一幕，終於有幾個忍不住走過來。

四個女孩子看起來像是同一個寢室的，其中一個穿著毛絨絨的粉白色外套，圓臉大眼，她蹲下身來，拿了個蘋果，聲音也溫柔細糯：「請問這個是五塊錢一個嗎？」

初梔回神，側過頭去，朝她笑：「是呀，」她朝她比了個手勢，「不過因為只剩下幾個了！可以賣妳三塊！」

她瞪大了眼，很認真在做生意的樣子，頗有小老闆娘的風範。

還甩賣。

陸嘉珩蹲在那裡，看著她聲情並茂的樣子，手背掩在唇邊，無聲地笑。

那女孩子哎呀了一聲，乾脆地掏出了一張五塊錢，拿了一個蘋果：「五塊錢已經很便宜了啊，沒事！就五塊吧！」

初梔覺得這個女生簡直太好了，興高采烈地收了錢，剛想感謝一下，就聽見她又問道：「那個，請問你們兩個是情侶嗎？」

初梔一愣，抬起頭來。

女孩子偷偷地瞥了一眼蹲在後面的陸嘉珩，臉頰帶著點不自然的紅暈。

初梔捏著一把零錢的手指緊了緊，連忙搖了搖頭：「不是的。」

和她一起過來站在那裡等的其他幾個女生發出了一點起鬨的笑聲，那女孩子也鬆了口氣，紅著臉，看向陸嘉珩，鼓起勇氣小心道：「那請問可以交換個手機號碼嗎？」

初梔眨了眨眼，低低垂下眼去。

她帶著毛線手套，粉色的手套上面縫著一個毛絨小熊，她捏著手裡一疊零零散散的錢，一張一張心不在焉地數。

數到多少張了？

初梔深深埋著腦袋，皺了皺眉。

真是煩人。

煩透了。

超級想把這張五塊錢還給她，再把她手裡的蘋果搶回來，大聲地說「我不要賣妳啦！再給我五塊我也不賣！快點走開！」

她悶悶地等著陸嘉珩報號碼，心裡又有些微一點期待。

初梔也不知道自己到底在期待些什麼。

他們已經在外面待了好久，外面天氣冷，初梔鼻尖紅紅的，凍得鼻子發堵。

她吸了吸鼻子，安安靜靜地垂著頭不說話。

陸嘉珩安靜了一瞬間，初梔只能聽見面前幾個女孩子的笑聲和耳語聲。

「不能。」她聽見他說。

初梔數錢的手指頓了頓。

陸嘉珩停頓了片刻，垂下眼眸，看著小女孩埋得深深的小腦袋，緩慢開口：「對不起了，我有喜歡的女孩子了，是單戀，現在正在追。」

初梔一愣，抬起頭來，扭頭看他。

她有點沒反應過來，捲翹的長長睫毛揚起看著他，眼睛睜得大大的，有一點呆頭呆腦的樣子。

她鼻尖凍得有點紅，烏黑的眼看起來濕漉漉地，眼睫上還掛著薄薄一層霜。

陸嘉珩微微彎起唇角，視線微微側了側，隨意地落在那個女孩子身上：「雖然有點難追，但是喜歡的要命，非她不可，所以對不起了，號碼好像不能給妳。」

聲音低柔帶笑，漫不經心的，一雙好看的桃花眼漆黑明亮，語氣七分懶散，眼神卻全是滿滿的認真。

初梔長睫一顫，心裡有一片一直輕飄飄懸在半空中的羽毛，忽然重重地落下來了。

像是船舶歸港，像是終於有什麼東西塵埃落定。

初梔也不知道自己剛剛到底在期待些什麼。

現在想想，大概是在等著他這句話。

蘋果最後還剩了兩個。

初梔沒有賣了，把寫了價格的白紙折好，重新塞進羽絨服口袋裡。

她理東西的空檔，陸嘉珩接了個電話。

初梔心不在焉，沒注意他在那邊說了什麼，一手捏著一疊錢，懷裡抱著兩顆蘋果，低垂著腦袋不知道在想些什麼。

她想等他打完電話，跟他說一聲謝謝，把錢給他。

而且好像也還沒跟他說平安夜快樂。

初梔慢吞吞地翻出手機，看了一下時間，晚上八點半。

陸嘉珩剛好掛了電話，走過來。

初梔像一隻小烏龜一樣，小小的臉全都縮在圍巾裡，只露出一雙眼，還低垂著，讓人看不見裡頭的情緒。

陸嘉珩把手機放回到口袋裡，抬起手來，幫她把圍巾往上拽了拽：「冷不冷？」

他的動作很小心，緩慢地拉著邊緣，把軟趴趴垂下去的圍巾向上拉，蓋住她紅紅的鼻尖。

也不知道是什麼愉悅到他了，陸嘉珩突然毫無預兆地低低笑了一聲，捏著圍巾繼續往上，直到把她的眼睛也蓋進去了。

初梔悶悶地「唔」了一聲，抬起腦袋來，臉被圍巾圍了個嚴嚴實實。

她手裡拿著東西，懷裡還有兩個蘋果，空不出手來，晃著腦袋想把圍巾連帶著他的手往下甩。

他那條淺灰色的羊毛圍巾被初梔在屁股下面墊了一晚上肯定是沒辦法戴了，此時也正被她抓在手裡。

初梔晃了一下腦袋，發現這個人像是找到了樂趣似的更起勁了，拽著圍巾陪她玩，死死擋著她的眼睛。

圍巾遮了光，眼前一片黑暗，初梔靜了一下子，皺了皺眉：「陸嘉珩，你幼稚不幼稚。」

陸嘉珩「哦」了一聲，停了幾秒，才慢吞吞地把她的圍巾往下拉了拉。

他穿著黑色的羽絨服，面料挺括，沒扣釦子，吊兒郎當的敞著，露出裡面的淺色毛衣。

初梔一直覺得男生穿毛衣比穿襯衫好看，她總覺得毛衣這種東西男生想要穿得好看，比襯衫還要困難一點。

而這種覺得，在看到陸嘉珩的時候，通常會達到頂峰。

他穿毛衣真的好好看。

他沒有圍巾戴了，初梔抬眼，看著他修長的脖頸，那裡有一顆微微突起的小小喉結，再往上是下巴，形狀優美棱角分明的下顎，微微彎起的薄薄嘴唇。

初梔猛然回過身來，匆匆垂頭，不知道為什麼，突然不敢再往上看了。

她把那一疊錢捏好，遞給他，又遞給他一個蘋果。

「這些先給你，」她低聲道。

陸嘉珩沒接。

初梔想了想，心下了然。

他三十塊錢一顆買回來的蘋果，被她五塊錢賣了。

賠了好多錢哦。

初梔想著陸嘉珩肯定是不太開心的，也覺得他大概是不會接了，把另一顆蘋果塞進布袋裡挎在手臂上，空出一隻手來，甚至都不用彎腰，就抓著他的手腕拉過來。

陸嘉珩任由她拉著，手順從地伸展開，掌心向上。

初梔把那一疊皺皺巴巴的零錢放在他手上，上面壓著那顆蘋果。

紅到發紫的蘋果，因為是最後剩下的，形狀並不是那麼好看，微微有點歪，勉勉強強才在他的手心站穩了。

小女孩手套已經摘了，細白的小手把著他的手腕，在戶外待得太久，手指冰涼涼的，卻彷彿火燒火燎熨燙著他的皮膚。

她把蘋果和錢都給他，哄小孩似的耐心地哄著，聲音細軟綿柔，像是巧克力糖漿：「哎呀，你不要不開心了呀，剩下的錢我也會還給你的——」

她的「的」字剛落地。

面前的人另一隻空著的手臂突然伸過來，修長的手扣住她的後腦，輕微用力，往前按過來。

初梔毫無預兆地往前趔趄著走了兩步，腦門直直撞在他的胸口。

他毛衣的料子柔軟，帶著他的體溫，混著乾淨的洗衣粉味，還有一點點熟悉的他的味道。

那味道辨識度極高，獨特又冷冽，和他整個人的氣質又搭又不搭。

初梔微微瞪大了眼睛，一動也不動。

他最近一段時間太乖了。

乖到初梔甚至都已經忘記了他的攻擊性。

她沒掙扎，安安靜靜地趴在他胸口，感受著他隨著呼吸微微起伏的胸膛，感受著他扣在她腦後的手傳來的柔軟壓力，眨了眨眼睛，軟軟開口：「你幹什麼呀？」

這句話初梔對他說過很多次。

憤怒的，羞惱的，迷茫的，疑惑的。

初梔卻感覺這一次，好像有哪裡是不一樣的。

陸嘉珩的動作卻緊了緊。

他的聲音懸在她的頭頂，微啞，有點小心翼翼地緊繃：「對不起，我就抱一下，妳別動，一分鐘就好。」

初栀抿了抿唇。

她的腦袋微微動了動，側過去了一點點，眼前終於不是一片黑暗了，路燈的光線從縫隙滲透一點過來。

初栀空著的手微微抬了抬，半懸在他的背後，咬了咬嘴唇，最終還是落下去。只指尖輕輕拂過他羽絨服的衣料，像是羽毛，輕得讓人無法察覺。

她有點挫敗地嘆了口氣，垂下頭去，悶悶道：「你這樣也算耍流氓的。」

「對不起。」

初栀更鬱悶了：「你今天是不是只會說對不起。」

陸嘉珩長長吐出一口氣來：「我怕嚇到妳，怕妳跑了，拚了命地在克制了，」他聲音低低的，語速很慢，有點無奈，「所以妳別老是對我動手動腳的，給我增加難度。」

初栀這才想起，他另一隻手手腕還被她抓著。

手心裡一疊零錢和一個蘋果隔在兩人之間，是他們唯一的距離。

初栀臉紅了，抓著她的手閃電似的縮回去了，心砰砰砰地跳，一聲高過一聲。

她臉紅得滴血，慶幸著此時腦袋是被他按在懷裡的，輕輕動了動，聲音小小的囁嚅道：「誰會跑呀……」

她剛說話，陸嘉珩手一鬆，人後退兩步，放開了她。

初栀驚慌了、失措了，初栀覺得他聽到了，但是自己還沒做好心理準備。

她唰地抬起頭來，大眼躲躲閃閃，紅著臉有點緊張地看著他。
陸嘉珩微微側了側頭，垂眸。
初梔吞了吞口水，深吸了口氣，鼓起勇氣堅定地看著他。
陸嘉珩：「嗯？」
「……」
初梔鬆了口氣，卻又不知道為什麼，稍微有一點點失望。
她垂下頭去，盯著自己的鞋尖，小聲嘟囔道：「沒什麼……」
陸嘉珩的電話第二次響起。
他沒什麼表情，就任由口袋裡的鈴聲響，好像不打算理的樣子。
初梔仰頭：「你接呀。」
那鈴聲鍥而不捨的響，陸嘉珩唇角微微向下撇了一點，有點不耐煩，懶洋洋斂著睫：「又幹什麼？」
電話那端，程軼沒馬上說話。
停了幾秒，他才道：『殿下，吃飯了沒？』
陸嘉珩剛要掛電話，程軼緊接著又道：『沒吃吧，小學妹餓不餓啊？』
陸嘉珩動作一頓，側眸看了初梔一眼，沒說話。
程軼就跟有千里眼似的，哼哼著笑了兩聲，報了個地名：『帶小學妹來一起過耶誕吧，你絕對猜不到，今天誰回來了。』

陸嘉珩興致缺缺：「哦，我猜不到。」

『林語鶯回來了。』

「……」

程軼有點納悶：『你怎麼沒反應啊？』

「我要有什麼反應。」

『你多少也給我點反應吧，』程軼突然猥瑣地哦了一聲，『我是不是打擾你好事了？不過也不應該啊，你現在應該還是處於痛苦的追逐階段啊，你跟學妹在幹什麼呢？』

陸嘉珩垂眼，看著手裡的一個蘋果，一疊零錢，漫不經心道：「擺攤。」

『……』程軼沒反應過來：『什麼？』

「剛剛在擺攤，現在在數錢。」陸嘉珩勾唇，語氣頗為愉悅，「我們賺了一百多塊錢。」

程軼：『……』

陸嘉珩青梅竹馬四人組裡，只有林語鶯一個女孩子，而且比他們都要小。

正常來說女生是比較受照顧的那個，但是林語鶯不是，她是領頭的那個。

林家小女孩，無惡不作為害一方，但是偏偏長了一張極為乖巧的臉蛋，乖巧到她闖了任何的禍，只要安安靜靜委委屈屈往旁邊一站，所有的家長都會理所當然的認為她是無辜的，所有的鍋全都歸陸嘉珩、程軼他們揹。

再後來，林家父母分開，林語鶯跟著母親去了南方，一別多年沒再見過。

地點還是選在程軼家的酒樓。

這次不是海鮮，大概是因為照顧著林語驚在南方生活多年，換了一桌子的本幫菜。

初梔和陸嘉珩到的時候已經快九點了，包廂裡面熱火朝天，已經坐滿的人。

初梔跟著陸嘉珩進去，進門之前，男人輕輕抬手，不動聲色地拍了拍她的背。

初梔手裡捧著個蘋果，仰起腦袋來。

陸嘉珩低低垂頭，輕聲對她道：「今天人可能有點多。」

初梔有點不明所以。

她略有點茫然地歪了歪頭，剛想問他然後呢，就聽見一道輕輕淡淡的女聲：「哎呀，阿珩。」

初梔轉過頭去，看向聲音的主人。

女人小臉，薄眼皮，杏眼微翹，皮膚很白，漂亮得辨識度很高。

柔軟的白襯衫有垂墜感，細高跟皮靴，鉛筆褲包裹著纖細修長的腿。

林語驚視線輕飄飄掃過陸嘉珩，微微歪著頭，淡色薄唇勾出一個柔和又親切的笑弧：「好久不見，想不想媽媽？」

初梔：「……」

初梔覺得陸學長的媽媽真是年輕。

陸嘉珩和林語驚特別互看不順眼，從記事起就開始了。

他們算是半斤八兩的同類人，陸嘉珩小時候也皮，但是長得白淨秀氣，小的時候更是漂亮，好看到像個女孩子，也不像他那個年紀的男生似的調皮搗蛋，話也不多。

總之就是也長了一張不黏鍋的臉。

也許是同類人之間屬性相互排斥，林語鶯和陸嘉珩經常互相給對方使壞，常年致力於讓對方撲街，風雨不動，盡心盡責，雖然到最後，很多時候都是程軼幫他們揹鍋。

當年大家都是熊孩子，大了以後自然就不會那麼幼稚了，不過小的時候結下的梁子，就是一輩子的梁子，平時訊息、社群各種聯繫方式裡的互嗆就不說了，林語鶯離開帝都六、七年，再見面竟然也沒有太陌生的感覺。

今天的人確實很多，除了林語鶯還有兩、三個女孩子，初梔坐在陸嘉珩旁邊，漫不經心地聽著他們扯屁放騷話，安安靜靜地垂頭吃東西。

她確實是餓了，從下午到現在只啃了一個蘋果。

她點了一碗米飯，吃得專注又投入，飯桌上的風起雲湧完全沒怎麼注意到，一頭悶在自己的米飯裡。

還有松鼠桂魚、糖醋排骨、黃燜栗子雞。

程軼家酒店廚師的手藝簡直好極了，尤其是這道松鼠桂魚，炸好的桂魚澆上醬汁，外面酥脆醬汁酸甜，桂魚細嫩鮮香。

一桌的人初梔都不認識，她也不好意思自己主動動手，剛開始，她耐心地等著這道菜被其他人緩慢地轉過來，然後她再趁著它停留在自己面前時的那一點時間夾一點點，然後繼續等。

後來，不知道從什麼時候開始，初梔發現那盤松鼠桂魚停在自己面前了。

轉桌紋絲不動地停住，整張桌的人，就吃著自己面前停著的菜，沒有一個轉桌子的。

初梔很開心地吃了魚，等著別人轉桌子，好讓她能夾一塊對面的毛蟹炒年糕。

她等了好久好久，還是沒人動，初梔咬了咬自己的筷子尖，沒轍，默默地扒了兩口米飯。

還是沒人動。

初梔好苦惱啊。

大家為什麼都只吃自己面前的那個菜啊？每人一道嗎？

她放下筷子，想了想，手從桌子上抽下去，在桌下悄悄地戳了戳陸嘉珩的手臂。

陸嘉珩側過頭來，垂眼看她：「怎麼了？」

初梔往他那邊湊了湊，壓低了聲音：「他們怎麼都不轉桌啊？」

陸嘉珩一愣，勾起唇角：「不知道啊，可能他們都沒有想吃的菜。」

程軼坐在陸嘉珩旁邊，聽見了賤兮兮地笑了一聲：「對啊，也不知道是因為什麼。」

陸嘉珩沒理他，也放下筷子，一邊伸出手臂，指尖按在轉桌玻璃轉盤上，朝她偏著頭：「不想吃松鼠桂魚了？」

「想吃那個，毛蟹年糕。」初梔單手扒著他手臂，小聲湊過去和他咬耳朵。

陸嘉珩頓了頓，慢悠悠地轉著轉桌玻璃轉盤，把毛蟹炒年糕轉到她面前。

她微微傾著身，手輕輕地伏在他的手臂上，腦袋湊過去和他說話。

一桌子的人都在似有若無往這邊瞥，初梔沒有注意別人，舔舔嘴唇，重新抓起筷子，夾了一塊年糕在碗裡。

他們自然都是好奇的，飯桌上的人大多數都是平時和陸嘉珩走的比較近，從來沒見過他主動帶妹子過來的，還恨不得捧在手裡照顧著。

看見人家小女孩喜歡吃松鼠桂魚，誰在她夾魚的時候轉桌，冷颼颼的眼一瞬間就瞥過去了，搞得到後面完全沒人動。

哪有這樣的人？周幽王轉世，商紂王附體嗎！

一時間飯桌上風起雲湧，眼神從四面八方竄來竄去，唯有三個人絲毫不受影響——林語驚八風不動喝喝果汁喝喝茶，初梔專注地吃飯吃菜填飽肚子，陸嘉珩擔任她的轉桌工，時不時問問她吃什麼，不緊不慢地幫她轉桌。

於是太子殿下那個遇到愛不懂愛從以前到現在的群組又炸了——

『我靠，怎麼回事啊，殿下變御用轉桌工了啊。』

『換口味了？』

『這個群組名是不是可以改了？』

『別吧，這種清湯寡水小白兔，我賭個三天。』

『三你媽三，你見過他以前幹過這種事？』

『我他媽嚇得趕緊把我股票都賣了，感覺這股明天要破產。』

程軼老神在在地笑嘿嘿，一副我什麼都知道但是我什麼都不說的表情。

這群組裡的人沒幾個，飯桌上不少也沒在群組裡，其中還有個女人不知道是誰帶來的，笑呵呵地看著初梔：「這是陸少的新女友嗎？」

她的聲音其實不大，但是一瞬間，包廂安靜了。

林語鶯單手撐著下巴，意味不明地勾了勾唇角。

陸嘉珩桃花眼微揚，輕飄飄瞥了一眼過去。

只有當事人初梔，完全沒注意別人都在說些什麼，再加上陸少這個稱呼對於她來說是完全陌生被排除在和她有關的敏感詞以外的。

她像是一隻辛勤耕耘的小倉鼠，埋頭撥著碗裡的米飯，吃啊吃，吃啊吃。

詭異地寂靜持續了好一陣子，初梔終於意識到場面有點過於安靜了，一抬頭，桌上所有的人都在看著她，就好像是在等著她什麼答案似的。

初梔一臉茫然：「啊？挺好吃的。」

「……」

一片寂靜裡，林語鶯的笑聲打破了沉默，她彎著眼側過頭來，第一次認真地看了初梔一眼。

陸嘉珩低低地笑出聲。

他抬手端起裝著芒果汁的玻璃瓶，又幫她倒了一杯，聲音低柔：「那多吃點。」

於是太子殿下的遇到愛不懂愛從以前到現在群組又爆炸了——

『我靠，這他媽是真的假的啊。』

『群組怎麼改名？我找了半天沒找到啊。』

『對不起，剛剛是我武斷了，這次我就賭個五天吧。』

『五你媽五，怕是打得你臉都腫了。』

『這麼一看清湯寡水也有清湯寡水的魅力，怎麼辦，這小迷糊有點可愛啊，心動。』

『你怕是狗腿要被太子打折成三節棍。』

初梔慢吞吞地把魚塞進嘴裡，大眼睛瞧了一圈，覺得氣氛不太對勁，又放下筷子，悄悄地戳戳陸嘉珩手臂，小聲道：「他們剛剛在說什麼？」

陸嘉珩低垂著眼，頭靠近過去：「在說程軼家松鼠桂魚做的好吃。」

初梔狐疑地看了他一眼，他唇邊含著笑，沒什麼不對勁的樣子。

她點點頭，哦了一聲：「是蠻好吃的啊。」

陸嘉珩一隻手手臂懶洋洋地搭在她椅背後面：「那讓他們再點一盤。」

初梔重新拿起筷子，戳了戳還剩下小半碗的米飯，想了想，還是忍不住道：「對面坐的那個人怎麼總看你啊？」

陸嘉珩挑眉：「哪個？」

初梔低垂著腦袋，也不抬頭，小聲道：「就是我對面那個，她是你前女友嗎。」

從他們一進來開始，初梔為數不多的幾次抬眼，都能看見那女人看過來的視線，不是看著她就是看著她旁邊的陸嘉珩，那眼神實在是讓人覺得不太舒服。

初梔已經腦補出了一百多集的愛情連續劇。

陸嘉珩眼都沒抬，側著頭看著她，有點無奈：「我哪來的那麼多前女友。」

「你就是有，你誰都喜歡。」初梔悶悶道。

陸嘉珩沒出聲了。

初梔沒有勇氣抬頭看他的表情。

他的沉默有點像是默認，有股突如其來的火莫名其妙就竄上來了，初梔椅子往後蹭了蹭，站起身來，皺著眉，低低道：「我去洗手間。」

小女孩低垂著腦袋蹭出了門，有點無精打采。

如果有具象化出來的耳朵，此時她的耳朵已經垂下來的。

包間裡面都是有洗手間的，初梔沒注意到，整條走廊穿過去才看見洗手間。

她慢吞吞地走進洗手間，走到最裡面的一個水池洗手。

水池是感應的水龍頭，初梔把手沾濕，擠了洗手液搓出泡沫，又玩了一下，直到手上的泡沫少了一些，她才重新把手送到感應水龍頭下面，等著出水。

等了一下，水龍頭卻沒有反應。

初梔眨眨眼，沾滿了泡沫的手就在那下麵晃啊晃啊，晃了半天，嘗試了各個角度也沒出水。

初梔俯身側頭，斜著腦袋對著那個紅外線的感應器瞧。

她瞧了半天也沒看出什麼來，手在下面撲騰的正起勁，一直白皙的手輕飄飄地從她的手和水龍頭之間略過。

那隻手又白又細，手指修長，指甲帶著一點長度，修得整齊又好看，塗著薄薄一層指甲油。

微涼的水流隨著她的動作傾瀉而出。

初梔微愣了下，側頭去看她。

林語驚單手扶著洗手檯，微微側著腦袋，平靜地看著她。

初梔道了謝，沖乾淨手上的泡沫，從鏡子下面抽了張擦手的紙巾。

林語驚依然站在那裡看著她，初梔擦完了手，把紙巾丟進垃圾桶裡。

林語驚依然靠站在那裡看著她，一動也不動，初梔清了清嗓子，覺得她的眼神有點嚇人，像是X光一樣的，掃過去一眼有種被穿透了的詭異感覺。

她已經知道了這個人是陸嘉珩的青梅，好像關係很好的樣子，放在小說裡的角色的話，就是那種青梅竹馬的關係。

兩個人就這麼在女廁所對視了一陣子，場面有點詭異，初梔剛想說話，又一個人進來了。是之前一直會和初梔對上視線的那位。

初梔覺得女廁所真是熱鬧啊。

這麼冷的天，那女人還穿著薄到幾乎透肉的襪子，裙子很短，上面墜著不知道是什麼動物的毛皮，黑色襯衫領口開著幾顆，露出白嫩嫩的胸脯和事業線。

初梔看著她裙邊的柔軟動物毛，皺了皺眉。

那女人走進來，站到初梔旁邊的那個水池，從小手包裡翻出口紅，慢條斯理地塗。

塗到一半，她才一副剛剛看到她的樣子，精緻的眉訝異挑起：「呀，這不是陸少的新女朋友。」

林語驚不知道什麼時候進了裡面的隔間，此時這地方只有初梔和她兩個人，她的聲音有點尖，語氣讓人很不舒服。

說出來的話聽起來沒什麼問題，可是卻又讓人覺得更不舒服。

初梔視線從她裙邊撇開：「我不是他女朋友。」

女人抿著唇笑，意味深長，又有點抱歉的樣子：「哦，對不起，我以為是新女友呢，沒想到是那種啊。」

她邊塗著口紅，從鏡子裡看她：「陸少那方面怎麼樣，應該很厲害吧？而且看起來出手也很大方。」

「什麼？」初梔愣了十幾秒，很慢地反應過來她在說什麼，她不可置信地瞪著她：「不是的！我們什麼關係都沒有！也不是那種、那種——」

女人輕輕瞥了她一眼，發出一聲短促地嘲笑：「妹妹，羞什麼呀，這種事情很正常的，妳習慣就好了。」

初梔根本說不出口，白皙的臉漲得通紅，羞恥又憤怒的樣子：「我們不是那種關係！」

陸嘉珩有點心不在焉。

初梔一走，桌上的人都沸騰了，大家終於不用忍著，開始無所不用其極的八卦，他等了一陣子，初梔還沒回來。

陸嘉珩正準備出去看看，手機訊息提示就響了，來自林語驚，是一段語音。

陸嘉珩不是很想聽，又覺得林語驚會傳語音給他，簡直是世界奇聞，畢竟他們上次的對話還是「我希望你死」。

他剛想把手機放回去，又則訊息過來。

林語驚：『十二點鐘方向走廊盡頭女洗手間，有人欺負你妹子。』

陸嘉珩黑眼一沉，點開那個小氣泡，放到耳邊聽。

是女人尖利又有些刻薄的輕蔑調笑：『陸少那方面怎麼樣，應該很厲害吧？而且看起來出手也很大方。』

『妳害羞什麼呀，這種事情也是雙方享受的事情，又有錢拿，我也明白的，不會亂說。』

和女孩子羞怒至極，無措到幾乎要哭出來了的反駁：『我沒有！我們不是那樣！妳怎麼！妳怎麼能——』

陸嘉珩猛地站起身來。

他聽不下去了，緊緊捏著手機的手指骨節泛白，一腳踹開椅子，轉身往外走。

第八章 初初

林語鶯一直覺得自己看人挺準的，她第一眼看見初梔，就覺得這個女孩不太適合陸嘉珩。太單純了，軟綿綿的，像一團棉花糖，一看就是從小到大沒受到過一點挫折，被爸爸、媽媽捧在手心裡小心翼翼呵護大的那種女孩。

所以林語鶯認為，她一定會被欺負。

本來想出去的，想了想，還是傳了訊息，當了回好人。

其實最主要的是，她還是比較好奇陸嘉珩會有什麼樣的反應。

林語鶯被自己的善良感動了，靠在洗手間隔間門上一邊等著，一邊陷入了自我陶醉之中，外面女人說話越來越難聽，戰鬥越來越激烈，她正陶醉著，外面終於發出了一聲尖叫。

林語鶯一震，擔心陸少爺帶來的這隻小白兔真的被欺負狠了，也顧不得看戲，連忙開了隔間門往外走。

剛邁出兩步來，她的腳步停了。

陸少爺的小白兔手裡拿著瓶洗手乳，一手把著瓶身，一手壓著上面的泵，手臂舉得高高的，越過頭頂，對著那女人的臉一通狂按。

洗手液淡藍色的透明液體噴出一道道完美的弧度，那女人眼睛裡看來是也進了，大概迷了眼，她死死閉著眼，滿臉的洗手乳滴滴答答往下淌，兩隻手胡亂地往前抓著想要擋住。

林語驚驚了。

她目瞪口呆，不可置信地看著小白兔紅著眼，緊咬著嘴唇噗呲噗呲往比她高了大半頭的女人臉上噴洗手乳。

她看起來是真的被欺負得狠了，眼睛通紅，卻倔強極了，烏黑的大眼睛死死瞪著對面的人，。

「妳！」

「為什麼！」

「這麼！」

「討厭！」

她緊緊咬了咬嘴唇，軟綿綿毫無攻擊性的嗓子跟著手上動作的頻率吐出字眼，一個斷句就是一道洗手乳，在空中劃過，然後完美落在女人頭上。

林語驚好害怕，本來以為陸少爺這隻小白兔是家養的，沒想到是野生，還會吃人的。

她默默地往後退了兩步，避免被誤傷，再一抬頭，陸嘉珩也到了。

大理石臺階上去兩階，左邊是男右邊是女，他掃了一眼，直接拐進女廁的這一邊。

程軼匆匆跟在他後面，原本是完全不知道發生了什麼的，然而一走到門口就聽見女廁裡的尖叫聲，大概也猜了個八九不離十。

他看著陸嘉珩毫不遲疑就要進去，「哎喲」了一聲，站在門口拉住他的手臂：「少爺，冷靜，冷靜——」

陸嘉珩被他扯著，步子一頓，回過頭來。

程軼看清了他的表情，愣了一下。

他「欸」了一聲，有點無奈地皺了皺眉，鬆了手。

洗手檯的位置是開放式的，沒有門，林語驚面朝著門口站在初梔後面，最先看到了陸嘉珩。

初梔手裡高高舉著她的「武器」戰得正酣，完全沒心思注意誰進來了誰出去了。

她先下手為強，噴了那女人眼睛裡全都是洗手乳，她此時根本睜不開眼睛，只能胡亂往前撲騰著尖叫著罵她。

她罵得難聽，多髒的話都往外跑，初梔氣得臉頰微紅，唇瓣煞白，抿著唇不說話，一邊躲著她一邊又撈起一個洗手乳來。

一側頭就看見陸嘉珩走進來。

初梔沒想到他會過來，怔了怔，手下動作停了，手臂不自覺地往下低了一點。

陸嘉珩的五官其實長得頗有攻擊性，尤其是一雙狹長的眼，銳利寡冷，平時懶洋洋，笑的時候微彎，那份尖銳的冷感被柔和，顯得風流多情。

此時，他唇角向下垂著，眸光微虛，不帶半分笑意，漆黑眼底有暗沉沉翻騰著湧起的暴戾。

他掃了一圈，視線落在初梔身上，長睫微垂，走到她面前，目光放柔了：「她打妳了嗎？」

初梔紅著眼睛仰頭看著他，沒說話，搖了搖頭。

陸嘉珩抬手，拇指指尖輕輕地蹭了蹭她微紅的眼角，濕漉漉的，沾了點水。

他壓著嗓子，聲音又低又醇：「碰到妳了沒？」

她像個小撥浪鼓似的搖著腦袋，眼眶裡水汽彙聚。

就在上一秒，初栀一手拿著一瓶洗手乳，感覺自己像是個勇敢的女戰士，所向披靡，無所畏懼。

這一刻，她卻感覺自己像是突然之間被人把氣全都放光了，委屈又狼狽。

就像小時候在學校裡和同學打架的時候一滴眼淚都不會掉，回到家裡就只想鑽進爸爸、媽媽懷裡哭。

初栀掩飾似的匆匆地垂下頭去，長睫向下壓，緊緊咬著嘴唇，吸了吸鼻子。

她的聲音啞啞的，難過又委屈，帶著一點點細細的抽噎：「我再也不想跟你出來了……」

像是有一隻手穿透身體，將他的心臟緊緊地攥住了。

陸嘉珩唇線僵直，微微抿了抿，垂眼，把她手裡的洗手乳拿過來，放到旁邊洗手檯上。

她之前按得太用力了，白嫩嫩的手心被塑膠洗手乳泵壓出了幾個紅色的印子，陸嘉珩拉過她的手，忽然俯下身去，把她抱起來了。

不是公主抱，他一隻手環住少女膝彎托住大腿，另一隻手穩穩地扶在她的背部，豎著將人抱起來。

像是抱著個小朋友似的。

初栀唰地抬起眼來，條件反射地抬手勾住了他的脖頸，輕輕叫了一聲，掙了掙。

陸嘉珩微微側了側頭，聲音低似呢喃：「對不起。」

初梔不動了。

一連串的眼淚啪嗒啪嗒砸在他頸間皮膚，淚珠順著滑下去，消失在毛衣裡。

那女人從聽見陸嘉珩說話的瞬間就安靜了，此時她胡亂地抹掉了眼睛上糊著的洗手乳，勉勉強強睜開眼來。

陸嘉珩抱著她，轉過身去，淡聲道：「誰帶妳來的？」

初梔此時背對著他們，此時只能看見後面站著的林語驚，看不見陸嘉珩和那個討厭鬼的表情。只能聽見她喊了聲陸少，哆哆嗦嗦地說了些什麼，不太清楚。

好半天，他才開口，聲音裡帶著冷冰冰的戾氣：「滾。」

初梔從來沒聽過他這樣的語氣說話，只覺得有種渾身血液都被凍住的錯覺，忍不住往他懷裡縮了縮。

陸嘉珩安撫似的輕拍了拍她的背，沒再說話，手臂往上抬了抬，轉身走出洗手間。

程軼正站在門口等著，看著他們這麼出來，表情有點呆。

陸嘉珩側頭看了他一眼，程軼立馬心神領會，麻利又熟練地去給太子殿下善後，整理一下爛攤子，等著殿下日後發落。

初梔有點不好意思，腦袋匆匆埋進他頸間。

他的味道十分乾淨，初梔原本以為他肯定抽菸，結果並沒有菸草味，清洌體香混著洗衣粉的味道縈繞鼻尖，她不自在地動了動，抬手偷偷地掐了他一下：「你先放我下來，我自己能走……」

陸嘉珩吃痛「嘶」了一聲，也不知道是真疼還是假疼：「別動，要掉下去了。」

初梔勾著他脖頸的手臂連忙緊了緊，另一隻手手背抹掉眼淚：「你只會說對不起，你真煩人。」

陸嘉珩一下一下撫著她的背，聲音低柔：「是我不對，總讓妳受委屈。」

初梔下巴擱在他肩頭蹭了蹭，悶悶地：「你欺負我，連你前女友也欺負我，陸嘉珩，你怎麼什麼樣的都喜歡，你眼光真差。」

陸嘉珩哭笑不得：「我根本不認識她。」

初梔才不信：「她喊你陸少呢，還一副對你很熟悉的樣子。」

她話音落地，陸嘉珩步子頓了頓。

她們剛剛在洗手間裡的對話，她自然是理所當然的覺得他不知道。

那麼不堪的話，初梔一點也不想讓他知道。

陸嘉珩停了半秒：「她在胡說八道，」他頓了頓，收回手來，聲音又輕又淡，「我只喜歡過妳。」

初梔耳朵紅了。

她悄悄抹掉眼角沾著的眼淚，抬手抓著耳垂：「亂講，我第一次見到你的時候，你就在勾搭女生。」

陸嘉珩安靜了片刻，似乎也想起來了：「我也沒主動勾搭過別的女生。」

「你留了號碼給她，我看見了。」初梔平靜地闡述事實。

「……」陸嘉珩沉默了。

「還有之前在商場，你也留了聯繫方式了。」初梔繼續道。

「……」陸嘉珩無法反駁，抬起手，手指插進她柔軟髮絲抓了抓她的後腦：「明天手機給妳，妳隨便刪。」

初梔警惕地抬起腦袋來：「為什麼要明天？你是不是今天打算把她們都轉移到另一個手機上面？」

陸嘉珩終於忍不住笑了一聲，緩緩叫了她一聲：「初初。」

他聲線低磁，叫著她名字的時候尾音又軟又輕，兩個字吐出來，讓人耳朵發癢，從頭麻到尾。

初梔僵了一瞬間，忍不住縮了縮脖子。

剛緩過來一點，又聽他開玩笑似的含笑繼續道：「妳是準備好做我女朋友了？」

「……」初梔環著他的脖子，腦袋深深埋進他頸窩，極小聲嘟囔：「你為什麼要問廢話啊……」

這次僵的變成了陸嘉珩，他的眼睛微微睜大了一點，猛地滯住了腳步，連呼吸都漏了一拍。

此時兩個人已經走到了包廂門口，陸嘉珩站定在原地，托在她大腿處的手臂不自覺緊了緊。

初梔抬起頭來，單手撐著他的肩膀拉開了一點距離。

他抱著她，她比他要稍微高上一些了，初梔垂著眼，長長的睫毛覆蓋下來。

陸嘉珩不說話，抿著唇角，漆黑的眼定定看著她。

兩個人的距離極近，初梔被他這麼直直盯著看了一陣子，原本還只是耳垂，到了此刻整個人都紅了。

她急匆匆地重新勾上他脖子，腦袋再次埋進他頸窩。

陸嘉珩喉結滾了滾，手臂收緊了一瞬，又瞬間放開了一點。

想要抱緊她，想把她勒進自己身體裡。

又怕她那麼纖細小小的一個，好怕輕輕用一點力氣就碎掉了。

陸嘉珩唇角無聲勾起。

弧度一點一點上揚，越來越大，幾乎無法控制。

他長長地吐出一口氣來，嗓子有點啞：「初初。」

初梔靜了一陣，好半天，她應了一聲，聲音又糯又軟：「幹嘛呀。」

他終於低低笑出聲來，小心翼翼地抱著懷裡的小女孩，聲音輕輕的，繼續喚她：「初初。」

初梔沒說話了，腦袋回應似的動了動，鼻尖蹭著他脖頸間赤．裸的肌膚，呼出來的熱氣暖洋洋的，像隻柔順的小奶貓。

陸嘉珩的心融化得一塌糊塗。

兩個人的外套什麼的都在包廂裡，陸嘉珩抱著她在門口站了一下，直到程軼和林語驚走過來。

程軼一臉純天然的好奇：「老哥，你站這幹什麼？」

一有人過來，初梔有點羞恥，蹬了蹬腿，人往下滑想要跳下去。

這次，陸嘉珩順勢把她放下了，原本海拔一百九十公分的初梔瞬間縮了三十多公分，她又要仰著腦袋看他了。

陸嘉珩低垂著眼，抬手揉了揉她的腦袋：「吃飽了嗎？」

初栀就算沒吃飽折騰了這麼一遭也飽了，她點點頭。

他俯下身來：「那妳在這裡等我一下，不用進去了，我馬上出來。」

初栀有點遲疑，她側過頭去，看見程軼身後跟著的那女人，她看起來十分狼狽，洗過了臉，妝花的髒兮兮的，衣服上也全是洗手乳，樣子有點可憐。

初栀剛剛確實是被氣壞了，她長這麼大從來沒有遇見過這樣的人，從來不知道那樣漂亮的一個人竟然能夠說出這麼惡毒的話。

可是她現在表情又驚又怕，唇膏洗了個乾淨，嘴唇煞白，被陸嘉珩瞥上一眼就嚇得魂不守舍的樣子，她看著又稍微有些心軟。

初栀悄悄抬起手來，扯了扯陸嘉珩的毛衣袖子。

陸嘉珩正要進去，感受到袖口拉力，側身垂眼，問道：「怎麼了？」

初栀皺了皺眉，一本正經道：「女人之間的戰爭已經結束了，是我贏了，你們男人不要插手。」

「……」

陸嘉珩低笑了一聲：「行，我不插手，我去拿外套。」

裡面一群人初栀沒一個認識的，而且對他們也已經生出了點心理陰影，她也不是特別想進去，點點頭，放開了他：「那你去吧。」

於是陸少爺進去拿外套去了。

程軼他們跟在後面，初梔看著，不知道為什麼，覺得有點像那種電視劇裡緝拿犯人上刑場的畫面。

林語驚倒是沒進去，興趣缺缺地樣子靠在初梔對面牆邊，低垂著眼，不知道在想什麼。

包廂門關上的一瞬間，陸嘉珩的聲音輕輕淡淡飄出來：「人是誰帶來的？」

初梔：「……」

砰的一聲，門關上了，擋住了裡面一片血雨腥風。

林語驚倒是笑了一聲。

初梔回過頭來，她懶洋洋地靠在牆邊站，微側著頭，看起來像是個有故事的人。

那副吊兒郎當的樣子倒是和陸嘉珩有個幾分相似。

初梔沒問她之前為什麼藏起來了，兩個人沒人說話，安靜到有點尷尬，初梔想了想，硬生生憋出一句來：「剛剛謝謝妳。」

林語驚有點驚訝，心道她怎麼知道是自己把陸嘉珩叫來的？

她眉一挑：「謝我幹什麼？」

初梔真誠地道謝：「謝謝妳剛剛幫我弄好了水龍頭，我試了半天呢。」

林語驚：「……」

林語驚覺得自己看人奇準無比的能力今天好像失效了。

她奇異的看著她：「妳跟陸嘉珩在一起了？」

初梔沒說話，臉紅了。

林語鶯微揚了揚下巴，杏子眼微挑，看起來像個來砸場子的正宮娘娘：「妳覺得他喜歡妳嗎？」她的語氣不緊不慢，「我跟妳說實話，我見到妳的時候就覺得你們其實完全不合適，陸嘉珩不適合妳，你們根本就不是同個世界裡的人。」

初梔愣了。

她覺得陸嘉珩這個青梅竹馬怎麼一下子一變的，剛剛感覺對她還沒有什麼敵意，現在說的話又像是把她當做情敵一樣。

初梔頗為苦悶地嘆了口氣，真是想打陸嘉珩一頓，他這個桃花開得是不是也太旺盛了點。

她有點兒賭氣，鼓了鼓腮幫子：「他不喜歡我難道還喜歡妳嗎？」

林語鶯也愣了一下，然後看著她開始笑。

她笑得特別開心，笑得極其投入，笑得初梔覺得莫名其妙的。

「對不起，我開玩笑的，祝妳和陸嘉珩百年好合，以後最好能把他按在地上揍。」林語鶯笑夠了，眼彎彎的看著她，「我本來還覺得妳看起來像是那種被動型的，結果看來是我想多了啊，對嘛，遇到喜歡的人就是要衝上去搞他啊！」

初梔：「……」

初梔長大了嘴巴，還沒來得及說話，陸嘉珩就出來了。

他手裡拿著外套，看見她們在說話，眼一瞇，看著林語鶯：「妳跟她說了什麼？」

林語鶯笑瞇瞇道：「說我小時候把你按在地上揍。」

陸嘉珩笑了一聲，眼神很是輕蔑，看起來完全懶得理她，手裡拿著初梔的外套和圍巾走過來：「等急了？」

初梔搖搖頭：「沒有。」

太子殿下終於有了正大光明的理由，迫不及待地伺候他的太子妃，他把手裡的小外套抖開，舉過去：「伸手。」

初梔有點彆扭，覺得他像照顧小朋友似的，還是背過身去，乖乖地伸了條手臂過去，自己拉著另一端穿好。

一回身，他一手拉著她圍巾一端已經順勢套在她脖子上。

初梔沒來得及反應，他圈著她往自己身前拉了拉，兩人距離拉近，陸嘉珩俯下身，手裡抓著圍巾一端，一圈一圈纏上去。

像是做賊似的，初梔抬眼偷偷看他。

他弓身垂眼幫她整理圍巾，睫毛覆蓋下來，鴉羽似的又黑又密。

神情溫柔又專注，好看得能夠讓每一個女孩子心動。

初梔心怦怦跳，紅著耳朵，匆匆垂下眼去。

陸嘉珩拉著圍巾邊緣往上扯了扯，鬆手直起身來：「走吧。」

她晃了晃腦袋，把被藏進圍巾裡的下巴露出來，朝他伸出手。

五指張開，掌心朝上向他伸過去，眨巴著眼仰頭看著他。

陸嘉珩一怔，沒有想到她會這麼主動，眼神變得柔軟了起來。

他抬手，剛想扯著領過去，就聽見初梔道：「我的蘋果給我啊。」

陸嘉珩：「……」

林語驚：「哈哈哈哈哈哈哈哈哈哈哈。」

陸嘉珩二話不說直接拽過伸到自己面前的小手往外走：「冷不冷。」

一直待在室內手熱乎乎像個小火爐的初梔覺得他這個問題問得莫名其妙的：「不冷啊。」

陸嘉珩手指微動，輕而易舉就把她的手整個包進掌心裡了，她的手小小的，軟綿綿，沒骨頭似的，他輕輕捏了捏，忍不住勾唇：「我的寶寶手這麼小。」

初梔臉紅紅的，手輕輕往外抽，另一隻手抬起，揉了揉耳朵：「誰是你的寶寶呀……」

陸嘉珩輕笑出聲，抓著她不放。

此時已經是晚上十點多了，回學校差不多要一個小時，宿舍門早就鎖了，初父和鄧女士在海南避寒還沒回來，初梔出來的急，也沒帶鑰匙。

陸嘉珩開了車過來，兩個人上了車，初梔開始思考何去何從的問題。

她手裡還捧著她的寶貝蘋果，沒有洗，她也沒辦法吃，就抱在懷裡捧著，像是抱了個娃娃。

車子裡開了空調，沒多久就熱起來了，初梔把蘋果放在腿上，慢吞吞地摘掉了圍巾，還是熱，又扯掉外套。

初梔把圍巾和外套板板整整地疊好，放在腿上，陸嘉珩側頭看了她一眼，抬手抓起她的衣服和圍巾，放到後座去。

她也沒什麼反應，任由他放。

初梔還思考著要不要乾脆還是回宿舍，打電話給林瞳，讓她偷偷下來開個門的時候，陸嘉珩的車子已經開了。

初梔扭頭看他：「我們回學校嗎？」

陸嘉珩的手搭在方向盤上，即使是開車，他看起來也依然散散漫漫地，目光看著前面，側臉線條分明，懶洋洋道：「回家。」

初梔剛想說，我沒帶鑰匙。

下一秒，她突然反應過來了。

他家就在她家樓上。

那他說的回家……

初梔的眼睛睜大了點。

她不是沒去過陸嘉珩家，但是她沒在那裡過過夜。

準確的說，初梔大學以前，除了全家人一起出去旅行這種，從來沒在外面過過夜。

高中的時候她去當時玩得很好的朋友家玩，晚上很晚，朋友和她家裡人都讓她留下明天再回去，初父卻無論如何都不同意，開了一個小時的車去接她回家。

她的朋友可以到她家裡來過夜，但是她不可以去別人家不回來，初梔剛開始的時候還很不理解，後來時間久了也就養成習慣了。

更何況，陸嘉珩現在是她男朋友了。

雖然之前他生病也在她家裡過夜了，但是還是有哪裡是完全不一樣的。

交往第一天，就去男朋友家裡住什麼的，初梔的心理壓力錶頓時飆升。

她摳了摳指尖，看看他，移開視線，再看看他，有點遲疑：「我們不回學校嗎？」

陸嘉珩打方向盤，轉彎上橋：「門禁，期末了，管得很嚴，會扣妳學分。」他頓了頓，不緊不慢補充道，「而且這個時間舍管阿姨應該也沒睡，妳也沒辦法讓室友幫妳開門。」

唯一的辦法被堵住了，初梔皺著眉，神情有些沮喪：「那還有沒有別的辦法呀。」

「有。」

初梔的眼睛亮了亮。

陸嘉珩側過頭來，舔了舔唇，表情看起來帶著一點意味深長：「去酒店開個房。」

初梔：「……」

陸嘉珩轉過頭去，漫不經心問道：「不想跟我回家？」

不是去我家，而是跟我回家。

他這個話說得怎麼聽怎麼好像有點奇怪，初梔臉微紅，別開眼，聲音很小：「沒有不想……」

陸嘉珩「哦」了一聲，輕輕笑：「那就是想？」

「……」這個人就是在逗她玩。

初梔羞惱地抬眼：「陸嘉珩你怎麼還這樣啊！」

他笑聲沉沉地，一手握著方向盤，空出一隻手伸過來揉了揉她的腦袋：「我家寶寶怎麼這麼可愛啊。」

初梔鼓著腮幫子推開了他的手：「誰是你家寶寶！」

她要起小脾氣來也是軟乎乎的，一點威懾力都沒有，烏黑的大眼瞪著他，從耳尖紅到耳垂，粉嫩嫩的臉頰微鼓，像隻氣鼓鼓的小倉鼠。

陸嘉珩抬手，捏了捏她鼓鼓的臉頰，聲音低柔誘哄：「那妳來選？嗯？去我家還是去酒店？」

初梔：「……」

怎麼聽怎麼不對勁。

這個人好像就是擁有把任何話都說得很讓人臉紅心跳的本事，像是在暗示著什麼似的。

可是他又是一副十分坦蕩閒散的樣子，就好像顯得她很那個似的。

初梔半天沒出聲。

好半天，她嘴巴一鬆，鼓著的腮幫子癟下去，噗地一口氣吐出來，一臉視死如歸的表情道：「你家吧。」

平安夜的晚上十分熱鬧，街道亮如白晝，各種店面前擺著耶誕樹，到處都掛著耶誕節的裝飾品和彩色的LED燈串，耶誕歌歡快的曲子從外面滲進車裡。

初梔坐在副駕駛的位子，側著頭靠在車窗框上看著外面。

開到一半，她有點睏，打了個哈欠，小朋友似的用手背揉了揉眼睛，又趕緊晃晃腦袋，保持清醒。

車子轉進社區，停在樓下，熄火，陸嘉珩拔了車鑰匙，偏過頭來，盯著她的側臉看了一下子。

初梔眼珠骨碌碌地亂轉，就是假裝沒注意到，不看他。

她全程都出奇安靜的樣子，一聲不吭，眉心微皺，頭髮別在耳後，只有露在外面的圓潤耳朵可疑地紅著。

陸嘉珩眸色漸深，人湊過去。

初梔一側頭，眼前正正好好是他一張放大了的臉，近在咫尺，近得初梔覺得自己差點鬥雞眼。

她腦袋連忙往後蹭了蹭，社區黯淡的光線從車窗滲透進來，眼睛亮晶晶地看著他。

「初初。」他低聲道。

「幹嘛呀……」初梔垂下頭去，小聲道。

陸嘉珩沒說話。

他舌尖微微翹起，緩慢地掃過唇珠，漆黑的眼幽暗，沉沉盯著她。

半晌，他突然傾身，溫軟的唇片印在她光潔的額頭上。

初梔睫毛顫了顫，眼睛瞪大了點，抬手抵著他胸膛，下意識就想推開他。

還沒等有下一步動作，陸嘉珩抬手，一把抓住了她的手腕。

「別動，」他的聲音低啞，唇片翕動間輕輕地摩擦著她額頭上的皮膚：「我就親一下，泄個火。」

車剛熄了火，整個車子裡暖氣的熱度還沒散去，暖洋洋的，從外到裡烘著人。

陸嘉珩一手撐著副駕駛椅背，一手抓著她手腕，頭微垂，微涼的唇片貼著她額頭。

事情好像不太妙。

小女孩軟乎乎，香香的，身上有淡淡的香草味道，有點甜，小小一隻被他半圈在懷裡。

陸嘉珩覺得自己簡直就是搬起石頭砸自己的腳。

初梔一動也不敢動，眼睛睜得大大的，借著社區裡幽微路燈光線，目光所及是他微微凸起的喉結。

半晌，他的喉嚨滾了滾，極輕極低的吞咽聲在寂靜的車子裡響起。有點性感。

初梔手抵在他胸口，手指軟軟地蜷起。

她垂下眼，聲音輕不可聞：「你親完了沒呀。」

陸嘉珩緩慢地後撤，拉開一點距離，低低吐出一聲喘息。

初梔僵著身子，臉頰緋紅，她微微低垂著眼，抬起手來，纖細白皙的指尖摸了摸剛剛被他親到的額頭。

他嘴唇的溫度明明是低的，她卻覺得燙燙的，還有點酥酥麻麻的癢。

初梔秀氣的眉皺了皺，沒忍住，用指尖輕輕撓了兩下。

陸嘉珩看著她自然又有點小幼稚的動作，突然笑了，聲音低低的，有點啞。

初梔抬起眼來。

他的長眼目不轉睛地盯著她，眸底有暗沉沉的光，薄薄的唇片輕輕抿著，唇角很柔軟的微微垂著。

初梔回憶了一下剛剛額頭上被碰觸到的觸感。

微涼、濕潤柔軟的，嘴唇的觸感原來是這樣的。

初梔懵懵懂懂地看著他，微微啟唇，身子往上直了直，單手抵著他胸口，整個人往前靠了靠。

陸嘉珩眸光微虛：「幹什麼？」

初梔沒聽見似的，手臂慢吞吞地伸過去，食指一根小心地，試探性地戳了戳他的下唇唇瓣。軟軟的，用力向下壓一壓，彷彿能夠感受到口腔裡牙齒的堅硬阻隔。

陸嘉珩渾身頓僵。

初梔只是輕輕戳了一下，就小心翼翼地收回手來。

她剛剛來得及抬起眼，視線還沒等和他對上，手腕上的力道倏地一鬆，陸嘉珩飛快地解了安全帶，開車門，下車。

動作連貫，逃似的，連外套都沒穿。

初梔眨眨眼，探身過去，手撐著車座從車窗往外看。

車門開了一瞬間，外面的冷氣鑽進車子裡，初梔打了個哆嗦，看著陸嘉珩只穿著毛衣背靠著車門站在那裡，低垂著眼，不知道在想些什麼。

初梔看著都覺得冷。

她從後座把兩個人的外套拽過來，套上自己的，把他的抱在懷裡下車，從車頭繞過去走到他面前。

羽絨服又厚又蓬鬆，他的又大，初梔抱了滿懷，一邊拽著袖子小心地不沾到地上薄薄的一層雪，在他面前站定，抿了抿唇，手裡的衣服往他懷裡送：「外面好冷。」

陸嘉珩垂頭，漆黑的桃花眼隱匿在陰影裡，看不清情緒。

停了幾秒，他抬手接過來，也沒穿，長長地吐出一口氣來：「我不是說了，妳別老對我動手動腳的。」

初梔抿著唇，像個做錯了事情的小朋友，想了想，又有些不服氣，悶悶道：「是你先親我的。」

他有點無奈的樣子，俯身幫她拉了拉衣服領口：「我不冷，妳扣好釦子。」

初梔懶得扣了，拽著外套裹了裹，縮了縮脖子，像個小老頭：「那我也不冷。」

陸嘉珩舔著唇笑了一聲，單手抓著她的小腦袋往前推：「那快進去。」

電梯停在十七樓，初梔慢吞吞地出來，站在門口，等著他開門。

這算是她第三次來他家。

房子已經裝潢好了，格局原本應該和初梔家相差無幾，主臥打通空間上顯得大了好幾圈，臥室和客廳之間只有中間兩道隔斷，白色長絨地毯，巨大落地窗從客廳一直延伸到床尾，淺灰色的窗紗半掩著，棉布窗簾拉到一邊。

有點意料之外的，陸嘉珩家整體裝修風格比初梔想像中要柔和了不少，一眼掃過去家具多是她當時選擇的風格，甚至床尾窗邊懶人沙發上還擺著個長耳朵小兔子的玩偶。

這東西怎麼看怎麼都不像是他會買來擺在家的東西。

初梔看了一眼，脫掉外套，站在客廳中間。

和前兩次都不太一樣，這一次，初梔覺得自己手腳都不知道往哪裡擺了，感覺怎麼都彆扭。

少女沉寂了十八年的某種意識終於遲鈍又緩慢地冒出了頭。

初梔看了他那張在隔斷和紗簾後隱隱約約地大床一眼，剛剛褪下去的紅又浮上來了，垂著眼，有點不敢看他。

她的作息時間一向十分規律，平時十點多早也已經洗好澡躺上床了，此時折騰了一晚上，又到了生物鐘時間，初梔困的眼皮有點重，精神上卻有種無比清醒的感覺。

她悄悄抬眼，看了陸嘉珩一眼。

結果正對上他似笑非笑的視線。

初梔鼓了鼓腮幫子，想了想，慢吞吞地說：「我餓了。」

陸嘉珩：「……」

家裡沒什麼吃的，兩個人研究了一下了個外賣，吃外賣的功夫，陸嘉珩挑了部電影。

他客廳沒裝電視，而是直接掛了個電影幕布，占了整面牆。

有點意外地，他挑了部《穿越時空的少女》，很老的一部動畫電影，初梔特別喜歡，看了好多遍，她咦了一聲，看了陸嘉珩一眼。

他側頭：「不想看這個？」

初梔搖了搖頭：「沒有。」

只是沒想到他會挑一部動畫電影來看。

真的把人當小朋友來看了哦。

外賣吃完已經十一點了，初梔已經比剛剛自在了不少，精神放鬆下來，人開始犯睏。

她揉了揉眼睛，抱著抱枕看電影。

客廳的燈關了，投影儀映出的光線晦暗，幽幽映在她的臉上。

初梔打了個哈欠，歪歪斜斜地靠在沙發上，蜷著膝坐，腦袋搭在膝蓋上，睏得搖頭晃腦。

陸嘉珩坐在沙發另一端，單手撐著沙發扶手側頭，看了看她，輕輕笑了一聲。

初梔扭過頭來，因為剛打過哈欠，烏黑的眼濕漉漉的。

「睏了？」

初梔怕他覺得她是不喜歡自己挑的電影了，連忙搖了搖頭。

陸嘉珩勾唇，朝她招了招手：「過來。」

初梔思維有些遲鈍，慢吞吞地抱著靠枕蹭過去，靠著他坐。

她身上帶著淡淡的甜香味，整個人熱乎乎地，像個小火爐似的貼著他。

陸嘉珩人又有點發僵。

小火爐剛開始還坐得好好地，連續打了兩個哈欠以後，整個人又斜過來了，軟綿綿地靠著他手臂揉眼睛：「陸嘉珩。」

陸嘉珩垂下眼去，看著她低低覆蓋下去的眼睫：「嗯？」

「我們明天回學校嗎？」她的聲音本就軟，此時揉了倦意，綿綿地，帶著一點點媚，奶貓一樣的聲音，勾著人心裡酥麻酸癢。

陸嘉珩嗓子發幹：「明天再說。」

初梔點點頭，心裡還惦記著：「陸嘉珩。」

「嗯。」

初梔沒說話，突然仰起頭來，大眼睛直勾勾地看著他：「你的兔子是買給誰的。」

「……」陸嘉珩茫然了一下：「什麼兔子？」

她抬手，指指對面臥室窗邊的懶人沙發：「那個兔子。」

他微怔了下，失笑，身子往後靠了靠。

初梔抿了抿唇，一副很在意的樣子。

陸嘉珩愉悅勾唇，手搭在沙發靠背，人湊過來，傾身靠近：「嗯，有那麼一個女孩。」

「……」

初梔一下子瞌睡蟲跑了一半，撲騰著起來，跪坐在沙發上瞪著他，一邊的腮幫鼓了鼓。

好半天，她悶悶道：「我才不關心是誰呀。」

陸嘉珩輕輕笑了，抬臂撈著她拽進懷裡，下巴擱在她的髮頂：「是我抱著的這個。」

她「唔」了一聲，找了個舒服的姿勢，掰著手指頭又開始跟他翻舊賬：「你以前有那麼多桃花，嘴巴又那麼會講的，我怎麼知道你哪句話是真的。」

他抬手，指尖纏著她長髮髮梢，耐心地：「跟妳說過的話都是真的。」

初梔撇撇嘴，低聲嘟囔：「這也是渣男的必備金句。」

她聲音小小的，像是在說他壞話，陸嘉珩微微挑起眉，沒說話，玩著她頭髮的動作停住了。

話題戛然而止，兩個人之間突然安靜下來，只剩下電影裡的背景音樂聲。

初梔等了一陣子，沒等到回覆，仰起頭來。

正正好好撞進陸嘉珩漆黑的眼底。

他看著她，眸色深深，眼微瞇。

初梔腦海中下線了很久的危險的小雷達再次滴滴響了起來，她不自覺地咬了咬嘴唇，下意識往後縮了縮身子。

陸嘉珩扣著她腰肢的手臂緊了緊，死死箍著不讓她動，抱著她翻了個身。

兩個人的位置瞬間顛倒了，他單手撐著沙發靠背，低垂著眼看著她，唇角勾起，笑的有點惡劣：「渣男？妳對渣男有什麼誤解？」

初梔身子往下滑了一點，半坐半躺在沙發上，脖子窩著，有點不舒服。

他注意到了，單手拖著她後頸往上抬了抬，舔著唇湊近。

他牙齒咬得很緊，氣息也有些重，又隱忍又放肆，含著一點低沉的警告，嗓音暗啞：「小女孩，渣男不會靠說的，一般都直接做事情。」

巨大的落地窗外夜幕低垂，墜著星光點點，銀月皎潔的光透過淺灰色的窗紗淡淡傾斜進來。

房子裡面安靜，電影的聲音彷彿都被遮蓋掉了，唯有男人緩慢微沉的呼吸聲。

黑夜迷人心智。

陸嘉珩垂眸，髮梢垂落，眸底暗色比窗外夜幕深濃。

初梔整個人縮成一團平躺在沙發上，腦袋被他托著，姿勢奇異，不太舒服。

人一點一點往下滑，再滑下去就要掉下去了，初梔不得不抬手抓著他。

昏暗的光線下她的眼睛晶亮，一隻手下意識地抵在他胸膛，另一隻手卻緊緊地抓著他。

明明是無意識地在排斥著的，卻又好像全然地信任著他，依賴著他的模樣。

陸嘉珩交了暖氣費，暖氣給得很好，此時溫度更是不斷地攀升。

初梔快滑下去了，半個小屁股懸在沙發邊緣，她死死地抓著他背後的衣服，攀著他往上蹭，腿移動，膝蓋輕輕地刮著他腿內側褲子的布料往上。

陸嘉珩低低地「嘶」了一聲，啞聲道：「別蹭了。」

初梔不敢動了，卻哭喪著小臉，表情皺巴巴地，有點委屈：「陸嘉珩，我快掉下去了。」

身下的少女的腰肢纖細，身上帶著清淡的甜香味道，聲音細軟得像羽毛，絲絲縷縷地。

讓人不由自主地開始幻想她就這麼躺在下面，纖細的指尖抓著他的背，帶著哭腔喊點別的。

他牙槽咬住，重重地閉上了眼，單手扣著她的腰把人提起來，動作近乎粗暴地把她丟在沙發上，人猛地站了起來。

沙發墊又厚又軟，人坐進去幾乎能陷進去，初梔倒也沒覺得摔著，甚至還彈了兩下。

她立馬蜷起腿來，腳丫踩在沙發上，下巴藏在膝蓋後面，只露出一雙明亮烏黑的眼，懵懂又怯怯地看著他。

他站在沙發前，微虛著眼，逆光背對著電影幕布，看不見表情，只感受得到居高臨下地壓迫感和帶著侵略性的氣息。

初梔雖然沒有接觸過，但是某些事情也是懵懵懂懂知道的，她慢吞吞地拖過剛剛抱著的那個抱枕，露出來的腳尖也往後縮了縮，確定了整個人都藏在後面了。

她悄悄抬手捏了捏耳朵，好小聲說道：「陸嘉珩，我一月生日，還沒有十八歲……」

「……」

陸嘉珩：我靠。

他的眼皮唰地抬起，低低的自言自語罵了聲髒話。

未成年？他以為她至少成年了。

大一一般不是都十八歲了？

怎麼回事？怎麼回事啊？

剛剛腦海中想像的畫面不停地，不受控制地往外竄，陸嘉珩額角青筋一蹦一蹦的。

雖然他本來就只是想嚇唬她一下，根本也什麼都沒打算做，但是此時，似乎僅僅只是想像，都讓人罪惡感瞬間爆棚，有種自己做了什麼不可饒恕的事情的感覺。

陸嘉珩覺得自己是個畜生。

他單手捂住一隻眼，乾淨的手背也爆著青筋，筋骨脈絡分明。

客廳裡一片寂靜，只有電影裡柔軟的日語伴隨著 BGM。

半晌，他垂手，啞聲吐字：「我沒打算幹什麼。」

初梔還不放心，又伸著手臂拉過一個抱枕，豎著堆到剛剛那個抱枕上面，這下連腦袋都藏到後面去了，半點都看不見。

像是穩穩地舉著一個盾牌，兩個抱枕左右晃了兩下，跟搖頭表示不相信他似的。

陸嘉珩：「……」

陸嘉珩忍無可忍地往前了兩步，一手抓著上面的那個抱枕丟到一邊，把整個人恨不得把自己埋進沙發靠枕裡的小女孩撈出來，垂眼：「去洗澡，睡覺。」

初梔縮了縮脖子，像隻小烏龜似的：「我睡哪呀？」

他沒說話，按著她的腦袋往臥室那邊轉。

她還不放心，吞了吞口水，怯生生的看著他：「那你睡哪……」

她剛剛已經看過了，他家一間主臥，另一個書房，沒有客房。

整個房子裡沒有第二張床，就好像是在說「我們家只是我一個人的私人空間，不歡迎任何人來做客所以不需要客房也不需要床」一樣。

陸嘉珩眼皮直跳：「……沙發。」

陸嘉珩家主臥沒有門，隔斷擋了床的位置，只露出一點床邊，淡灰色紗簾拉上，後面的臥室隱約朦朧。

初梔心大得很，雖然剛開始還有點不安，但是他的床實在是太舒服了，再加上她一整天累得要死，睏極了，沒幾分鐘就毫無防備地沉沉睡過去。

她睡覺不太老實，在家裡就是，屬於那種有多大的床就能怎麼撲騰的類型，初父與鄧女士也已經習慣了，在學校的時候寢室單人床小，她沒地方發揮，還睡得乖乖的，此時橫著豎著無論怎麼轉頭和腳都沾不著床邊，到了後半夜，她的頭已經睡到床尾了。

陸少爺洗了個冬日裡寒冷刺骨的冷水澡順便黃金右手解決了一下問題，睡著沙發，還幫她撿了一宿的被子。

像個勞心勞力的老父親。

他站在床邊，垂著頭，看著床上睡得香香的少女。

她身上穿著他的睡衣當睡裙，露出雪白纖細的腿，一根手臂高高舉過頭頂，抱著枕頭，髮絲散亂在床單上。

剛剛想錯了，他本來以為她比剛認識的時候進步了很多，至少防備他的苗頭已經開始冒出來了。現在看來完全就是錯覺，防狼意識這種東西，這女孩依然半點也沒有。

陸嘉珩抬手，頭髮胡亂往後抓了抓，第一次發現自己還是個正人君子。

他開始反思為什麼要絞盡腦汁的把人往家裡帶，誘拐成功了還美滋滋的。

這可真是自己狠狠坑了自己一把。

耶誕節過去就是考試週，Ａ大雖然基本都是品學兼優的好學生，平日裡也很努力，但是期末無疑是整個校園學習氣氛最濃郁的時候。

各科的課程基本上都結束了，所有的內容都是複習，通宵自習室的人也變得多了起來。

初梔的成績還不錯，在Ａ大這種人群中隨便抓出來一個都是明星高中第一考場選手的地方，成績也能排的上個中等偏上。

所謂大學期間如果你不能拿獎學金，那麼及格就約等於滿分，但是義務教育加高中三年養成的習慣，及格就行這種意識在初梔腦子裡是沒有的，所以她整個考試週半個月都用在了心無旁騖地學習上。

和陸嘉珩談戀愛這件事情，初梔沒告訴別人。

倒也沒有故意瞞著的意思，只是確實沒分出心思來思考這件事，而且沒人問起，好像也沒有特地說起的必要。

再加上陸嘉珩這段時間好像也很忙。

初梔原本以為他也是在忙著準備考試，畢竟他平時閒得看起來像是輟學了一樣，這段時間想要不被當肯定是要玩命讀書的，經管學院離她們又遠。

除了每天晚上圖書館自習室裡風雨無阻的一杯奶茶。

他不進來，也不會叫她的，就站在門口等著她發現自己，每次她一抬頭，看見他，放下手裡的筆跑過來的時候，他就會愉悅的彎起唇角，笑得輕輕淡淡。

也不知道是什麼情懷。

初梔這些天來養成了習慣，挑面對著門口的位子坐，時間差不多了就隔幾分鐘往門口瞧一瞧。

他今天來得有點晚，初梔來來回回張望了好幾次，直到夜幕降臨才看見他。

天寒地凍一月初，男人穿著件深色迷彩外套，依舊習慣性的不拉拉鍊，倚靠在自習室門口站，斜歪著腦袋凝視著她。

初梔一抬頭，正對上他沉沉的眼。

一看見他，小女孩眼睛不自覺地亮了。

視線對上，他也笑了，站在原地朝她緩緩張開雙臂。

初梔笑眼彎彎的丟下筆，小心不發出聲音緩慢推開椅子站起來，小步朝他跑過去。

她回頭看了一眼身後燈火通明的自習室，還有點不好意思，拉著他往旁邊石柱後走了走，在他面前站好。

自習室裡暖氣給的足，初梔沒穿外套，只穿著毛衣，門口冷風嗖嗖的吹過來，她打了個哆嗦，縮著脖子小小的跳了兩下。

陸嘉珩輕笑了聲，一隻手拿著奶茶袋子，單手扯著她把拉過來，拉開外套把她整個人包進去抱在懷裡。

他的外套好大，能把她整個人都包進去，懷抱暖洋洋的，初梔鼻尖蹭了蹭，費盡力氣地仰起腦袋，下巴抵著他的毛衣看著他：「你今天來晚啦。」

陸嘉珩沉默著，外套包著她又往懷裡帶了帶。

初梔敏感地察覺到好像有哪裡不太對勁。

她歪了歪頭，下巴蹭在他肋骨下方一點點，抱著他的腰左右晃啊晃，晃啊晃，突然叫了他一聲：「學長。」

陸嘉珩垂眼：「嗯？」

「你今天不開心嗎？」

陸嘉珩怔了片刻：「為什麼這麼問。」

初梔很認真地說：「你今天看起來正經了不少，好像變可靠了。」

「……」陸嘉珩似笑非笑：「看來我平時留下的印象不怎麼可靠。」

小女孩大眼睛眨巴眨巴地看著他：「你平時總是耍流氓。」

陸嘉珩低低的笑了，抱著她的手臂緊了緊，「初初，我之後很長一段時間可能都會有點忙。」

初梔心道能不忙嗎，你平時閒的大概是連教授長什麼樣都不知道。

她點頭：「沒事呀，我也要複習呢。」

陸嘉珩沒說話，抱著她側了側身子，背對著風口擋住冷風，聲音低低的，近乎嘆息：「如果我以後什麼都沒有，養不起妳怎麼辦？」

他話音落，初梔腦子裡警鐘突然被敲響了。

難道他曠課太多被當太多，要被學校勸退了嗎？

大學沒畢業被強制退學，那確實是挺嚴重的事情，以後工作可能也不好找。

但是他家條件應該還是挺好的，畢竟穿四位數的衣服。

他看起來真的在煩惱著，初梔也不敢說那讓你爸給你走個後門呀，她的小手抵在他的腰腹間，開始想像著他父母會是什麼樣子的，他長得像爸爸還是像媽媽。

初梔腦內小劇場久違地再次重新活躍了起來，思維開始有點飄，昨天晚上寢室裡和林瞳、顧涵她們梗圖鬥圖鬥了一晚上，此時關鍵字被觸動了，她沒過腦子隨口道：「沒事，我偷電動車養你。」

陸嘉珩：「……」

陸嘉珩難得生出了點沉重的情緒瞬間就沒有了。

期末考試最後一科考前晚上，初梔她們寢室裡為了慶祝半個學期的結束以及相識半年紀念，儀式性地進行了一次久違的熄燈後的深夜情感暢談。

顧涵高中的時候談過戀愛，大學以後男生去了南方的大學，兩個人和平分手。林瞳倒是沒談過，不過她聲稱自己是情感大師感情專家，對於這方面的話題回回分析得頭頭是道。

初梔原本想借此機會說一下自己談了戀愛的事，還沒等她想到怎麼開口，顧涵她們已經聊到了男女朋友之間的稱呼這件事情上。

顧涵首先表示：「我真的受不了男生叫女朋友寶寶那種的你們知道吧，每次聽到就想一個白眼翻死他。」

初梔一頓，輕輕問道：「為什麼呀，因為不好意思嗎？」

「不是啊，他們男人叫寶寶方便啊，你想想，每一任女朋友都統一了稱呼，就不會發生叫錯人這種事了啊，多省事。」

林瞳做出總結：「渣男都是這樣的。」

初梔沉默了。

「也不能一竿子打死一幫人。」薛念南發出了不同意見。

初梔眼睛亮了亮，小心道：「我也覺得。」

薛念南：「萬一人家只是為了方便同時腳踏幾條船呢，清一色寶寶肯定不會發生小紅叫成小麗這種事情。」

初梔：「……」

最後一門考試結束，初梔被掏空了兩個禮拜的身體終於重新填裝完畢了。

話劇社早在一個月前就沒活動了，最後一科考試結束以後，話劇社社團群組裡八爪魚@全體成員，張羅著放假之前大家一起搞個聚餐，慶祝一下又一個學期的結束。

初梔收拾了東西，叼著一袋優酪乳從考場裡出來，一邊看著他們在群組裡熱火朝天的討論著去哪吃什麼。

原辭一直沒說話，八爪魚最後提議吃火鍋的時候，他才突然冒出來，單獨戳了一下初梔。

原辭學長：『能吃辣嗎？』

初梔咬著優酪乳晃了晃腦袋，回道：『能呀，我挺喜歡吃辣的！』

原辭發了個驚訝的貼圖，『妳看起來像是清湯鍋，或者番茄鍋愛好者。』

初梔低垂著腦袋，一邊靠著腦門上的第三隻眼往前走著，一邊咬著優酪乳笑：『我深藏不漏吧！』

她一邊搖頭晃腦地回訊息，也沒看路，沿著林蔭路往寢室走，她一般走路玩手機的時候餘光其實可以瞥到前面有沒有人，一般有陰影籠罩過來她會往旁邊側側，像長久養成的條件反射一樣。

冬天，樹木光禿禿的，上面壓著積雪，初梔一邊走路一邊玩手機，面前有人和她同一直線走過來，初梔往右躲了躲，結果那人也往右。

她沒在意，又往左，面前的人也跟著往左。

初梔字打了一半，抬起頭來。

陸嘉珩垂著眼，眉梢微挑：「走路玩手機？」

初梔「呀」了一聲，也不顧上回消息，眨眨眼，認真道：「我走路玩手機的時候會自動開啟第三隻眼，你考完試了呀？」

「嗯，」陸嘉珩長睫低斂，視線有意無意落在她手機螢幕聊天畫面上，「跟誰聊天，這麼開心？」

初梔毫無防備地：「話劇社的學長。」

她話音剛落，陸嘉珩的笑容沒有了。

她還沒注意到，一邊回了原辭的消息，一邊還興致很高漲地給他介紹著：「就是他拉我去話劇社的，人很好的！」

陸嘉珩沒說話，徑直邁開腿往前走。

他腿長，即使已經放慢了腳步，一步還是有她兩步多大，初梔邁著大大的步伐，蹦蹦跳跳地走在他旁邊。

她剛剛考完試，整個人都很開心，話也多了起來，有點興奮地跟他說她的話劇社學長：「他年紀比我還小呢，好像十四歲還是十五歲就上大學了，是個天才，今年也已經大三了，厲害吧。」

「……」

「說起來你也大三耶，他跟你同年級。」

「……」

「我今天考了廣告概論，題目有點難，」初梔不開心地皺了皺鼻子，不過很快又重新高興起來了，「但是最後的大題那裡的重點我昨天剛剛好有複習到，應該可以拿到滿分！」

「你怎麼這麼快就考完了，你是不是沒好好答題，你不要被當了，明年還要補考。」

「陸嘉珩！陸嘉珩！陸嘉珩！」

陸嘉珩沉沉地垂著唇角，淡淡地掃了她一眼，語氣不是很溫柔，不愉快的有點明顯：「妳是隻小鸚鵡？」

初梔眼睛睜大了一點：「你喜歡鸚鵡嗎？」

「……」陸嘉珩感覺自己心臟被一把錘子狠狠錘了一下，有悶悶地一聲在身體裡迴盪。

初梔皺了皺眉，認真道：「那怎麼辦，我家有你猜了，以後你要養鸚鵡的話，你猜會不會吃了牠呀？」

她的話說的自然，表情看起來有些苦惱，就好像是很理所當然的在思考他們的「以後」一樣。

陸嘉珩的心臟被那錘子錘了個稀巴爛，軟成一灘。

她的兩句話，他什麼氣，什麼惱，什麼想凶的念頭都沒得乾乾淨淨。

脾氣其實很差的陸少爺長長地嘆了口氣，一把扯過她抱在懷裡，聲音有一點悶，還有一點莫名的喪氣：「妳是哪裡派過來搞我的妖精？」

他微微俯著身，手臂從後面環著她，初梔任由他抱著，單手抓著他摟過來的手臂，一步一步同手同腳慢吞吞往前走，跟揹著他似的。

她還很認真的糾正他：「我沒有在搞你。」

他的下巴壓在她頭頂，跟著她的節奏小步走，兩個人就這麼疊在一起往前走：「行，妳不搞，那我搞。」

初梔扭過頭來瞪他：「陸嘉珩，你以後好好說話行不行啊。」

他壓著她低低地笑，喉結胸腔震顫：「妳現在膽子越來越肥了，以前還是學長，現在直接陸嘉珩、陸嘉珩的叫。」

初梔愣了愣：「因為你現在是我男朋友了呀。」

陸嘉珩聽著那三個字，唇角弧度加深了：「誰跟妳說男朋友就可以直呼其名了？」

初梔被他唬的一愣一愣的：「那我叫你什麼呀？」

陸嘉珩心裡有無數稱呼呼嘯而過。

想了想，還是怕把她嚇跑了，不動聲色道：「妳現在幫我的手機號碼備註是什麼？」

「……」初梔不說話了。

「嗯？」陸嘉珩微微側著腦袋，看著她潔白的耳尖慢慢地紅了。

「……你煩死了呀。」初梔小聲道。

陸嘉珩的下巴蹭了蹭她的頭頂，摩擦著髮絲有輕輕的沙沙聲，嗓子壓得很輕，半哄半騙的：

「寶寶來，叫一聲陸哥哥，就一聲。」

初梔屈著身從他懷抱下面鑽出去，跳出去兩步轉過身來，臉漲得通紅瞪著他。

原本一夜過去，再加上上午的考試已經被她忘掉了的那場昨晚關於「稱呼」的夜聊就自然而然地被再次想起來了。

初梔抿著唇，細眉緊緊地皺在一起：「你別這麼叫我。」

人在家中坐鍋從天上來還渾然不知自己已經被扣了兩個屎盆子的太子殿下只當他家的小女孩又不好意思了。

小河豚似的鼓著嘴巴，真是他媽無論什麼樣子都可愛的要命，讓人想拉過來抱在懷裡一輩子都不放手。

初栀自顧自地想像著陸嘉珩三五個手機在茶几上擺成一排，每一個聊天視窗都是不同的小女孩，上面稱呼清一色的寶寶，自己把自己氣到了，鼓著腮幫子瞪他：「陸嘉珩，你要是敢背著我跟小紅、小麗說話，我就——」

她頓了頓，想不到什麼聽起來有力又兇狠的威脅。

陸嘉珩眉心微皺，低低垂眼：「誰？」

初栀乾脆地破罐子破摔：「你為什麼叫我寶寶。」

他還沒說話。

「你是不是怕把我和你通訊錄裡其他女生搞混。」

她問得有點小心翼翼，有點期盼，又有些不安。

陸嘉珩：「……」

陸嘉珩悟了，眉間褶皺一鬆，輕輕「啊」了一聲。

然而此時在初栀看來，他這一聲「啊」就跟承認似的。

初栀不可思議地睜大了眼睛，完全沒想到他竟然這麼坦然大方，乾脆又俐落的承認了。

初栀第一場戀愛持續了一週，約會兩、三次，最終以看見男朋友和他前女友抱在一起哨作為終結。

第二次戀愛維持了兩週，初栀覺得它此時正處於搖搖欲墜的懸崖邊緣。

她眼睛紅了，眼眶卻乾乾的，不知道為什麼，一點眼淚都沒有。

初梔抬起手來，手背用力的蹭了一下眼睛，聲音啞啞的：「陸嘉珩，你真討厭，你怎麼還是那麼討厭。」

其實這看起來是件很莫名其妙的事情，就因為一個稱呼的問題，多麼幼稚，多麼不可理喻，又矯情又作做。

但是只有初梔自己知道，這根本不是稱呼的問題。

就像是一個小小的導火索，一下子，她心底所有深埋的不安全感都被點燃了。

和陸嘉珩談戀愛這件事，初梔鼓足了勇氣，甚至是她這輩子目前為止做過的最勇敢的事情。

他這個人太不適合做男朋友了。

無論是第一次見到他的時候，還是後來一次一次的撞見和相處，都在告訴她這個人不行。

但是他後來對她那樣好，真摯又耐心，沒有那個女孩子不會心動、不會心懷期冀，也覺得自己可能會成為特別的那一個。

她不知道他對她的喜歡能夠持續多久，也不知道他目前表現出的這份喜歡裡有幾分是真實的，又有幾分只是他的習慣。

太不安、太忐忑、太讓人沒有安全感了。

大灰狼自稱自己吃素了，來到小兔子的家門口，說小白兔，我喜歡妳，妳跟我走好不好呀。

小兔子一開始不相信他，她緊鎖門扉，說什麼也不幫他開。

大灰狼耐心極了，也溫柔極了，他每天給她送來盛開的鮮花，他用荷葉裝滿晨露，他為她拔最大色彩最鮮豔的胡蘿蔔。

小兔子防備了他一天、兩天、三天，最終還是沒辦法，她不小心喜歡上大灰狼了。

雖然他脾氣又差，還喜歡欺負她。

小兔子想，大灰狼這麼壞的一隻狼，怎麼可能突然變好了，他肯定是想把我騙出來，然後吃了我。

那我就暫且開門跟他走吧。

誰讓我那麼喜歡你。

我把心臟剖開來給你呀。

火鍋店是八爪魚選的，最後敲定還是學校旁邊的那家火鍋店。

聽到的時候，初梔愣了一下，對於那個有故事的火鍋店心裡有點陰影，不過還是沒說什麼。

晚上，初父和鄧女士從海南回來，剛好來接初梔回家。

她原本隔週回一次家，東西不多，開學來的時候一個背包一個行李箱，走的時候還是那些。

海南陽光明媚，初父來比走的時候黑了不止兩個色號，初梔一上車，車門開了冷風竄進去，鄧女士縮在後座裹著個羽絨服哆嗦。

她一邊哆嗦一邊撲過來抱住初梔：「我的寶貝想不想媽媽？我就說讓妳跟我們一起去妳偏偏不要的，今年我們去海南過年吧？啊？」

初梔任由她抱著，低垂著眼抿了抿唇：「我不想去海南過年。」

鄧女士敏感地察覺到女兒的情緒不好，有點詫異：「怎麼了，考試沒考好？」

初梔搖頭。

「跟室友還是同學吵架了？」雖然這麼問，但是鄧女士也有些疑惑，自家女兒的性格她最清楚了，實在不太會發生和同學吵架之類的事情。

果然，初梔還是搖了搖頭。

鄧女士頓了頓，最後還是試探道：「有男朋友了？」

她這句話一問出來，前面駕駛座上初父頓時就警惕起來了，眼睛從後視鏡看過來，眸光明亮。

「……」

初梔感覺自己從沒見過初雲飛同志這麼犀利的眼神。

她微微抿著唇，小動物一般天然的求生意識使她認真地想了好幾秒，停頓片刻，最終還是心虛地搖了搖頭。

鄧女士見狀，露出了一個失望的表情，初父倒是鬆了口氣的樣子，一邊開著車一邊悠然道：「這麼小談什麼戀愛，怎麼也要等到大學畢業吧。」

鄧女士一臉不可思議地看著他：「初雲飛你是多老的一個古董啊？哪有大學畢業才談戀愛的，現在不下手，到時候優秀的男孩子都被人挑走啦！」

初父恬淡又與世無爭地說：「不等著我女兒跟別的人跑了的男人都是瞎了，這種人裡面還有什麼好挑的？」

「你說的真有道理，想當年我就是瞎了，放著那麼多追我的高富帥不要嫁給了你這個青年謝頂的。」

「妳還喜歡穿麻袋。」

「上個世紀的老古董別跟我說話。」

初父笑呵呵地：「呵呵。」

初梔：「……」

原辭比她晚一天，要第二天最後一科才考完，於是火鍋約在第二天晚上。

初梔回家當天晚上手機放書房充電，一個懶覺睡到日上三竿才爬起來洗漱。

結果手機被訊息和電話塞爆了。

陸哥哥三個字鋪天蓋地的。

初梔手指一顫，有點不敢回。

現在冷靜下來想想，她覺得昨天的行為好像有點幼稚、有點衝動，也有點莫名其妙。

平心而論，自他對她說過喜歡以後，他並沒有做過什麼錯事，甚至連之前那種有些出格的事情都沒有，他實在不應該為她的不安全感買單。

她剛剛洗漱完，長髮散亂的垂著，赤腳蹲在書房的地板上，髮梢掃過白皙的腳背。

初梔把手機重新丟回到地上，跪坐在地板上有點苦惱地撓了撓下巴。

手機震動再次響起。

嗡嗡的聲音在地板上顯得格外清晰，初梔猶豫了一下子，抓起來看了一眼。

訊息只有兩個字，連標點符號都沒有——『開門。』

初梔愣了愣，沒反應過來他在說什麼。

她歪了歪腦袋，拿著手機靠在牆邊，一抬頭，就看見書房陽臺上面垂下來兩條腿。

只有兩條腿，沒有身子，從她家陽臺上面垂下來，一盪一盪的。

初梔手機啪地丟在旁邊，嚇得差點叫出聲來，第一個反應就是衝出書房喊人。

還沒等她喊出來，那人剩下半個身子也露出來，他手臂抓著上面的欄杆，做引體向上似的，手臂上的肌肉因為用力而賁張，衣擺隨著動作往上竄，露出腹肌和勁瘦的腰線，人魚線向下隱沒在睡褲裡。

他手臂緩慢伸直，終於緩慢地露出了線條俐落好看的下頦。

初梔認出他了。

她抖著手連滾帶爬地從地上爬起來，也顧不得關書房的門了，跑到陽臺唰地拉開門。

冬天的早上，外面有薄薄一層積雪，門一開，寒風呼嘯，初梔只穿了件棉質薄睡裙，凍得不受控制整個人痙攣著抖，牙齒瘋狂打顫。

她完全不顧地撲到陽臺邊緣，手指抓著冰涼積雪的欄杆，瞪大了眼睛往上看，低低呼出聲：「你瘋啦！你幹什麼呀！」

陸嘉珩兩隻手還抓著他家陽臺最後欄杆末端。

十七樓高層，他掛在上面，整個人像是一張迎風飄搖的旗，看得初梔渾身冷汗直冒，腿軟得幾乎站不住。

她幾乎帶著哭腔：「你快點下來！」

陸嘉珩甚至還垂頭朝她安撫似的笑了笑。

他低低吐出口氣來，吐息間哈出的熱氣飄散在空中，舌尖伸出舔了舔下唇，身子不停地往前盪，看準了時機，鬆手。

初梔心幾乎提到了嗓子眼。

他穩穩地落地。

初梔眼睛都嚇紅了，不知道是因為冷還是別的原因，整個人都在抖，手指抓著陽臺欄杆，手上沾了一層雪。

他垂下眼去，看了她身上薄薄的睡衣和露在外面的半截腿一眼，皺了皺眉：「進去。」

初梔腳還軟著，腳步有點虛。

進了屋才反應過來，連忙跑到書房門口，啪地一聲關上書房房門，想了想，反手落鎖。

初梔深深吸了口氣，整個人恢復過來，睡裙背上被冷汗打濕了一層，緊緊貼著背。

陸嘉珩跟在她後面進來，反手關上了陽臺門。

她猛地轉過頭來，眼眶發紅濕潤，氣得說不出話來瞪著他。

初梔怒不可遏。

初父和鄧女士不知道是在客廳還是臥室，她不敢大聲說話，低低地壓著聲音，氣得氣都喘不勻：「你是瘋了嗎？你知不知道這是幾樓？」

陸嘉珩站在陽臺門口，走過來抬手，想給她順順毛。

初梔唰地偏過頭去，躲開了，依然怒視著他。

是真的氣急了。

他在外面掛了一陣子，手指冰涼，身上也帶著涼意，指尖擦過她的腦側，她一激靈。

陸嘉珩收手，抿了抿唇角：「妳不理我，不接電話不回消息，也不聽我解釋。」

他身上還穿著睡衣睡褲，整個人氣質看起來柔軟又服帖，讓人也不自由自地軟下來。

可是初梔還是很生氣，現在想想他剛剛的樣子都是一陣後怕，依然沒好氣地瞪著他：「你不會敲門呀？你非要這麼下來？」

「我昨天看見妳跟叔叔阿姨一起回來的。」

「那就當自己蜘蛛人嗎！」

陸嘉珩笑了一下：「我是妳的超人啊。」

初梔臉紅了，垂頭嘟囔：「你臉皮怎麼這麼厚。」

陸嘉珩再次嘗試著想要摸摸她的腦袋。

他緩緩探手過去，這次，初梔沒有躲了。

她的睡相不好，這點他已經知道了，此時她頭髮亂糟糟的，披散著垂下來，髮絲又細又軟，讓人忍不住想要揉啊揉，上了癮似的。

初梔抬手啪地一下拍在他手背上。

陸嘉珩聽話地收回手來，垂眼看著她，突然道：「我很高興。」

初梔原本還不自在地低低埋著腦袋，聽到他這麼說，一時間有些發愣，呆呆地抬起頭來，不知道該說什麼好。

他聲音輕輕的，緩慢低柔地重複道：「妳昨天跟我發脾氣，我很高興。」

初梔緩過來了，用很神奇的眼神看著他，就好像是在看一個傻子。

「我沒喜歡過別人，之前很怕控制不好自己，把妳嚇跑了，也怕妳不喜歡我，擔心妳其實根本不知道自己對我到底是不是喜歡就答應了，然後突然發現自己其實不喜歡我，就偷偷跑掉，或者是發現比起我來還有更喜歡的人，覺得我照顧不好妳，覺得我對妳不好，然後就不要我了，」陸嘉珩輕輕笑，「所以妳昨天發脾氣，我真的很高興。」

他長睫微垂，沉黑的眸底有幽微的光，「所以其實我和妳沒什麼不同，妳怕的事情，我也在怕。」

初梔愣住。

他俯身，單手抓過她的手腕，將她掌心貼在自己的胸口。

他的心跳沉穩，一下一下，清晰而有力地透過溫熱的軀幹，傳遞到她手掌每一個神經末梢。

有那麼一瞬間，初梔覺得他的心跳似乎和自己的重合了。

砰，砰，砰。

無比合拍的一同跳動著。

初梔有點恍惚，下意識想收手，又不想，只聽他沉著嗓子緩緩道：「初梔，這裡，早就全都是妳的了，妳想怎麼樣都行。」

初梔眨眨眼，眼眶濕潤。

原來他們都是一樣的。

都是一樣的小心翼翼，一樣的忐忑不安，甚至也許，他比她更甚。

她吸了吸鼻子，又揉揉發紅的眼角：「才不一樣的。」

陸嘉珩沒說話。

初梔繼續道：「我可以發脾氣，你不行，你要是跟我發脾氣，我就把你按在地上揍，」她抬起頭來，凶巴巴地樣子，「你見過我打架吧？我打架很厲害的。」

「……」

陸嘉珩愣了兩秒，直起身，上半身往後仰了仰，笑出聲來。

初梔鼓著腮幫子瞪著他，對於他的反應不滿極了，抬手擰了一下他手臂：「你還笑啊。」

他穿著衣服的時候看不出來什麼，身上該有的還什麼都有，小臂上的肌肉有點硬邦邦的，都掐不太動。

陸嘉珩笑夠了，桃花眼低垂，含笑看著她，「按在地上揍嗎？」

「……」這個人怎麼好像還想要要求換地方的樣子。

初梔認真的想了想：「按在牆上揍也可以。」

陸嘉珩緩慢悠長地「哦」了一聲。

他唇角緩慢勾起，上一分鐘的正經認真已經沒了蹤影，笑容看起來惡劣又曖昧：「地上、牆上都行，妳挑，還有沒有別的喜歡的地方？」

初梔濛濛地看著他，有點似懂非懂，過了好一陣子，慢吞吞地臉紅了。

她抓著耳朵急匆匆地後退了兩步，瞪著他，剛要說話，書房門把轉動的聲音響起。

緊接著是鄧女士的聲音：「寶貝，出來吃飯，妳在裡面幹什麼吶，還鎖門啊！」

初栀：「……」

陸嘉珩：「……」

——未完待續——

高寶書版集團
gobooks.com.tw

YH 080
可愛多少錢一斤（上）

作　　者　棲見
責任編輯　吳培禎
封面設計　Ancy Pi
內頁排版　賴姵均
企　　劃　何嘉雯

發 行 人　朱凱蕾
出　　版　英屬維京群島商高寶國際有限公司台灣分公司
　　　　　Global Group Holdings, Ltd.
地　　址　台北市內湖區洲子街88號3樓
網　　址　gobooks.com.tw
電　　話　(02) 27992788
電　　郵　readers@gobooks.com.tw（讀者服務部）
傳　　真　出版部(02) 27990909　行銷部 (02) 27993088
郵政劃撥　19394552
戶　　名　英屬維京群島商高寶國際有限公司台灣分公司
發　　行　英屬維京群島商高寶國際有限公司台灣分公司
初　　版　2022年 4 月

本著作物《可愛多少錢一斤》，作者：棲見，由北京晉江原創網絡科技有限公司授權出版。

國家圖書館出版品預行編目(CIP)資料

可愛多少錢一斤/棲見著. -- 初版. -- 臺北市：英屬維京群島商高寶國際有限公司臺灣分公司, 2022.04
冊；　公分. --

ISBN 978-986-506-392-4 (上冊：平裝). --
ISBN 978-986-506-393-1 (下冊：平裝). --
ISBN 978-986-506-394-8 (全套：平裝)

857.7　　111004486